光恰似水

GUANG QIA SI SHUI

马纳 著

浙江工商大学出版社
ZHEJIANG GONGSHANG UNIVERSITY PRESS

图书在版编目(CIP)数据

光恰似水 / 马纳著. —杭州 ：浙江工商大学出版社，2017.3(2017.5 重印)

ISBN 978-7-5178-2070-3

Ⅰ. ①光… Ⅱ. ①马… Ⅲ. ①故事—作品集—中国—当代 Ⅳ. ①I247.81

中国版本图书馆 CIP 数据核字(2017)第 036710 号

光恰似水

马　纳　著

策划编辑　任晓燕
责任编辑　沈明珠　白小平
封面设计　林朦朦
责任校对　穆静雯
责任印制　包建辉
出版发行　浙江工商大学出版社
(杭州市教工路 198 号　邮政编码 310012)
(E-mail:zjgsupress@163.com)
(网址:http://www.zjgsupress.com)
电话:0571-88904980,88831806(传真)
排　　版　杭州朝曦图文设计有限公司
印　　刷　杭州五象印务有限公司
开　　本　889mm×1194mm　1/32
印　　张　8.625
字　　数　191 千
版 印 次　2017 年 3 月第 1 版　2017 年 5 月第 2 次印刷
书　　号　ISBN 978-7-5178-2070-3
定　　价　28.00 元

自序　岁月如歌，年华依旧

故乡的回忆依旧鲜活地保存在我的记忆里，顽固地霸占着内心最柔软的一角，从不肯轻易离去：简陋的连排二层平房、被塑料棚遮挡后露出一角天空的小天井、夏日墙角陪伴一整个无眠的寂寞午后时光的蚂蚁洞、外公种满绿色植物的阳台、家门口两座形状如鼓的石墩、商品房施工留下来的空地……一整个童年，我都沐浴在故乡温暖的风里，在那片出门几乎靠走路和骑车的空旷土地上疯狂生长。

故乡的溪流，尚是个热情奔放的孩子，奔腾不息的水流恰似孩子从不停歇的脚步。河岸是一片土黄色的沙石地，一半石头、一半芦苇丛，我和伙伴们在溪边度过一整个暑假：抓鱼、捕虾、翻蟹、游泳、戏水。傍晚时分，外婆的身影准时出现在岸边，挥着手大声呼唤我们："回家吃饭了！"她的声音洪亮又清脆，是回忆里柔软的背景音。

故乡的马路，说不上是马路，两米宽的路面，几乎没有一辆汽车，偶尔有那么一辆飞驰而过，响着刺耳的喇叭，带着耀武扬威的气势，只会惹来我们不满的侧目。在这里，我们才是主导，随时可以听见自由的脚步声、爽朗的笑声以及风吹落树叶的声音。路两边是朴素的店铺：裁缝店、眼镜店、杂货店、早餐店。依旧记得裁缝店古老的平板木门，早上开门时老板将长木板一块一块拆下来，晚上关门时又将它们一块一块装上去。也记得眼镜店绿色的门窗，玻璃橱柜里展示着一副圆镜片的黑框眼镜，我想象过自己戴上它时变成知识渊博的学者的模样。

故乡的房屋，古旧却不失人间的温情。隔着墙壁，就能听见邻居们吃饭时的谈笑声。厨房里照明的还是几十瓦的白炽灯，也没有油烟机，烧饭用的大部分还是柴火灶，尽管这样，饭前饭间却是一天最美的时光，妈妈放几个番薯进灶膛烘烤，外公用擀面杖做了许多麦饼，外婆用一双巧手做了一道道色香味俱全的菜肴，我当然负责睁大眼睛边流口水边兴致勃勃地等待开饭。至今回想起来，这一部分记忆专属的温暖的橙色，是昏黄的白炽灯的颜色，笼罩了外公、外婆和妈妈忙碌的背影，还有，还有一家坐在方木桌前大快朵颐的快乐与满足。

故乡的人们，是单纯而善良的。做了好吃的东西，邻里之间会互相分享；几家之间的孩子情同手足，整日互相串门，把对方的家当自己的家；逢年过节，几家人聚在一起，欣赏炸满天空的烟火，我们则叫嚷着在雪地里互相追逐。当然，也有一些不好的家伙，虽然家人无微不至的呵护将我与黑暗隔离开来，但仍然能听闻附近时不时发生的悲剧。光明与黑暗，是这个世界不可或缺的组成部分，一如人性，一如我们悲喜交叠的人生。

多年以后，我第一次将故乡写进小说，一个发生在故乡的悲剧，贯穿三位主角的人生。童年的生活确实能影响一个人的性格，但最重要的是如何在命运转折点做出足够遵从内心的正确抉择。这一点，苏又夏和蓝玉做到了，陈天启没有；苏又夏有林然，蓝玉有刘枫辰，而陈天启谁都没有，他抛弃了家人和朋友，独自在离经叛道的路上越走越远，最后走向毁灭。

“生命再长不过烟火落下了眼角，世界再大不过你我凝视的微笑，在所有流逝风景与人群中你对我最好。”童年的陪伴，故土的滋养，养成了我们这一代顽强的青春，让我们在尚且精力旺盛的岁月里，与现实和社会做着实力悬殊的搏斗。无数个十字路口前，有过妥协，有过叛逆，却始终秉承着善良、纯真的执念。

《光恰似水》的写作历时一年，一如笛安所说：“有一种小说，写作的过程当然也辛苦，但是关键处，能感觉到有种笼罩在上方的力量不动声色地推了你一把，连人带作品一起推到了一个正确且美好的地方，你难以置信地打量着这篇小说，你觉得你收到了一个珍贵的礼物。”

《光恰似水》，就是我得到的一个珍贵的礼物。岁月如歌，年华依旧，这篇小说，就像我的故乡，占据着记忆的一角，是温暖，也是欣喜。

感谢我的家人，在写作过程中给予我的帮助和支持；感谢我的朋友们，陪我度过寂寞的创作时光；感谢提携我的各位老师，为该书出版提供了不少帮助和支持；感谢道场乡政府提供无私的资助，使这部小说能够顺利出版，呈现在各位读者面前。

马　纳

2016 年 12 月 11 日

目录

第一章 苏又夏

初　遇

今天是上班第一天，林然早早来到办公室，将桌子擦了一遍又一遍，直到台板玻璃上清晰倒映出自己清秀的脸时才停下。她转身走向洗手台，看了一眼墙上的钟，指针刚好指向 7 点，离同事到公司还有半个小时。回想起昨晚的辗转难眠，她不安地摇了摇头，心里安慰自己：林然，要微笑。短暂的心理暗示起了些许作用，心情恢复了平静，林然重新坐回办公桌前，闭上眼睛，第一千遍默念即将在同事面前做的自我介绍：

"大家好，我叫林然，今年 23 岁，故乡就在恒安镇，毕业于省城艺术学院，致力于陶艺制作，蓝艺是我读书时就很向往的陶艺社，现在，站在梦寐以求的工作室里，我希望能用自己的力量，为这个大家庭增添动力和活力。"

这样的话会不会太官方？林然皱了皱眉头，站起身倚靠在办公室门边上，侧过身观察空荡荡的走廊。白色的墙面染上初秋阳光淡淡的橙色，细小的尘埃在空气中欢快地舞蹈。此时此刻，温暖的阳光迷离了她的视线，她仿佛看见一个少女在舞蹈，白色衬衫，红色裙摆，白色舞鞋，红色发带扎起黑中泛着浅金色的长发，薄薄的嘴唇带着浅浅的笑，长睫毛上的金光随着少女的舞姿一起跳着从容的华尔兹。她眯起眼睛，意识到眼前这个似曾相识的少女正是 17 岁的自己时，幻觉便在顿悟产生的片刻消失，走廊恢复了往日的平静。

林然的视线移向远方薄雾缭绕的群山，嘴角边露出一丝苦涩的微笑，原来青春这么短暂，她感慨道。时间宛如指尖细沙，永远在意识的盲区流失。转眼间，自己已经23岁，换上黑白灰色调的工作制服，穿上高度适当的皮鞋，褪去所有不该有的青涩，怀揣着极少有人拥有的陶艺制作的理想回到故乡恒安镇。

“为什么要回去玩陶器?”大学里的男朋友极其不理解她的选择，“你完全可以跟着我在大城市里过好日子。”

“因为我想成为一名陶艺制作者。”她给的回答很简单，一如她与生俱来的倔强和固执的个性。或许还只有23岁，干净的性格中带着些许叛逆，越多人反对她回恒安镇做陶艺，她坚持的意愿就越强烈。

不管怎样，一旦决定，就不要后悔。她长长舒了一口气，给自己打气，最好的总在不经意间产生，要用心感受。

办公室门在7点半时被打开，林然紧张地拉了拉衣角，快步走到办公室门口，露出朝阳般的笑容，对迎面走进来的身影大声说:“早上好!”

来人正在打哈欠，听到响亮的问好声时硬生生将剩下半个哈欠吞回肚子里，嘴巴张得老大，一脸疑惑地探询声音的来源，看到林然年轻的脸庞后，犹豫了1秒钟，脸颊微微泛红:“早上好。”

这对林然来说是莫大的鼓舞，她的笑容更加阳光，声音更加响亮，对每一位进来的同事说早上好。

进来的同事年龄有大有小，反应却都甚是热情，对新同事的礼貌表示非常欢迎。

林然为自己的勇气窃喜，脸颊因兴奋微微泛红，等下一个身影出现在视线范围内时，她用更加自信的声音说：“早上好！”

这次竟没有任何反应，一句热情洋溢的“早上好”如同石沉大海，整个办公室陷入与之前截然相反的尴尬的安静。面前这个人只是懒懒地瞥了她一眼，视线迅速从她身上移开，然后从她身边懒洋洋地绕过，不带一丝热情。

林然从短暂的惊喜中回过神来，看清楚眼前这个不合拍的身影：修长的个子，泛旧的黑色毛衣，单肩背着一个看似轻得没有任何重量的海蓝色背包，一头倔强而清爽的短发。她看到这张精致的侧脸，精致到瞬间抽离了她嘴巴附近的空气，这是何等英气和清秀的脸庞：高高的额头、浓黑的眉毛、挺拔的鼻梁和薄薄的嘴唇。与英气相得益彰的是一双长睫毛衬托的大眼睛，略带棕色的瞳仁里透着复杂而异样的色彩，是年少的倔强和纯真，是不屑，也是慵懒，似一汪深不见底的湖泊，湖面上弥漫着氤氲的雾气。

他长得真好看！源自内心的赞美迅速取代了林然本该愠怒的心情，她一边疑惑一边用眼角余光追随他的背影，胖瘦适宜的身材，修长的双腿，就连略显慵懒的走路姿态也如此顺眼。她忍不住在心里感叹：他真的是自己见过形形色色的人当中最好看的。林然不能否认自己以貌取人的眼光，凡是美的人和事，她总会有更多的回首和回味，不奢求拥有，而是欣赏。如同那个短暂一瞥的高傲男人，她带着欣赏的眼光多看了几眼，仅仅几眼，凭借女性专有的直觉，她似乎能感受到这个男人的与众不同，当然，只是凭直觉。

“小林啊，不要介意。”一个谢了顶的中年男子首先开腔，打破了办公室里的沉默氛围，“欢迎你加入我们！”

他姓许，是蓝艺的社长，当初招林然进来也是费了一番苦心。

“你好，我叫郑元，去年刚刚入社。”这次说话的是第一个走进来的人，他有一张憨厚的脸，笑起来露出洁白的牙齿，“大家都叫我小郑，欢迎你。”他边说边朝林然伸出手，眼神里带着她熟悉的兴奋。

同事们依次自我介绍，虽然人不多，但各个充满活力与热情，只是冷漠再一次出现在那个人身上，他安静地整理桌子，英俊的眉宇间容不下任何人，包括林然。

“啊呀呀，他叫苏又夏，也是去年来我们这儿的，话比较少。”许社长笑着解释道，“今天先让小郑带你熟悉这里吧，有什么需要帮忙的跟他们说，我们开始干活吧。”

蓝艺是恒安镇上规模最大的陶艺社，除了接受各种制作订单之外，它也承担了满足镇上所有人对陶器的好奇与兴趣的工作。

“陶艺是一门冷门的艺术，但在我们的生活中却是不可或缺的，我们在做生意的同时，致力于扩大陶艺在人们心目中的影响，希望带给人们更多的艺术熏陶。”小郑一边带着她参观社内的情况，一边介绍，“这里很小，但是五脏俱全，我们有 10 台拉坯机，两座梭式窑炉，看这里，是我们平时制作的工坊。”

林然跟着小郑一同停下脚步，站在一座宽敞明亮的单层厂房式建筑门口。扑鼻而来的是混浊的泥土味道，恰是这熟悉得不能再熟悉的味道，带给她感官和精神上的至高享受。

她再次看见了苏又夏的身影，形单影只，俯身在工作室一角，头戴黑色方巾，英俊的眉眼展露无遗，眼神专注而忘我。他盯着面前的设计图，浓黑的眉毛在眉心打了一个结，修长的手指凌空描摹。冬日的阳光斜斜地通过窗口投射进来，细细的粉尘的在空气里跳起欢快的华尔兹，他周身被阳光包围，即便这样，这金色的光芒也无法暖化这张冷峻的脸庞。

“喂，苏又夏，这是许老师的设计图，你不准随便乱翻！”小郑一脸愠怒，走上前制止，“他不是说过么，我们都不能随便看。”

苏又夏听到声音，如梦初醒。他抬起头，视线匆匆扫过小郑，随后定格在他身后的林然身上，平静的眼神里没有任何感情的痕迹，好像是第一次看见她。

这样的眼神，于林然来说，恰有一种说不出的魔力，她感觉自己被深深吸引进了他深不见底的瞳仁里，仿佛掉进了漩涡，无法脱身。

“喂，苏又夏！你有听我说话吗？”小郑矮苏又夏半个头，此时苏又夏正越过他直视林然，这样的举动当然引起了他的不满，“我们都还是学徒，要听师傅的话。”

“哼。”苏又夏终于把视线移回小郑身上，露出一丝淡得不能再淡的冷笑，合上设计图，擦着小郑的肩膀离开了工作室。

苏又夏经过林然时，她分明闻到他身上的味道：一股淡淡的木屑香味。这股好闻的味道，与这儿的泥土味相得益彰。

学徒生涯正式开始。林然的生活如同她的个性，简单明了。工作时间，她努力学习陶艺，向各位前辈学习，兴趣加上努力，她的技艺长进不少，深得许社长的好评。业余时间，她喜欢待在办公室里，泡上一杯地道的深山茶叶，翻一翻陶艺书籍或者帮会计夏姐核对账目。与同事相处时间久了，耳边自然少不了他们七嘴八舌的言论或八卦。

“小林，结婚了没？”

“小林，改天给你做个介绍吧？”

“小林，我们社的小郑不错哦！”

……

这些是她听到最多的关于她的话，对于这些，她通常一笑置之，不给予任何回答。关于爱情，她总抱着不慌不忙的态度，所有的一切，结婚抑或单身，命运自有安排，这就是宿命论者的格言。

在众多议论声中，她忽然听到“苏又夏”的名字，条件反射般地竖起耳朵，仔细听起来。

“苏又夏这个人，怎么说呢。”许社长说，“聪明是聪明，可是太孤僻了。”

“我听说他很早就不读书了，一直在外面，前年才刚刚回来。”夏姐扶了扶鼻梁上的黑框眼镜，继续说，“听说以前读书成绩可好了，是尖子生呢，不知道为什么就辍学了。”

辍学？林然恍然大悟，和预想的一样，他果然与众不同。

“好像出了一点事情，他没说。”许社长说，“不过他的手艺绝对是一流的，可惜啊，真的不会跟人打交道，可惜了。”“我觉得他像一头沉睡中的狮子，谁惹到了他，谁倒霉。”小郑说，他和苏又夏同时间进社，是同辈，更是竞争对手，无论在事业上，还是在感情上。

林然终于忍不住“扑哧”一声笑了，小郑的话让她不自觉笑起来。

“怎么了？”小郑疑惑地扬起了眉毛，他每次看她，脸颊都涨得绯红。

“没事，只是想起一件好玩的事情。”林然慌忙解释，顺手拿起桌边的笔记本遮住脸，视线却移向窗外的蓝色天空，脑海里那个身影一直无法消散。

关不掉

季节转换，暗示着时间流逝，进入冬季的天空，泛着纯净的蓝色，太阳也开始吝啬它的光芒。林然渐渐适应了新生活，一切的期许也不过如此，或许生活就是日复一日的重演，起床、看书、工作、吃饭，偶尔和几个亲近的同事朋友谈心，一天就这么过去了。当然，林然很需要独处的时间，所以她会在午休时间里走上公司的天台，手捧热气腾腾的咖啡，安静地感受凉风的气息，回味昨日的梦境，抑或期许明日的偶遇。

那一天的阳光异常温暖，吃完午饭，大部分同事都回家午休了。林然走向天台，开门的瞬间，阳光如同一条温暖的毯子，温柔地覆盖了她全身，带着懒洋洋的冬日味道。她深吸了一口气，感觉一上午的疲倦顿时烟消云散，伸一伸懒腰，迈开了闲适的步子。

而后，她看到了一个熟悉的身影，苏又夏此时正倚靠着白色墙壁，穿着牛仔裤的细腿肆无忌惮地伸得笔直，手在腹部处十指交叉，脑袋倚靠在墙上，额前的刘海随风轻扬，荡起覆盖在长睫毛上的阳光。从侧面看去，笔挺的鼻梁与薄嘴唇相得益彰，像是一幅极具立体感的油画。

苏又夏？又是你。林然屏住了呼吸，安静欣赏眼前这幅油画。思绪沉淀，呼吸静止，时光在她面前幻化成透明的琉璃，折射出太阳七彩的光芒，刺眼却暧昧，一如眼前这惊心动魄又肆无忌惮的美，让她觉得温暖而不切实际。

一阵风吹过，不远处的易拉罐发出“咣当”的噪音，林然发现苏又夏的长睫毛微微动了动，眼睛即将睁开，她慌了一下，脚步却无法动弹。

苏又夏睁开眼睛，微微皱了皱眉，似从一场不安的梦境中醒来，他留意到林然的视线，眯起眼睛，迎着刺眼的阳光望向林然。

林然张了张嘴，却发不出一点声音，静默的空气吞噬了她所有的语言能力，她所有的防备与不安在苏又夏睁开眼的瞬间消失不见，唯有不断地跌入，跌入他深邃、蒙眬的瞳仁中。这究竟是怎样异于常人的力量？林然暗自吃惊。

两人互望几秒钟，始终无法打破静止的空气结界。有那么一瞬间，林然忘记了呼吸，视线被眼前这双清澈又深不见底的棕色瞳仁吞没，平静许久的内心泛起了阵阵涟漪。苏又夏，你的眼睛里到底藏了多少故事？

短暂的几秒钟，仿佛一个世纪，苏又夏首先移开视线，直起身，林然微微仰起头，视线贪恋地落在这个足足比自己高了大半个头的男人身上。她忽然意识到自己的举动有些贸然，尴尬地笑了笑，用最平静的声音打破沉默的空气：“怎么没去吃午饭？”

苏又夏回过头，脸庞在阳光的雕饰下显得分外立体，声音漫不经心：“想睡觉。”他的声音真好听，低沉而有磁性，只是依旧冰冷得很。

林然笑了，听到这样略显稚气的回答，仿佛消除了她的紧张：“今天午饭有红烧肉呢，不吃可惜了。”别看她身材瘦小，她最爱吃红烧肉，而且一直吃都不会胖。

苏又夏没有回答，视线懒洋洋地扫过她，转而望向远处云雾缭绕的青山，眼神中似乎有一种莫名的情绪沉淀下来。

"你……喜欢这里吗？"林然的脑海里浮现出夏姐说过的关于他的传闻，忍不住开口问。她不是一个喜欢八卦的人，但是面对苏又夏，她的好奇心比任何时候都旺盛，她渴望了解面前这个深不见底的男人。

"谈不上。"苏又夏的回答简单而冷淡，他始终一脸沉思地望向远方，低沉的声音中带着倦意。

林然走到他身边，倚着栏杆，望向同一个方向，安静地说："我喜欢这里，山清水秀，宁静休闲，过着不紧不慢的生活，好像挺适合我的个性的。"

苏又夏转过头来，迅速瞥了一眼林然，她没意识到他眼里的不自然，继续说："我的故乡就在恒安镇，只不过从小生活在省城，很少回来这里，这一次算是真正回到这里——"

"是吗。"低沉的声音打断了林然的话，苏又夏的脸色有些难看，她意识到自己说了不该说的话，刚想开口说声"对不起"。

"我先回办公室了。"不等林然回答，瘦削的身影就消失在楼梯口。林然望着楼梯口发了一会儿呆，心里怅然若失，果然说了不该说的话啊。

下午有市民参观蓝艺，这可忙坏了林然，她又替人们指路，又帮夏姐搬东西，跑东跑西，累出一身汗。

"哎，小林，帮忙把这些陶坯搬到窑房里去！"夏姐在工作室里替人们讲解陶器的制作过程，她怕一些完成的陶丕被损坏，提醒林然提前搬走。

"好！"林然答应道，小心翼翼地搬起沉甸甸的箱子，一步一步走向窑房，其间差点撞到几个陌生市民，幸好她及时躲开，才不至于犯错误。

好不容易走到窑房，她放下箱子，长长舒了一口气，擦了擦额头上不断渗出的汗珠，却在不经意间发现了苏又夏的身影。

他竟然又睡着了，坐在燃烧的窑炉前，双手交叉在胸前，头倚靠在窗台边，以一个舒服的坐姿睡着了。天！这家伙一天要睡多久？林然有些生气，大家明明这么忙碌，他竟然还在这里睡觉！

带着满腔的正义感，林然大步走上前，伸出手想摇醒正在熟睡的苏又夏。但他周身的味道闯入了她的鼻腔，阻止了她停在半空中的手。他的长睫毛在微微抖动，熟睡的表情略显痛苦。很快，一行泪水从他紧闭的眼睛里渗出来，顺着脸颊滑落。

哭了？林然诧异地睁大眼睛，她第一次看见男人流泪，尤其是苏又夏这样表面如此坚硬和冷漠的人。她心里有一块地方柔软下去，心微微疼痛起来。她悬在半空中的手还来不及收回，苏又夏就睁开了眼睛。来不及擦去脸上的泪水，他发现了她的存在。

“哦，不，我是，我……”林然慌忙解释，但是因为紧张而语无伦次。

苏又夏第一次涨红了脸，别过脸迅速擦干泪水，站起身，高大的身影遮住了窗口投射进来的光线，在林然面前形成一片阴影。她看不清他的表情，只见他走向她搬来的箱子，取出刚刚干燥完的陶坯，蹲下身，打开窑炉，手法娴熟地将陶坯放在棚板上，关上窑炉门，像孩子般盯着燃烧的窑膛，陷入安静的沉思。

棱角分明的侧脸上分明还有眼泪的痕迹，他的视线倔强又迷离，火焰安静地舞蹈在他的瞳仁里。林然的慌张不知不觉地消失，取而代之的悸动和心疼弥漫了整个大脑，她被他吸引在原地，久久不能动弹。

他究竟遭遇过什么？一个人会在睡着的时候流下眼泪，一定曾经遇到过很悲伤的事情，是什么呢？可是，我究竟怎样才能慢慢走近你？林然在心里问。

几天后，天气变得愈发寒冷，工作室里冷得像冰窖，许多同事自愿选择去窑房烧陶，因为那里足够暖和。上次的事情，让林然对窑房产生了特殊的感情，她更希望那里可以成为她与苏又夏单独相处的地方，所以她单独留在工作室里，用冻得麻木的双手拉坯。

苏又夏不知道什么时候走了进来，要不是林然早已熟知他身上的味道，她会全然不知他的出现。她用眼角的余光观察他，发现今日的他表情有些异样，走起路来一瘸一拐，似乎受了伤，嘴边还带着浅浅的血渍。

发生了什么事？看着他一瘸一拐的背影，林然停下了手中的工作，顾不得关上机器，起身去办公室寻找急救箱。

重新回到工作室，苏又夏靠坐在窗前，右腿裤管被撩起，血红色的伤口在光线下显得有些刺眼。

林然，你现在做的，只是一个同事应该做的。她一边走近他，一边在心里告诫自己。

苏又夏觉察到有人接近，抬起头，顺势将裤管放下来，瞥到林然手上的急救箱时，平静的眼里闪过一丝不易察觉的惊讶。

“来，给我看看。”林然的声音很轻，轻到似乎只有自己能听到。

苏又夏没有说话，只是抬起头注视她，眼神恢复了以往的平静和拒人千里之外的倔强。

林然蹲下身，别忘了，苏又夏面前的这个女子是更倔强的天蝎座。她指了指苏又夏受伤的腿，继续说："我看看。"一边低头打开了急救箱。

沉默了片刻，眼前这个像孩子的男人终究敌不过安静的示威，乖乖撩起裤管，血红的伤口再次暴露在光线下。

"会有点痛。"林然说话的时候已经拿起酒精棉靠近他的伤口，触碰到皮肤的一瞬间，她停了一会儿，试探性地抬头望着苏又夏。

他没有丝毫表情，和林然视线撞上的一瞬间又飞快地望向窗外，薄薄的嘴唇紧紧闭着。这个人，真是倔得可以！林然一边想一边继续手中的动作。

擦完药，林然告诫他："不要让伤口浸水了，少吃点带酱油的食物，免得留疤。"

又是一句石沉大海的话，算了，就当是对空气说的吧，林然在心里叹气。她站起身，或许是蹲久了吧，脑袋忽然一阵晕眩，眼前一片发黑，再次睁开眼，窗口的阳光无恙，依旧安静地洒向这间昏暗的工作室，只是自己的手腕被一只手用力抓住。

林然回过神来，发现抓住自己手腕的人正是苏又夏，心里小小吃惊了一下，微微仰起头，望着眼前这个脸色苍白的男人，恰如其分的精致五官，安静沉默的性格，倔强独特的眼神，这一切，都让林然的心脏莫名其妙地加快了跳动，这是怎么了？她哑然。

看见林然恢复正常了，苏又夏松开抓住她手腕的手，飞快地瞥了她一眼，擦着她的肩膀一瘸一拐地离开了，留下林然独自一人，在冰冷的工作室里陷入一片慌张的茫然。

12 月的头上，林然过完 23 岁生日，迎来生命中第 24 个年头，按照当地人算虚岁的习惯，她已经 25 岁了。顺理成章地，家里人开始催促她找对象。婚姻，是大多数女子的最终归宿，找一个值得依靠的人，相夫教子，安定本分地过一辈子，不求荣华富贵，只求有一片宁静的港湾，完成传宗接代的使命，这更是所有父母对女儿们的希望。林然处过几个对象，相处还算融洽，只是对于足够感性的她来说，所有遇见的，总缺少那么一点莫名的东西，以至于每一段关系最后都是无疾而终。这一点莫名的东西究竟是什么，她深刻反省并思考过，却始终得不到正确的答案。

拥有漂亮外貌的林然，高中起就从不乏男生追求，加上省城户口和相对宽松的家境，倾慕她的男生数不胜数，对于这些目的迥异的追求者，她不置可否，不主动，也不拒绝，凭借适当的缘分相处，遇见合适的就试着交往下去。不过这样的处事方式也招致不少女生的非议和嫉妒，背地里议论她招蜂引蝶、水性杨花。关于外界的议论，林然一笑而过，身正不怕影子斜，自己的生活无须被他人的言论影响，她一直这样认为。毫无疑问，林然的到来，给镇上一大批未婚男子带来了崭新的希望。刚刚上班没几天，就有不少男同事悄悄打听她的电话号码，办公桌前时不时会出现几张殷勤的笑脸。这一切，林然习以为常，一见钟情，钟的不是情，而是外表，倘使她没有现在的外表，待遇会和现在一样吗？想到这里，她摇了摇头，感叹爱情的悲哀。

元旦假期将近，办公室的气氛时而紧张时而轻松，大家都对即将到来的假期兴致勃勃，讨论这个小长假该怎么度过。

"小林，那个小郑想请你吃饭呐。"夏姐突然说道，办公室里的同事纷纷将注意力集中在林然身上。

"是嘛。"林然淡淡地笑着，关于那个小郑，她对他的印象还真普通，只觉得他是一个憨厚老实的男青年，没有特别的长处。

"小郑人不错的，房子车子都买好了，家里父母都是双职工，小伙子干练，要不要给他个机会？"夏姐继续说。

“哎，夏姐，您这是什么话，什么机会不机会的。”林然有些不好意思。

“那就一起吃个饭呗，他都催了我好几次了。”夏姐边说边拿起手机，准备拨通小郑的电话。

林然笑笑，心里又涌上一股似曾相识的怅然。

下午的时候，林然觉得肚子极不舒服，痛经！每个月的家常便饭！她捂着肚子咬牙切齿，离下班还有两个小时，偏偏这个时候还要与一个客户谈生意。照这趋势，能够坚持下去吗？她翻遍了抽屉，最后一包红糖姜茶上个月就喝完了，现在去买已经来不及了。算了，林然决心豁出去了，大不了倒在客户面前！

事实证明，倒在客户面前是一件非常难堪的事情，林然必须极力避免它。她用尽全身力气与痛经做抗争，又顾忌到讲话语气，所以此刻如同身在地狱，生不如死。她痛苦至极，以至于说话的声音都有些颤抖。

“接下来，有关于这一批陶器的市场问题，我想请我们许社长跟您详细讲讲。”林然意识到自己已经没有讲话的力气了，将包袱痛快地扔给社长，自己放松了一下坐姿，将手撑在了沙发边缘上，不料，却接触到一只温暖的手背，是苏又夏。

林然很快放开手，朝他抱歉地笑了笑，从他的瞳仁里可以看出自己的笑容苍白无力，鼻尖沁出痛苦的汗珠，样子一定很难看吧。林然在心里苦笑，赶紧离开他的视线，靠在沙发上，获得了短暂的休息。

林然看到苏又夏的腰板挺直了几秒钟，似乎在想心事，过了一会儿又重新低下头维持原有的姿势听许社长与客户的谈话，身着灰色毛衣的背影随着均匀的呼吸一起一伏。林然的嘴角微微上扬，肚子的疼痛因为注意力的分散稍稍减轻了一些，她重新站起身坚持完成了接下来的工作。

谈判终于结束了，林然仿佛看见了天堂之门，不顾许社长与客户的侧目，匆匆冲进厕所，兀自享受痛苦排泄后带来的畅快。从洗手间出来时，林然舒了一口气，人生如同痛经，总是不时将人折磨得体无完肤。

回到办公室，其他同事都不在，林然发现自己的办公桌上多了一样东西，仔细一看，是一包红糖姜茶。她好奇地张望了一下，心里暗自疑惑，是谁放的？脑海里闪过一张张熟悉的面孔，最终竟定格在灰色毛衣的背影上，心里有一丝淡淡的期待和喜悦，却转瞬即逝，她苦笑地摇了摇头，林然，不要多想了，一定是夏姐放的。不管怎样，这包红糖姜茶好歹能够帮自己撑过这了这个下午。

“谢谢啊！”林然朝它说了一句，心里暖暖的。

接下来几天，中午吃完饭，林然的办公桌上总会出现一包红糖姜茶，似乎算准了她的经期，结束那一天办公桌上的姜茶变成了一盒鲜牛奶。她拿起依旧温热的牛奶，稍稍失了会儿神，平日里她只喝一个老牌子的牛奶，这个人怎么会知道？

元旦假期正式开始，办公室里一片欢腾，夏姐一边大叫着“我爱假期！”一边冲出办公室。林然看着夏姐如孩子般的举动，忽然感觉不再寒冷，想起自己十七八岁的青春，身着单薄的毛衣在冰天雪地里飞奔，脸颊冻得通红，心却是热的。没有工作之前，林然一直想不通年少时如此开心的原因，直到最近，她突然明白过来青春的重要含义，是希望和纯真，上下课铃声是生活的全部，并且被足够真挚的情感包围。青春是上帝给予人类的礼物，转瞬即逝却弥足珍贵。林然的嘴角挂着回味和感慨的笑容，风扬起她披肩的长发，仿佛在耳边细细低语，告诉她有关于青春的一切。然后，一个熟悉而特别的身影闯入了她的视线。

修长的身影倒映在走廊墙壁上，安静得与周围的喧嚣格格不入；干净的脸上没有一丝表情，浓黑的眉毛微微皱起，双眼望向远方，笔挺的鼻梁下方是阳光投射所致的淡淡阴影；穿着白色球鞋的双脚迈着不紧不慢的步子，仿佛前方是一条走不尽的道路，背包斜挎在肩上，一只耳朵塞着耳机。林然再次确信，这个名叫苏又夏的男人，身上一定有一种与生俱来的独特气质，安静而不噪乱，深厚而不张扬，一次又一次成为她眼中的焦点，一如电影中身处飞速流动的人群，却集中了光线和焦点的主角。

苏又夏似乎感觉到了林然的注视，视线不紧不慢地移向她的眼睛，四目相对的刹那，林然嘴边的空气好像被抽离干净了，经历了短暂的窒息和紧张，她换上淡淡的笑容做掩饰。苏又夏飞快地垂下眼帘，长睫毛覆住棕色瞳仁，暂时停止了对林然的致命吸引，擦着她的肩膀走过。林然也垂下眼帘，望着走廊的地板。与他擦身而过时，肩膀轻微碰撞，她分明感觉到这个男人周身的气息和味道，独一无二，空气里都是扰乱心跳节奏的无奈与忧伤。

“小林。”一个声音打破了此刻的氛围，一切回到现实，喧闹嘈杂声重新回到林然的耳边。她抬头，是小郑，他站在办公室门前，笑吟吟地望着她。

林然礼貌地点了点头，转过去望身后，苏又夏的背影已经消失在楼梯口。

“在看什么？”小郑循着林然的视线望去。

“不，没什么。”林然笑着摇头，问：“有什么事吗？”

小郑露出了羞涩的笑容，挠了挠后脑勺的头发，轻声问：“晚上有空吗？一起吃个饭？”

林然马上明白了他的用意，略显尴尬地低下头，虽然晚上没什么事情，但也不是特别想去，只是又不好意思拒绝。

“啊，如果没空就改天吧。”小郑看出了她的犹豫，脸上顿时黯然失色。

“不，”林然立马摆摆手，看了一眼手表，“要不5点半好了。”她不喜欢与人在尴尬中相处，必要的礼貌还是要有的。

“好啊，好啊！”小郑的表情在3秒钟之内多云转晴，“到时候我来接你！”

林然点点头，目送小郑离开，这个稍显矮胖的背影，似乎是身着黑色呢子大衣的缘故，散发出稳重成熟的气息，同时带着一点点世俗的气息。她低下头，望着鞋尖的一抹灰尘，陷入了短暂的思考。

傍晚五点的天空已经一片昏暗，阴冷的空气中夹杂着刺骨的寒风，和小郑并肩走出大门，林然微微缩了缩脖子。

“给！”小郑非常绅士地脱下外套递给她。

林然笑着摇了摇头，说：“去车里就不冷了。”初次见面，保持淡如水的交际最恰当不过。

两人走进镇上一家高档西餐厅，面对面坐下来，服务生应景地点上两盏红烛，昏黄的烛光将气氛渲染得过于暖昧，小郑脸颊绯红，林然却觉得有些不舒服。

“你平时喜欢吃什么？”小郑将菜单递到林然面前，殷勤地说，“这里的牛排最好吃。”

“嗯，随便吧，我无所谓。”林然笑着回答，点菜这玩意儿她最不擅长。

小郑点了两份牛排，一瓶红酒及其他一些小食，等菜的过程中，他一直饶有兴致地询问林然的日常生活，譬如业余喜欢什么活动，喜欢吃什么食物，其间还掺杂着一些同事的八卦。林然礼貌地一一作答，一如之前相处过的所有对象一样，仿佛只有回答这些问题，两个人才算开始了解。

菜上了很久，林然在谈话中一直处于被动的位置，生硬地回应对方的每一个问题。不知是不是昏暗的烛光的缘故，她的大脑开始疲倦，意识渐渐游离，视线在烛光的光晕处开始模糊，眼前那张圆圆的脸开始扭曲，竟起了变化，脸型变长，五官开始清晰，光光的额头生出细长的刘海，最后变成完整的苏又夏的脸。那张精致的脸呈现在林然的意识里，甚至比此时近在眼前的小郑的脸更加清晰、真实。林然呆住了，为什么脑海里会出现苏又夏的样子？

“菜来了！”小郑的话将林然游离的意识赶回现实，他似乎没注意到她的分神，厉声责问服务生的上菜速度。

林然没有说话，厌倦和疲惫重新回到身体里，眼前的牛排令她胃口尽失。

“你多吃点！”小郑将盘子往她那边移了移，继续刚才未完的话题。

林然拿起刀叉，试图将涣散的注意力集中在切牛排上，谁知苏又夏的脸再次清晰地浮现在脑海里，久久无法散去，她微微摇了摇头。

“怎么了？不好吃？”这一举动很快被小郑察觉，他关切地问。

“没，很好。”林然笑着解释。

仿佛过了一个世纪，这顿冗长的饭终于吃完了，林然从未觉得一顿饭会吃得这么艰难，两个人走出餐厅，小郑提出送她回家。

“不用了。”林然礼貌地拒绝，这个时候她更想一个人走走。

小郑面露失望的神色，没有多说什么，告别离开。林然的心底升起一股浓浓的愧疚，今天所有的尴尬和不自然都源于她自己。

沿着江边散步回家，林然放慢了前行的脚步，耳边是皮鞋碾过碎石路的声音，思绪随着晚风飘进了对苏又夏的回忆里。

第一次见面时的短暂一瞥，慵懒的眼神充满了不屑，众多经过的同事中，只有他一个人不和自己打招呼；第一次听到他的声音，伴随着冬日的风与暖阳，低沉却富有磁性；第一次真正的四目相对，他的眼里仿佛有一个深深的漩涡，溢满复杂的感情，让人无法读透；第一次看他流眼泪，高大的身影、坚硬的外表，依旧无法阻挡他的脆弱和孤独；第一次皮肤的触碰，令自己惊讶于这双手的温暖，如同一个小太阳，将热量传递至全身……

这么多的第一次，为什么自己能够记得如此清楚？这是一个恒久的疑问，答案模糊地存在着，林然无法清楚知晓，如同时常出现在视野范围内的苏又夏，可遇而不可即，永远笼罩着一层神秘的面纱。

她停下脚步，轻轻叹了一口气，闭上眼，任由凉风拂过耳鬓的发丝，浓浓的惆怅涌上心头。

拜　访

假期结束后，新一年的工作正式开始，工作室重新恢复往日的生机，大家带着意犹未尽的心情回到工作岗位，迎接新的一年。

“小林，昨天我看见你跟小郑两个人喽!”夏姐露出狡猾的笑容，话音刚落，办公室里一阵起哄。林然羞红了脸，连忙摆手解释道:“哎，不是你们想的那样，不要胡说!”终于忍不住朝苏又夏那个方向看了一眼，发现他恰好在看自己，漠然的眼神中多了一份不易察觉的凛冽。是自己多虑了吗？林然迅速移开视线。

中午时分，同事们收拾东西陆陆续续回家，林然站在走廊上，捧着咖啡，看见他们走出大门，心情有些失落。虽然恒安镇是自己故乡，但是爸妈安家在省城，她不能像同事一样每天有一个温馨的归家目标，想到这里，她有些想念爸妈了。

林然走到办公室门口，大门半掩着，有人吗？据她所知，其他同事已经走了。她疑惑地推开门，看见自己办公桌前站着一个熟悉无比的身影，正将一样东西放到桌上，那个人转过身的瞬间，林然本能般地躲在墙壁后面，偷偷探出脑袋，看见那个人走出办公室，悄悄关上门，朝空无一人的四周望了望，转身朝另一个方向离开。

重新站回办公室门口，林然长长吸了一口气，她想知道，苏又夏到底往自己桌上放了什么。轻轻推开门，看到桌上那件东西的瞬间，林然的眼眶湿润了，心脏的某一处溢满了温暖，原来她一直收到的红糖姜茶和牛奶都是苏又夏送的！林然快步走到走廊上，看见苏又夏正走出大门，瘦削的肩膀上依旧是那只海蓝色背包，形单影只，如同一个即将踏上流浪道路的行者。

口袋里的手机响了，是小郑的电话："小林，晚上一起看电影，好吗？"

"不好意思，我有点事，可能去不了。"林然婉言拒绝，合上手机的瞬间，她忽然明白，这么多年的感情经历，唯一缺少的是如此刻般含着泪花的心动。

下午，许社长满屋子找苏又夏："苏又夏呢？去哪里了？人呢？"

大家面面相觑，对于苏又夏的翘班他们习以为常，睁一只眼闭一只眼，只有许社长，时不时对他的举动表示不满。

"又不在？真是的！"他气得双手叉腰，命令林然："小林，去他家，把他找回来！"

"地址给你，把他找回来，我得好好教训教训这不听话的小子！"许社长依旧沉浸在自己的情绪里。

地址默念了很多遍，已经深深刻在脑海里，行走在通往恒安镇城南片区的路上，林然诧异地发现城南有如此多古旧的建筑：独栋连排，鲜见的白色墙壁露出斑驳的石灰，屋顶上铺着深黑色的瓦片，细细的弄堂将建筑整齐地隔开来，时不时可以看见几个老人坐在藤椅上喝茶聊天。

林然走进其中一条弄堂，手指轻划过黄泥墙壁，微微生疼，心中荡漾着一股浓浓的怀旧感。恒安镇历史悠久，郊区依旧保留着古代城墙，苔藓与爬山虎布满黑色石块砌起的墙壁，冰冷中透着凉凉的诗意。抗日战争时期，这座小镇更是一个重要据点，山上一座烈士陵园便是那个时代最好的见证物——青松翠柏包围着的这幢白色建筑物，显得庄重、凄然。

穿过十几米的弄堂，前方豁然开朗，出现了一片面积 50 平方米左右的空地，角落堆着水泥、黄沙。左边是一排矮旧木屋，右边是一幢新建的四层商品房，前面是几级水泥台阶，台阶上方又是一排二层小屋，绿色的木门和木质窗户紧闭，阳台上种满了绿色植物。她看了看手中的地址，没错，是这里，可是没有标注门牌号，这么多房间，究竟……

一阵脚步声从身后响起，林然转过身，苏又夏和一个瘦瘦的高个女子出现在她视线范围内，两个人边走边聊，女子长着一双美丽的笑眼，一只手搭着苏又夏的肩膀，苏又夏则微微侧着头，仔细听着女子说话，嘴角边带着浅浅的笑容。这是林然第一次看见苏又夏的笑容，这个笑容软化了苏又夏脸颊坚毅的线条，林然也第一次发现他的脸颊上原来还有浅浅的酒窝。不知怎么回事，林然的心里有了莫名其妙的酸味，本不应该存在的负面情绪占据了心头重要位置，这是怎么了？对方只是普通同事啊，林然试图说服这颗最近很不安分的心。

苏又夏转过脸，看见林然的一刻，脸上的笑容消失了，他原地停下脚步，呆呆地望着她。身边的女孩停下说笑，同样看着林然，漂亮的眼睛里闪过一丝短暂的讶异后拍着苏又夏的肩膀，说："哟，有美女来找你了！"悦耳的声音里充满了调侃。

"只是同事。"苏又夏平静地回答，依旧望着林然。

林然的心"咯噔"一下，蒙上了一层浓重的阴影，嘴角抽动了一下，面露尴尬地问："现在还是上班时间呢，你忘了？"

"哦。"苏又夏装作不记得，事不关己地应了一声。

“那我先走了，你好好招待同——事吧。”女孩故意拖长了“同事”这两个字的音，转过身走出弄堂。

林然和苏又夏面对面站了一会儿，谁都没有说话，气氛尴尬到了极点，林然终于忍不住打破沉默：“不请我进去坐坐？”

苏又夏低下头，从裤子口袋掏出一串钥匙，领头走上台阶，走到最里面那幢房子门前，打开门后转过身看着林然，似乎在等她先进去。

林然望着眼前这个若无其事的男人，突然很想问他和刚刚那个女孩的关系，理智最终打败了这一刻的冲动——自己究竟有什么理由这么问。她自嘲地笑了笑，迈步进门。

房子的内部和它的外形一样古旧。一走进门就是厨房，白色的墙壁上布满了黑漆漆的油渍，角落是一个木质碗架和木头方桌。最奇特还是窗户边上的灶头，竟还是需要烧柴火的那种，林然好奇地多望了一眼，心里想象苏又夏做饭的样子，不由笑出了声。

苏又夏回头望了她一眼，眼神里闪过一丝疑惑，随后带着她往前走，继而是一座小小的天井，抬头可以望见天空的一角。苏又夏又打开一扇门，是一间昏暗的房间，林然小心翼翼走进门，靠墙壁是一排长沙发，沙发边是一张藤靠椅，靠椅边又是一级级上楼的台阶，台阶边是一张桌子，上面放着一架古旧的钟，秒钟“滴答滴答”地走着。

“坐。”苏又夏的声音打断了林然的观察，他指了指沙发，依旧面无表情。

林然欠了欠身，坐在沙发上，望着略显昏暗的小屋，忽然很好奇他为什么住在这么旧的房子里。

苏又夏将一杯茶递给林然，自己在沙发的另一端坐下来，屋内陷入了沉默，安静得只能听见时钟走动的声音。

“嗯……这是你们家的房子？”林然意识到自己该开口讲话了。

苏又夏点了点头，望着正前方的钟发呆。

“你爸妈呢？”林然问。

“他们在省城。”苏又夏平静地回答。

林然沉默，她小心翼翼地观察苏又夏的表情，心里清楚省城是一个他不愿提及的话题，但是她们之间谈话的唯一重合点却偏偏只有省城。

“你来做什么？”过了一会儿，苏又夏竟然主动开口了。

“啊，许社长让你回去上班。”林然有些羞愧，一见到苏又夏，竟然忘了此行的目的。

“哦，我马上回去。”他的语气里没有一丝慌张，仿佛这样的翘班是顺理成章的事情。

空气随之又陷入了尴尬的沉默，讲话向来流利的林然好像一下子患上了失语症，在这个深沉的男人面前似乎无论讲什么都不妥，她紧张地抓了抓衣角，想起自己应该对牛奶事件向苏又夏道个谢，于是说：“谢谢啊。”

“什么？”苏又夏转过脸面朝林然的一瞬间，她的心好像融化了，再一次跌入那双深邃的眼睛里。

“那个，牛奶，我看到了。”林然有些后悔，是不是不应该把这件事说出来？

苏又夏愣了愣，随即自嘲地笑了笑，一边的嘴角上扬，问：“你正在跟小郑交往，不是吗？”

林然的心“轰”的一下，这一句话，令她心里某一块地方忽然清醒过来，理智重新回到大脑，只是伴随着莫名的愤怒。

“哼。”苏又夏冷笑，凛冽的眼神似乎看透了林然的心思。

“那么，刚才那位呢？是你的女朋友？”林然反问道，语气跟他一样冰冷。

我就知道，他有女朋友。林然心里默念自己是个傻子，心却一阵一阵地痛，稍不留神，委屈的眼泪就要流下来了。但是倔强的理智让她拼命控制着自己的表情，内心的情绪翻滚如海，但表情始终如一。

空气又陷入沉默，林然张了张嘴，企图转移话题，但是内心的不甘与酸楚阻碍了自己讲话的能力。此时，在她的反应之外，苏又夏忽然起身，蹲在她面前，伸出一只手覆住她的脸颊，嘴里喃喃自语：“为什么是你？”

一瞬间，林然浑身上下好似通了电流，如此清晰而记忆深刻的暖流通过薄薄的皮肤传遍全身，她确信自己失去了思考能力，大脑陷入短暂的空白，视线被面前这双眼睛吞没，仿佛跌入了深深的湖底。近距离接触苏又夏的无奈与绝望，感性即将突破心理防线之际，一个念头冲进她的脑海：林然，对方只是你的同事，而且有女朋友。

这个念头闪过脑海的瞬间，林然一个战栗，迅速移开脸颊，视线从苏又夏的脸庞上移开，站起身，急忙说：“不好意思，我先走了，你也快回去上班。”话音刚落，她落荒而逃，穿过天井和厨房，走出大门，滚烫的皮肤接触到冰冷的空气后，重重松了一口气。她用双手捂住脸颊，心里涌动着不安和羞愧，再次转过脸，确信他不会追来后方才慢下脚步。

心跳未止，林然能够确信自己的心思完全暴露在了苏又夏深邃的眼睛里，一如第一次见到她时多余的目光一般，自己永远无法完好地掩饰真实心情。她很不安，尤其是在苏又夏模棱两可的话语之间，她无法找寻那个有着十足信心和高傲的自我。林然，你不应该这样，不应该这样。她一路念叨，仿佛在向自己施魔咒，好让自己停止一切幻想。这根本是一个错误。

短暂的分离

苏又夏被许社长狠狠批评了一顿，或许是出于叛逆，他干脆请了一个月的假，消失在公司，消失在恒安镇。大家对他的行为表示见怪不怪，许社长干脆直接扣完了他的年终奖。经历过上次的事情，林然做了很多崭新的决定，譬如将喝牛奶的时间改在早上，譬如午休时间不再去天台，譬如接受小郑的各种邀请，譬如目光不再偷偷追寻某个身影……现实的命运朝她张牙舞爪，她没有理由，也没有勇气反抗，尽管内心深处蒙上了一层似有似无的阴影。

春天的气息越来越浓厚，似乎受了季节的影响，公司里多了几对情侣。

“你看看，李俊这小子，刚来公司就谈恋爱，还是和我们夏会计！”许社长在办公室里半开玩笑，“夏会计，看看，账目算错了那么多！”

“哎呀，对不起，我一定改正。”夏姐羞红了脸，即便被老板批评，她依旧满脸春风，李俊是前段时间新招的员工，长得眉清目秀，因为有项目和夏姐一起合作，一来二去，朝夕相处的两位单身男女自然而然地在一起了。

“哎，年轻人嘛，谈谈恋爱也不是什么大惊小怪的事情。”其他同事都在替夏姐讲话。

夏姐别有用心地看了一眼林然，迅速转移话题，随即说道：“我们小林读书的时候一定是朵大校花！”

“哪有。”林然不好意思地笑笑，学生时期恋爱，向来弥足珍贵，唯有亲身经历过，方可知道这段时期恋爱的纯真和青涩，犹如襁褓中的婴儿，与世无争却弥足珍贵。这是人生的必经过程，错过，必然会留下无尽的悔恨。只是，现在的自己，感情好像进入了一个死胡同。

“苏又夏去哪儿了？”夏姐问。

听到这三个字，林然的心条件反射般猛地提了起来，好像根本不受理智控制。

“听说回省城了。”许社长皱了皱眉，听到苏又夏的话题，他似乎很不开心。

回省城？一股茫然的失落涌上心头，林然停下手中的笔，呆呆地望着办公桌，以后见不到了吗？她想，随即又摇摇头，强迫理智重新回到大脑，与片刻失控的心情顽强抗争。

“小林，不舒服吗？”夏姐疑惑地看着林然，像在端详一个吃了摇头丸的人。

“没事。”林然不好意思地答道，却在心里叹了一口气。

从此以后，生活步入了正轨。所谓的正轨，就是时刻与单调寂寞相伴。林然开始融入群体，“这世界笑了，于是你也合群地一起笑了”，一句歌词恰好验证了她此时的生活状态：无论开心与否，关上直率的心灵，戴上面具面对每一个人。工作室、办公室、家，一如多年前还是学生的自己，重新回到波澜不惊的三点一线生活。“云淡风轻”，林然曾经向往的生活，却出乎意料地在心底抹上了一层淡淡的忧思和期许，期待那双深不见底的漂亮眼睛，期待那张棱角分明的脸庞，甚至期待那个修长的身影会在某天重新回到公司。渐渐地，这样的期许化成深埋在心底的思念，随后变成一种躲在潜意识里的习惯。

春节过后，林然搬了一次家，离公司更远了，她买了一辆自行车，开始骑车上班。清晨的凉风拂过脸颊，一如母亲温暖的手掌，携带着春日里的花香，带给她一整天的希望和幸运。林然也会边骑车边听音乐，有时候是诸如《悼念公主的帕凡舞曲》一类的古典音乐，有时候又是鲍勃·迪伦一类的经典民谣。郑老师那辆崭新的沃尔沃经过她的身边，会殷勤地响起喇叭，示意她上车，她总是友好地摇摇头，一如两人之间忽远忽近的关系，似乎永远走不到相会的尽头。

一个倦怠的周末，林然骑车去镇上的书店，她将车停在书店外，还没来得及进门，便听见一阵清脆的自行车铃声从身后传来，转身一看，自己的车子即将淹没在通往中心广场的街道上。

"喂！"林然慌忙追赶那个骑走自己车子的人，远远地，看不清楚背影，心里又气又慌，只能傻傻地穿梭在拥挤的人群中。

人追车的闹剧持续了 5 分钟，前面那个人终于在广场中央停下车，不紧不慢地撑好脚撑，还抽出一点时间不慌不忙地伸了个懒腰。

"喂，你干什么，你——"林然的话在那个人转身的瞬间戛然而止，那个人竟是许久未见，却依旧存活在自己记忆里的苏又夏！

几个月未见，短发染成了淡淡的黄色，昔日浓黑的眉毛也配合着染成了黄色，嘴角边更是多了一丝若隐若现的狡黠笑容。

林然呆住了，微张开嘴，大脑一时陷入了空白，好像有一双无形的手用力撕开了覆在她脸上的面具，内心深处的感情肆无忌惮地涌进脑海，驱赶沉寂已久的眼泪，她能够感觉到自己的眼泪快要溢出眼眶了。不，不能哭！她告诉自己，强装出若无其事的笑容，平静地说："你怎么染头发了？"说完便后悔了，自己有什么立场问这样的问题呢。

苏又夏扬了扬眉毛，没有回答，只是转过身，看向广场中心成群嬉戏的白鸽，不是望着，是非常专注地注视着，好似第一次看见白鸽这种生物。林然循着他的视线望向这群白鸽，忽然想起这是镇上最新的风景线，苏又夏走之前好像还没有。

"鸽子。"苏又夏指了指那群白鸽，嘴角露出一丝满足的笑意，而后冲进鸽群，受惊的鸽群四处飞散，他的周身被起飞的鸽子包围，像淘气的孩童，展开双臂，任由白色的羽毛落在肩头，脸上带着纯真、稚气的表情。

林然由衷地笑了，眼前这个看似成熟的男人，似乎总能做出触动她心底感情的举动，是偶然吗？或许是命中注定，一个人总会遇见这样一个恰好能引起共鸣的人。她朝苏又夏喊："鸽子都被你吓跑了，快回来吧。"

苏又夏原地跳了三下，引得路人纷纷回头，异样的眼神好似在观察一个精神病人。或许只有林然知道，苏又夏是一个极具个人魅力的男人，至少对她来说是这样的。

"什么时候回来的？"待意犹未尽的苏又夏走到自己身边，林然好奇地问，关于他，她有太多的问题要问了。

"刚刚。"苏又夏漫不经心地回答。

"去做什么了？"林然继续问。

"一点事情。"他的回答依旧模棱两可，很快恢复平静的脸上看不出任何大喜或大悲的表情。

"你的工作……还继续上班吗？"林然关切地问。

苏又夏抬起头，飞快地望了一眼林然，问："你和小郑还在一起?”

林然愣了一下,被他突兀的问题呛了几秒钟,然后摇头:“没有。”

“我去做了一件事……”他的语气有些犹豫,随后坚定地说,“我不想做陶艺了。”

“为什么?”林然大感诧异,“以你的技艺,成为一流陶艺家都没问题。”

“然后呢?”苏又夏冷笑了一声,似乎已经厌倦了这样的劝阻,“我好像不知道然后该怎么做了。”

“好吧。”林然叹了一口气,继续问,“你现在想干什么?”

“想见你。”苏又夏蹦出了让林然脸红心跳的三个字,他似乎完全误会了她的问题。

林然的心湖再次泛起了许久未见的涟漪,心跳的节奏莫名加快,她双颊滚烫,甚至连呼出的气体都是炙热的。她似乎已经习惯将头仰成同一个角度,端详眼前这个与自己同样直率的男人,心里的感动与不安并存,张了张嘴,却什么话都说不出来,任由周围的空气愈来愈暧昧。两人对视片刻,林然的不安终于战胜了悸动,尴尬地说:“你误会我的话了。”

苏又夏抓了抓头发,坐在自行车后座上,随意摆弄着车把上的车铃,发出断断续续的“零零”声,他反问道:“是吗?”然后指了指还在天空飞翔的白鸽,回答:“我想像它们一样飞翔,做自己想做的事情。”

“就算是它们,也有不自由的地方。”林然说,“人与人之间的牵绊,注定了这个世界上没有绝对的自由,你的家人支持你的决定吗?”不知怎的,林然忽然想起自己在省城的父母,省吃俭用供自己读大学。在梦想与责任之间,林然只能选择后者,作为对含辛茹苦的他们的回报。

苏又夏微微皱了皱眉，语气里充满了不耐烦："我讨厌这样的理由。"

"这不是理由。"林然有些生气，"这是一直在你肩上的责任。"

"我不需要！"苏又夏"腾"地站起身，衣摆带倒了自行车，"咣当"的响声打破了此刻略微升温的气氛，更惹得路人纷纷侧目。

林然吃了一惊，第一次从苏又夏冷静的眼神中窥视出隐忍许久的怒火，这个男人身上的味道一时间朦胧了她的感官。这个神秘而矛盾的男人，内心究竟藏着怎样的故事？林然在心里叹了一口气，然后轻声叫出他的名字："苏又夏。"

他抬起头，短暂的怒火从瞳仁里消失，取而代之的是一如既往的慵懒和冷漠，从林然这个角度看去，他黑色的睫毛又长又密，却依旧遮掩不了眼睛里复杂而深沉的情感。

"为了我，坚持下去，好吗？"林然的声音轻得好像只有自己听得见，说完后心里的不安与羞愧纠结在一起，严重阻碍了她的思维。

一阵长久的沉默，仿佛过了一千个世纪，苏又夏没有任何反应，甚至连呼吸声都听不见，林然羞愧得不敢抬头，空白的脑海里溢满了自己浓重的呼吸声。

"哗啦——"一阵水声从苏又夏背后响起，林然终于抬起头，想看清楚究竟发生了什么事情，可是抬头的一瞬间，感觉自己被一双手用力抱住，接着一阵令人眩晕的温暖和香味在周身散开。林然清晰地意识到自己正被苏又夏紧紧抱着，脸靠在他的肩膀，露出的额头感觉到一阵刺骨的冰凉，原来是广场中心的喷泉突然喷水了。

十几秒钟后，喷泉水渐渐停止，四散的人群渐渐恢复平静，可是苏又夏和林然依旧保持着拥抱的姿势。林然的手因为一瞬间的惊慌抓住了苏又夏的腰，此时如同僵硬了一般怎么都松不开。呼吸再次困难，她分明听到这个男人有力的心跳声。苏又夏终于松开了手，微微低下头注视着林然，两个人的距离如此之近，以至于她能够清晰感觉到他急促的呼吸声和随之而来的热气，她不敢迎接他的视线，只是平视他的肩膀，极力掩饰内心的紧张。

"我答应你。"苏又夏低沉的声音打破片刻的沉默，空气中的暧昧随着他的离开渐渐消退。他转过身，扶起倒在地上的自行车，用袖子将座椅擦干净后往另一个方向走开了。

林然承认自己一半的灵魂已经随他而去了，她仿佛回到了初恋时光。在苏又夏面前，她心脏的跳动节奏从没有减缓过，不，甚至是初恋也没有这样的感觉。她捂住自己的左胸口，不安地闭上了眼睛。

周一早晨，不断升温的空气中蕴藏着令人不安分的燥热，林然坐在办公室里，心却飞到了大门外，昨天的一句"我答应你"让这个像女孩的女人辗转难眠，睡梦中依旧残留着苏又夏身上的香味。林然坐的位置正对窗户，一抬头便可看见大门。每隔3秒钟，林然便抬起头，望一眼大门口，看到同事们走进大门，没有心中期待的身影，便低下头继续忙碌。时针渐渐指向8点，大门口渐渐冷清，最后一个人都没有的时候，林然终于忍不住站起身，匆匆跑到大门口，急切地张望。

"找人吗？"保安关切地问。

"啊，"林然忽然清醒过来，尴尬地摇了摇头，"不是。"准备转身回办公室。

忽然，一股熟悉的香味传进她的鼻腔，刚刚才被现实拉回来的意识陡然间又蒙上一层粉色的光晕，她迅速转过身，清楚看见期盼许久的身影出现在大门口。苏又夏，迈着不紧不慢的步子走到校门口。

林然看了一眼苏又夏。恰好这时，他也抬起头看她一眼，四目相对的瞬间，林然觉得苏又夏嘴角边的伤疤好刺眼。

“怎么，受伤了？”她忍不住问。

苏又夏停下脚步，用手遮住伤疤，“没事。”

“要不要帮你擦药？”林然有些焦急，转身想跑回办公室拿药箱。

“不用了。”苏又夏拉住她的手。他的手掌宽厚又有力，林然涨红了脸，有点贪恋他手心的温度。

“许社长在哪里？”他松开手，问道。

“应该已经在办公室了吧。”林然回答。

苏又夏点点头，径直走向办公室，黄色的头发在风中骄傲地飘动，与井然有序的环境格格不入。她忽然很担心，虽然人已经回来了，但是他的心是不是依旧飘忽不定。

不出林然的意料，苏又夏又和自己的老板大吵了一架，不是为克扣到一分不剩的年终奖，也不是为逃避般的一个月假期，而是为了嘴角和身上的伤。

“我们公司不需要你这种问题人物！天天跟人打架，惹来坏人怎么办？”许社长大声责骂，声音惊动了隔壁的职员办公室，林然竖起耳朵听，心里满是担忧。

“我说过，我不会给公司抹黑的。”对方的回答像一头倔强的牛，“说了多少遍了，你就是不相信。”

“我为什么要相信你？你陶器做得再好，不会做人又有什么用？不会做人，等同于废物一个！”

“啪！”办公室门被用力撞开了，苏又夏显然听不下去了，他选择离开。

“喂，苏又夏！你给我回来！”许社长愤怒的声音回响在整幢楼内。林然不顾夏姐的阻拦，追出办公室，好不容易追上了大步流星的苏又夏，这次换她拉住他。

“为什么不说出来，你肯定在隐瞒什么？”林然很焦急。

苏又夏抬起眼，迅速望了她一眼，随后望着远方，没有回答。

“是不是打架了？”林然叹了一口气，继续问。

“没。”简单的一个字从他口中吐出。

下午晚些时候，办公室里多了一个林然熟悉的身影，是上次去苏又夏家时走在他身边的那个女孩，林然经过她身边时，女孩特意抬头望了她一眼，露出好看的笑眼。

“你是苏又夏的姐姐吗？”许社长问，此时苏又夏走进办公室，看到女孩时稍稍愣了愣。

“是啊，许社长。”女孩一边回答一边用眼角余光望着林然，“苏又夏的父母不在这里，所以托我照顾他，如果他有什么地方做得不好，我代他向您道歉。”

许社长阴沉的面色稍微缓和下来，开始数落关于苏又夏的一切不良行为：翘班、偷懒、打架……林然抬起头看苏又夏的背影，细微的眼神随即被那个自称苏又夏姐姐的女孩捕捉到，林然慌忙低下头，整理手中的资料后站起身走出办公室。

走廊上，林然望了一眼阴沉下来的天空，不知从何时开始，蔚蓝的天空开始布满厚厚的阴霾，一如墙角永远无法除掉的污垢一般，工业化带给这座小镇天空的污垢愈见明显。她整理了一下紊乱的心情，企图将苏又夏这个顽固不化的“污垢”从大脑里清除，背后响起一个声音：“林然！”

林然吓了一跳，转过身，是苏又夏的姐姐，她一脸笑意。

“啊，你好。”林然慌忙打招呼，“苏又夏没和你一起？”

“他回去了。”姐姐笑着走近，这个女孩异常年轻，林然觉得她根本和苏又夏同岁。

“你——”林然欲言又止。

“我叫原乐，是苏又夏的邻居。”女孩继续笑着，“不是姐姐，哈哈。”

果然是这样，林然猜得没错。

“不过，也不是女朋友。”原乐补充道，她歪着头打量着林然，继续说：“苏又夏说起过你，好像也只说起过你一个人，所以我对你印象比较深。”

“是吗。”林然尴尬地笑了，心里莫名地欣喜。

“其实苏又夏这次去省城就没想再回来，只是……”原乐好奇地问，“为什么又回来了？”

“或许……”林然道出心中积郁已久的疑问，“我能问一下苏又夏父母的情况吗？”

“她妈妈在省城定居，爸爸还在镇上，不过是个酒鬼，不知道在哪里。”原乐毫不犹豫地回答，然后露出些许狡黠的笑容，“苏又夏是个很有魅力的人哦，我都差点被他迷倒。”

林然的笑容僵硬了一下，一种心事被拆穿的无地自容感袭来。

原乐的表情恢复到原本的真诚，她说：“林然，我希望你能帮助苏又夏，除了你，我想不到有谁可以帮助他走出目前的状态了。”

“怎么?”林然感觉心一紧,所有的担心和猜疑在此刻得到了证实。

“他本来不是一个这么孤僻的人,他比任何人都开朗、阳光,只是过去的阴影迫使他钻进了自己筑造的死胡同里,无论怎么走都找不到出口。你的出现,确定给了他一线生存下去的希望,脸上出现了久违的笑容,可是,这一次他又突然决定放弃陶艺事业,我不想看他再堕落下去了,请你务必要帮帮他。”

面对突如其来的请求,林然呆呆站在原地,还没来得及开口说话,苏又夏的身影不知什么时候出现在两人面前,他的眼神与以往任何时候都不同,是一种跳脱理智的愤怒与不满。

“我不需要任何帮助。”他的声音低沉得可怕,“原乐,我说过,不需要任何人来干涉我的事情,这是我自己的选择。陶艺,不过是赚钱谋生的手段,放弃与否与你们无关!”

“可是,苏又夏——”

“还有,不要把这个无关紧要的人牵扯到我的生活中来,她只不过跟我在同一个地方工作而已,没有你说的那么重要!”苏又夏打断原乐的辩解,他的眼神冰冷地可怕,即便只是面对他高大的背影,林然依然能感受到他由内而外散发的拒人以千里之外的冰冷。

林然仿佛听到了心碎的声音,她抬头望着苏又夏的背影,多么希望他能转过身来,告诉自己刚才那番话只是开玩笑,她对他来说是一个重要的人。

可是,等待,仿佛等待了一个世纪,他没有转过身,依旧用沉默的背影面对她心底里的期许,她失望了,不,应该是绝望。伤心的泪水在眼眶里打转,心疼如刀割,她转过身,离开这片背影笼罩的冰冷与灰暗。

或许，一切都该结束了。林然此刻的心情，如同死灰一般静寂，把这个男人从记忆里抹掉，不要让这个结局注定是错误的故事开始。

瓦　解

所谓成长就是不断与现实妥协。工作一年的林然显然已经学会了妥协,读书时憧憬的“灵魂和生活达到和解”的生活状态显然都是屁话。现在的林然,紧紧关上心门,将关于苏又夏的一切压制在灵魂深处。

于是,走廊上每一次不期而遇,林然都变得异常尴尬和小心翼翼,马上移开视线,低下头,加快脚步,匆匆经过,鼻尖残留着苏又夏身上的香味。一阵不期然的悸动,转而变成难忍的心痛和不舍,又瞬间被压抑至心底。两个人变成了两条平行线,一样的形单影只,却看不到交汇的可能。这一切的代价,是心底无可救药的空旷和荒凉,紧握的手中空空如也,突然空下来的视线时常无处可放,只能盯着面前的陶器发呆,即便是工作时偶尔的走神,空白的脑海里总是有这样一个熟悉得不能再熟悉的身影做背景,难以抹掉,似乎不甘心被自认为足够强大的理智抹掉。

观察敏锐的夏姐似乎看穿了林然的悲伤,原本极力撮合林然与小郑的她,在多次见证林然在苏又夏事情上的主动和积极后,确信了林然对苏又夏的感情。

“小林啊,感情这事情,谁都不能怪谁。”一次午休,她和林然一起站在天台上休息。林然手捧一杯咖啡,暮春的阳光洒在身上,细胞仿佛变得倦怠和懒散,即便这样,悲伤依旧清晰地刻在她的脸上。“表面上看来，小郑和你多配啊，大家都觉得你应该和他在一起。可是呢，感情的发展永远是朝着不可预知的方向发展，这就是感情啊。我和李俊，相差3岁，大家都不认可的姐弟恋，最后还是坚持下来，也恰是我自己经历过恋爱，才能理解你此刻的感受。”

林然感觉泪水在眼眶里打转，满腔的委屈和失落即将随着眼泪倾泻而出。

“苏又夏是个好人，只是将自己藏得太深太深。”夏姐拍了拍林然的肩膀，继续说，“没有一个人是完全封闭的。我和他相识较早，你来之前，他比现在话更少、更阴沉。可以确定的是，你带给他的，的确比一般人更多。记得那些囤积在工作室的废弃陶坯吗？老许是想让你去整理的，苏又夏听到以后，第二天就默默帮你全部收拾好了。还有，你不是爱吃巧克力吗，有一次我问他借钱，他在裤子口袋里掏了半天，竟掏出一口袋的巧克力，从来不吃甜食的他，为什么要随身带那么多巧乐力？还有啊……”

林然再也听不下去了，泪水早已模糊了双眼。

傍晚，下班以后，林然收拾好东西走出大门，抬头望了望天空，5月的天气说变就变，刚刚还是艳阳高照，转眼间已经乌云密布，一场倾盆大雨即将来临。

“小林，晚上我送你回去吧。”小郑的声音从背后传来，他看到她一下午的眼睛都是肿肿的，一副没精打采的样子，声音里充满了关切，“马上就要下雨了，得赶快回家才行。”

“哦，好。”林然依旧答应得心不在焉，只是心内多了些许愧疚，这么多次笑容，仅仅是为了配合众人的眼光，欺瞒真正的内心，达到说服自己忘记苏又夏的效果，她感到很对不起小郑。或许，更应该感到对不起自己吧。林然在心里重重叹了一口气。

两人并肩走向停车场，小郑刻意跟林然走得很近，两人的手臂时不时碰到一起。林然感到有些不自然，却无法表现得特别明显，去停车场的路一下变得遥无尽头。

“小林，你……”小郑终于还是开口了，“你觉得我怎么样？”

“挺好的啊。”林然强颜欢笑，决定继续装傻。

“是那个方面，就是……”他紧张地舔了舔嘴唇，问道，“你能不能做我女朋友？”

“啊？”该来的终究还是来了，林然还是头一遭觉得被表白是如此令自己恐惧，此刻的心情如同头顶那片布满乌云的天空。

“其实啊，我第一眼看见你就觉得你与众不同了，你很善良很开朗，也很……很温柔，我们做同事一年了，一直以来，我都希望你能成为我的女朋友。”小郑的表白很朴素，即便这样，他那张憨厚的脸庞还是涨得通红，“我一定会对你好，会好好照顾你。”

小郑越说越令她觉得不安，尽管不是第一次被表白，但此刻的脑海里全部都是苏又夏的身影，没有任何一丝余地可以让她组织语言来回应小郑的表白。

就在这时，越过小郑宽阔的肩膀，林然瞥见了苏又夏的身影，他正朝大门外走去，冷峻的侧脸写满了孤独和绝望。这张脸的出现，恰好击中她内心最柔软的部分，仿佛在看不见尽头的笔直长路上，出现了微弱的光芒，尽管，这片光芒并不专属于她。

可是，苏又夏需要我，不，我需要苏又夏！

一个声音在她的内心响起，唤醒沉睡已久的行动。

“小郑，我还有点事情，下次再说吧，先告辞了！”她再也不顾人情世故了，矜持了那么久，总该顺应自己的内心行动一次。话音刚落，她快步离开停车场，撑起伞走进雨中。

倾盆大雨如约而至，噼里啪啦敲击着头顶的雨伞，巨大的雨帘模糊了林然的视线，她茫然地在大门口附近走了一圈后，终于找到了苏又夏的身影。他站在一家店门口的屋檐下，浑身湿透，湿漉漉的头发紧贴头皮，雨水不断从他的发尖滑落到脸颊和鼻梁。林然的脚步停在他斜后方十几米处，强大的理智再一次阻止了她继续前进，她依稀能够看见苏又夏泛红的眼眶。苏又夏用力吸了吸鼻子，抬头望着黑色的天空。

林然的心一阵莫名其妙的疼痛，这个倔强的男人身上，一定藏着许多故事，可是有谁愿意接近，愿意倾听呢？她深深叹了一口气，心里溢满了惭愧和自嘲，这样的自己，总是深陷在小情绪里，从来没有站在苏又夏的角度思考过，实在是可笑。林然咬了咬牙，迈开脚步，鼓起勇气准备走上前。谁知，此时苏又夏再次走进雨中，往城南方向走去，林然赶紧跟了上去。

不知是天色越来越黑，还是路灯迟迟未亮的缘故，林然发现他们行走的道路又黑又静，几乎看不见一个人影，厚厚的雨帘将两人的距离隔得更加远，令她不由自主地缩了缩脖子，提心吊胆起来。

“哐当”，一只酒瓶滚到林然的脚边，她被吓得倒吸一口冷气，还未来得及抬头观察四周，一个醉醺醺的声音就在身后响起：“哟，小姐，来玩玩呗！”

令人害怕的事情终于还是发生了。林然吓得身体僵硬了好一会儿，随着男子脚步的逼近，林然空白的大脑渐渐恢复意识，应该逃跑，还是喊救命，只是会有人来吗？正当她犹豫时，男子的手已经拉住了她的手臂，她终于忍不住尖叫起来，并用力挣脱。

“操！喊个屁！”男子不耐烦起来，伸出另一只手捂住林然的嘴巴，“安静点，小心老子毙了你！”

林然的心跳到喉咙口，呼吸声又重又急切，内心的绝望达到顶点，各种令人战栗的画面浮现在眼前，她的双腿开始发抖。

“哼哼，不错的小妞嘛，挺漂亮的。”男子的声音在她耳边响起，嘴巴里一股浓浓的酒味，“今晚好好陪老子玩——”最后一个字还没说完，一个身影急速掠过，“砰”的一声，原本扣住她的手臂的手瞬间松开，男子应声倒地。

是苏又夏！林然终于看清楚了，心里激动万分，他手中举着一根粗木棍，正准备用力打向倒地的男子。

“苏又——”林然看到男子爬起来的瞬间惊恐地大声叫道，还未来得及喊完，苏又夏就和男子扭打在一起。

雨中的搏斗，林然是第一次看见，这样的第一次，竟发生在苏又夏身上！林然试图上前拉住逐渐占上风的男子，却被苏又夏一次次拦了下来。

“快走！”这是他对她说的唯一一句话。

怎么可能走！林然看见苏又夏重重地摔向墙壁，心里慌了，大声喊：“住手！我要报警了！”

已经被激怒的男子转过身来，嘴角依旧是轻蔑的笑，捡起地上的酒瓶，朝她挥了挥：“行啊，你敢报警试试？”

林然哆哆嗦嗦地掏出手机，用颤抖的声音说：“别过来！”随即拨了110。

“操！”男子显然被激怒了，一个箭步冲向林然，手中的酒瓶朝她挥去，林然已经没有时间躲开，只能绝望地闭上了眼睛……

一阵熟悉的香味，一个熟悉的怀抱，她再次被及时冲上前的苏又夏用力抱住。“砰！”是酒瓶破碎的声音，剧烈的震动伴随着浓浓的酒精味刺激着她的身体和鼻腔，脸上带着玻璃碎片划过的刺痛，她害怕得不敢睁开眼，只听见不远处传来凌乱的脚步声。有人跑过来了,是警察吗?来不及思考,林然感觉一股湿热的液体流进了脖子,睁开眼,她惊恐地张大了嘴,苏又夏满脸是血!头顶上还残留着玻璃碎片!

“天!苏又夏!”林然尖叫道,全然不顾男子已经和几个路过的好心人扭打在一起的状况,紧紧抱住苏又夏。

“还好……”苏又夏摇摇晃晃地站直身子,没过几秒钟便倒了下去,慢慢闭上眼睛。

“苏又夏!”林然彻底慌了,向周围人求助,“快点,送他去医院!”她一边叫一边流泪,胸口中的绝望到达了顶峰。

林然扶起苏又夏,昔日瘦长而倔强的身躯俨然失去了活力,重重地压在她的肩膀上,鲜红的血液从浓密的头发间流到她的衣服上,呼吸微弱到不知何时会突然停止。

“苏又夏,坚持住。”林然感觉自己的心快要燃烧起来了,大口大口喘着粗气,雨水模糊了仅有的视线,“一定要坚持住!”

几分钟,仿佛过了几个世纪,救护车疾驰而来,林然和医护人员将受伤的苏又夏抱上车。苏又夏像是惊醒过来,一只手无力地抓住林然的手腕,她感到一阵绝望的冰凉,低下头在他耳边说:“马上就到了。”说完便紧紧握住了他的手。

医院里一阵忙乱,林然好似失掉了半个灵魂,眼中只有苏又夏,直到看见他接受治疗后安安静静躺在病床上时才稍稍恢复精神。

“姑娘,你男朋友已经没事了,让他好好休息,不过……”医生看了一眼一副狼狈样的林然,继续说,“你也应该好好休息一下,已经一个通宵了。”

林然回过神来,看了一眼窗外,新的一天悄然而至,她竟全然没有发觉,朝医生点了点头:“谢谢。”奇怪,医生误认为苏又夏是她的男朋友，她心里是那么的高兴。

病房里终于安静了下来，林然一直悬着的心也随之平静下来，回想昨晚的一幕，除了深深的后怕还是后怕，这样的事情，她再也不敢想象。她长长舒了一口气，望向眼前这个安静躺着的男人。

依旧是一脸的倔强，似乎感觉到了身体的疼痛，又似乎在做一个挣扎的梦，他嘴角略微抽动，浓黑的眉毛整齐地朝眉心攒起，高高的鼻尖上时不时有细细的汗珠沁出。林然伸出手，小心翼翼地将他鼻尖上的汗珠抹去，手指触碰到他的皮肤，身体像瞬间通上了强大的电流，熟悉的触感，带着熟悉的心跳，她好像回到了从前。原来自己挣扎了那么久，终究还是无法欺骗真实的内心。

口袋里的手机不合时宜地响了，稍纵即逝的宁静再次被打破，苏又夏的眼皮动了动，林然赶紧起身走到门外，将电话接起。

“小林，昨天晚上去哪里了，怎么突然跑开了？”是小郑，厚重的声音里透着些许焦急。

换作平常，林然会对这样体贴的他表示感激，只是今天，她的内心第一次闪现出些许厌恶，平静地说：“稍微有一点事。”

“那我待会儿来找你好吗？”和林然猜想的一模一样，小郑果然提出要见她。

她长长舒了口气，望着窗外一点一点变亮的天空，仿佛做了一个很大的决定，坚定地说：“关于昨天你提的问题，我今天回答你，我们还是重新做回普通的同事吧。”

“啊？”电话另一头传来吃惊的声音。

“我是说，”林然继续说，“我们不要再单独见面了，可以一起吃饭，一起玩乐，前提是，我们只是普通的同事……对不起。”

沉默，又是难挨的沉默，林然突然产生了挂电话的冲动，而后小郑的声音响起："好的，我明白了"

"一直以来，谢谢你了。"林然诚意地答谢，除了感谢，她已无话可说。

"再见。"对方的声音像皮球泄了气，然后匆匆挂了电话。

林然放下电话，这才意识到自己的脸颊绯红，压抑已久的内心终于感到了一丝久违的放松。

苏又夏醒来的时候，林然伏在床前睡着了，朦胧中依稀感觉到手心覆在自己手背上的温暖，一如冬日午后的暖阳，舒适而踏实。她的嘴角微微上扬，露出惬意而含蓄的微笑，当意识足够清醒时，睁开眼睛，迎来苏又夏注视已久的目光。

然而，这个害羞的男人在两人视线交汇的刹那，匆忙移开视线，盯着雪白的天花板，长长的睫毛随着眼皮的开阖抖动起好看的节奏。

"好些了吗？"林然关切地问。

"嗯。"苏又夏伸手摸了摸被绷带缠绕的头顶，细微的疼痛感还是让他面露些许痛苦。

"不要碰伤口，要多休息几天。"林然抓住眼前这双不安分的手，皮肤触碰的一刹那，隐隐约约有电流从手心通过，两个人飞快互望了一眼，又尴尬而害羞地移开了视线。

"我好像知道。"空气沉默了一会儿，苏又夏开口，声音中带着些许疲惫。

"什么？"林然小声问，脸颊上绯色未褪。

苏又夏平静地回答："我好像知道，你从未丢下我，至少，在心里。"

林然的脸再次涨红，张了张嘴，明明有很多话涌上心头，却齐齐堵塞在喉咙口，望着眼前这个单纯而执着的男人，任凭自己胸口的悸动肆无忌惮地蔓延。

“谢谢你，还有，对不起。”苏又夏露出淡淡的笑容，嘴角上扬成一道若隐若现的彩虹，“上一次是我伤害了你。”

“其实所有的一切都应该是我谢谢你。”林然诚恳地说，“不仅仅是昨晚的事情，遇见你之后，我好像距离自己的心更近了，时常能够听到它最真切和最倔强的声音，这样的自己，活得自在而无畏。”

苏又夏笑意渐深，带着深沉的眼神望向窗外无云的蓝天，陷入了短暂的沉思。

林然用欣赏的目光端详了一遍这张精致至极的侧脸，小心翼翼地问：“明明有大路可以走，为什么要走这么危险的路？”

苏又夏转过脸，笑容渐渐从嘴角隐退，眉头微微皱起，却依旧平静地回答：“我在找一个人。”

“很重要的人吗？”林然试探性地问，许久未至的好奇心悄悄袭来，向来不爱管闲事的她只对特定的人关心在乎。

“是为了还一笔债。”苏又夏指了指自己的心，“已经过去很久了，好像它从来没有忘记愧疚过。”

“所以这也是你回来的原因？”林然问。

苏又夏点点头：“嗯。”

气氛又陷入暧昧的沉默，两人互相望着对方，碰撞的视线渐渐从尴尬变为依恋，只是林然依旧觉得隔着一道无法穿越的距离。她有一种冲动，想要更进一步了解眼前这个男人，于是说：“我知道，过去的事情带给你太多悲伤，但我从来不希望你忘记。真的，如果你愿意，我会一直陪在你身边。”这番话是表白吗？讲完以后，林然觉得自己脸红心跳。

苏又夏的眼角展开许久未见的笑颜,融化了冰冷的脸庞,他伸出手,握住林然的手,许愿不愿松开。

“林然。”苏又夏突然直呼她的名字,“我可以这么叫你吗?”

“嗯。”林然点点头,第一次被他直呼名字,竟觉得异常亲切,是因为他是独一无二的苏又夏吗?

“我想将所有一切告诉你,不过不是现在。”苏又夏半闭上眼睛,“很累,想休息一会儿,你会陪着我吗?”

“嗯。”林然点头,双手紧紧握住他的手,倚靠在床沿,“我陪着你。”

苏又夏安心地闭上眼,仿佛一个许久未踏实睡过的劳动者,很快陷入了沉沉的梦乡,呼吸声均匀。

林然也闭上眼,近距离感受他身上的味道,感受他在自己身边时带来的踏实和舒心,安静的期许和希望。

7 月的天空,蓝得一望无垠,一如学子纯粹的心境,学生们的暑假到来了,对于上班族而言,7 月只是一个平凡的不能再平凡的上班月。林然的心情被炽热的阳光渲染得雀跃无比,尽管日子依旧简单如一,尽管生活依旧没什么起色,但是一切她都不在意,现在,她唯一在意的是,前段时间出院的苏又夏。两个年轻人,因为一起意外的事故,心与心的距离愈发近,爱情的萌芽终于冲破了厚重的土壤。

单调乏味的公司里,关于林然的流言开始流窜,放弃与小郑的绝配姻缘,与奇怪男人苏又夏接近,都让周围人的目光从不解到质疑。比较亲近的同事打电话来关切地询问:“小林,究竟是怎么怎么回事?”

“就是这么回事。”林然的回答简单到连她自己都觉得茫然。

每一个女孩，骨子里都希望得到一段认可的关系，是或不是，干净和纯粹。只是面对自己与苏又夏的关系，林然畏惧不前，她无法想象自己和苏又夏的未来，或许紧抓现在才是最重要的，又或许，这样的关系，永远只能停留在比朋友多一点的地方。

空下来的时间，林然都和苏又夏在一起，用异常闲适的脚步逛遍恒安镇每一个角落。每一条小巷和街道，每一座带着故事的建筑和城墙，每一间狭小抑或宽大的店铺，苏又夏都娓娓道来，给予她最美好的关于美的感受。

苏又夏带林然走进一家名叫"南风"的咖啡店。古旧的木质门被推开的瞬间，悦耳而熟悉的女声与门上的风铃声同时响起，"欢迎光临！"吧台前的女子抬起头，随即露出熟悉的笑容，"哟，来啦！还有小林。"不用怀疑，那位女子便是原乐。林然的视线一触碰到原乐那双爱笑的眼睛，便不经意地觉得尴尬，仿佛自己所有的心事一瞬间都能被她看穿。

"苏又夏，你第一次带朋友来这里哦！"原乐的话意味深长。

苏又夏安静地笑笑，在吧台的椅子上坐下。"姐，两杯咖啡。"随即转过脸来问林然，"你喝吗？"

"嗯。"林然点头，听到苏又夏叫原乐"姐"时，自己心里莫名的轻松，在他身边的椅子上坐下。

原乐将两杯咖啡放在他们面前，便坐下来仔细观察林然，笑着问苏又夏："她和她长得真像，是吗？"

苏又夏摇摇头，望着杯子里褐色的咖啡，缓缓说："其实不一样。"

空气陷入熟悉的沉默。伴随着浓浓的咖啡香，时间如同流水一般安静流淌，所有好奇的言语，统统淹没在苏又夏似笑非笑的嘴角边，被干净地磨平棱角。这使得林然放弃追问，心甘情愿抚平不安的心情，投入他的安静与笑容。

苏又夏，究竟是怎样一个男人？林然经常思考这个问题。干净、细心、骄傲、敏感，甚至深沉和悲观，仿佛再没有这样一个同等复杂的同龄人存在，相处的时间越长，她愈发好奇他埋藏在内心深处的故事。

不经意间，林然看到苏又夏的头发，黑色头发渐渐长出，与黄色头发相映，层次分明，搭配这张棱角分明的侧脸，显得更加精致和迷人。林然心里很清楚，在这个男人面前，她的心跳从未减速，心动和心痛，冰与火共存，在心灵深处做剧烈地斗争，这使她时常在梦中惊醒过来，泪水浸湿枕巾。

“你会离开吗？”林然忽然很想问这个问题，但是一触碰到苏又夏的视线，她将已经在喉咙口的话吞回肚子里。她总是有这样一种错觉，站在自己身边的苏又夏，是一只心念天空的巨鹰，随时准备展翅飞翔。

镇上有一条苕溪河，是两个人“徒步旅行”的终点。夏天的傍晚，站在苏又夏的身边，林然闭上眼，安静聆听晚风泛起波浪的细语呢喃，静默的空气在轻灵的水声中溢满了独有的闲适和温暖。

“沙沙沙”，耳边传来苏又夏摩挲头发的声音，林然转过脸，看见他手捂着头顶受伤的地方，微微皱着眉。

“又犯晕了？”林然扶住他的手臂，关切地问，“我们坐下吧。”

两个人并肩坐在河边的大石块上，苏又夏的表情稍稍缓和，开口说：“小时候我们经常来这里。”

“我们？”林然问。

“嗯，我们。”苏又夏肯定地点头，“所有关于这里的故事都有蓝玉、陈天启和我。”

“原来是青梅竹马。”林然恍然大悟,“你要和我说的,是关于你们三个?”

苏又夏点点头,陷入回忆的表情里有些许黯然,她可以猜想到这个故事的结局并不快乐。

童年玩伴

“丁零零——丁零零——”尖锐刺耳的电话铃声划破夏日午后昏睡沉闷的空气。苏又夏跳下沙发,赤着脚跑进卧室,拿起黑色话筒的瞬间,听到电话那头传来嘈杂的人声和酒瓶碰撞的声音,他马上知道来电话的人是谁了。

“小夏啊,爸爸晚上不回来了!”男子的声音浑浊又含糊,苏又夏仿佛闻到了熟悉得不能再熟悉的酒精味,“跟妈妈说一声。”还没等他回答,电话“咔嗒”一声挂断了,传来“嘟嘟嘟嘟”的忙音。

苏又夏愣了几秒钟,放下电话,从厨房里传来“哗哗哗”的水声比刚刚的电话声更加刺耳,他跑进厨房,对着母亲的背影喊道:“妈妈,爸爸晚上不回来吃饭了。”

母亲停下了手中的动作,静默的空气里只剩下水流的声音,这个瘦削的背影对着窗户发了几秒钟呆,然后平静地应了一声:“哦。”

苏又夏小心翼翼地将脚丫迈出厨房的门槛,半个身子还未完全撤离时,母亲的声音再次响起:“小夏,我们以后晚饭都去外婆家吃了。”声音里充满了坚定,这张终究无法逃离时间利刃的美丽脸庞绽开了释怀的笑容,这样的笑容,在他眼里,显得有些夸张和做作。

"哦,好。"苏又夏回答得有些勉强,他不太喜欢去外婆家,因为外公的脸一直紧绷绷的,很少对他笑。更重要的是,他不得不改变自己放学回家的路线,把从镇西到镇北的路线改为从镇西到镇南的路线,从亮堂的落地橱窗到吆喝声喧天的闹市摊头,这一切并不符合一旦形成行走习惯便不愿被改变的苏又夏的意愿。只是刚满 10 岁的他,似乎能够明白母亲做这个决定的原因,只因谁都不想继续无望地空等,在一座时常缺少父亲身影的空房子里。

第二天傍晚,苏又夏走出校门,习惯性地往笔直的大马路上走去,快走到转弯口时才想起自己走错了方向,低下头,转身走往满是地摊的小弄堂,周围的吆喝声让喜欢安静的他不知所措,只有将头埋得更低,加快行走的速度,没料到结结实实撞到了一个穿着西装的男子的后背。

"呀,走路没长眼睛啊!"男子恶狠狠地说,凶狠的表情令他感到熟悉,父亲喝醉酒后经常面带这种表情。

"对不起。"苏又夏轻声说了一句,匆匆离开,不料被男子一把抓住,不顾众人的眼光,大喝道:"小鬼,想偷我钱包是不?"

苏又夏皱起了眉头,心底里涌起对这个低俗男子的厌恶,他勇敢地抬起头,冷冷地望着这位衣着花哨又过时的男子:"这位大叔,请问您有什么地方值得我偷?"

男子的脸色一下子难看起来,抬起手准备朝苏又夏的脸上打去,却被一只细长的手抓住了手腕,一个女人讨好的声音响起:"老板,不要这样子对小孩,算了。"苏又夏看见一个浓妆艳抹的女人站在摊位后面,一脸谄媚的笑着:"来,过来坐一坐,消消气。"

男子瞪了苏又夏一眼,搂着女子的肩膀,换上一副轻松的笑容，满脸色相。女子朝苏又夏使了一个眼色，示意他走开。

苏又夏不服气地撇撇嘴，生气地迈着脚步离开，穿过无数行人和摊主好奇的眼光，经过恶臭冲天的公共厕所，最后走过一条长长的弄堂，来到外婆家，停下脚步的时候，微微喘着气，似乎刚刚经历过长征。

“小夏！”外婆高亢的嗓音从最里面那幢二层小楼里传了出来。一如那个传统与革新并存的时代一样，这一排略显古旧的房屋在日渐增多的商品居民楼群里显得格外引人注目，时时刻刻彰显着小镇独有的顽强性格。外婆从厨房探出脑袋：“今晚在这里睡吧，妈妈要加班。”

苏又夏没有任何回应，认真张望了一眼，视线定格在这排房屋与商品居民楼之间隔开的空地上。不足100平方米的水泥空地，俨然成了附近孩子嬉戏的天堂，许多熟悉却道不出名字的同龄脸庞出现在他面前，眼神里充满了好奇与距离。苏又夏不是一个自来熟的孩子，他撇了撇倔强的嘴角，迈开步子，小跑出这些孩子们的视线。

晚餐的气氛有些沉闷。外公坐在时常坐的位置上，一杯啤酒，一碟小菜，架起一只脚，吃得优哉，只是脸上的表情依旧严肃，紧抿的嘴唇似乎随时有骂人的冲动。外婆则完全相反，肉肉的脸颊一鼓一鼓，随后伸出同样肉鼓鼓的手掌，接住嘴里吐出的无法咬烂的蔬菜根，餐桌上的话题大部分从她而起。她笑眯眯地看着自己的外孙，开始发挥唠家常的特长：“小夏，隔壁水珍阿姨的孙子和你一样大，学习成绩可好了。”

“嗯。”苏又夏淡淡地答应，说实话，他的成绩也不差，每次考试都在前三名，尤其在爸妈吵架的时候，当耳边充斥着两个人扯破喉咙互骂的声音时，他似乎更能用心看书、写作业。

“苏勇几天没回家了?”外公略显沙哑的声音响起,好不容易轻松一些的空气再次凝固起来,在这个家里,苏又夏的父亲——苏勇,永远是个堵心的代名词。

“两个星期。”苏又夏小心翼翼地回答,只盼望碗里的饭赶快进到嘴里。

“啪!”外公将筷子重重放在木质餐桌上,厉声说:“这家伙还是人吗! 当你们母子不存在是不是!”

苏又夏低下头,一语不发,关于父母,他从来不愿意多说什么,甚至无法理解他们结合的意义。自从他有记忆以来,父母间的争吵就从未停止,无数个本该安静熟睡的夜晚,耳边总是充斥着近乎撕心裂肺的对骂和碗盘摔碎的声音。赌博、喝酒、嫖娼,这个名叫苏勇的男子,日复一日摧残着善良、敏感的母亲和冰冷、破碎的家庭。习惯了,年幼的苏又夏早早习惯了这样的家庭生活,习惯在吵闹声中安静熟睡,习惯在恶毒的语言中安静吸收书本上的华丽辞藻,也习惯在邻居好奇和同情的眼光中生存。

晚饭终于在外公的骂骂咧咧中结束,苏又夏躲进二楼的房间,他重重舒了一口气,坐在略微有些高的木头书桌前,打开蘑菇形状的台灯和语文课本,进入学习的状态。或许是一时难以适应新的学习环境的缘故,课本上的字难以进入他的脑海中,大部分注意力被台灯投到窗口墙壁上的一片橙色光影吸引住,温暖柔和,如同冬夜里的火苗,微弱却能给生来缺少安全感的他带来些许温暖的慰藉。这时候,隔壁传来断断续续的口哨声,仔细聆听,是当时最流行的《还珠格格》的主题曲。口哨声在中间停了下来,似乎在思考下面的旋律,苏又夏忍不住接下去吹起口哨来。很快,隔壁的声音再次响起,两个人像两只小鸟,用声音交流着。苏又夏忍不住笑了,很少与人交流的他,突然间对隔壁吹口哨的人产生了兴趣，打开窗户想看个究竟，身后传来外婆的声音：“小夏，该睡觉了。”隔壁的口哨声戛然而止。

第二天清晨，苏又夏出门上学，经过邻居家门口，看见一个个子与自己一般的男孩，穿着整齐宽松的校服，理着干净的平头，似乎也刚从家里出来。

“昨天是你在吹口哨吗？”男孩走了一段后回头问道，声音一本正经。

“嗯。”苏又夏点头，忽然想起眼前这个男孩应该就是外婆昨天提起过的。

“我叫陈天启，红旗小学301班，你呢？”他主动自我介绍。

“苏又夏，红旗小学303班。”苏又夏回答。

“以后一起去学校吧。”陈天启提议，“我爸爸是六年级的数学老师。”后半句话像是在炫耀。

“好。”苏又夏点头，年幼的他并不懂得拒绝，而且常年住在狭小的商品房的他很需要同龄孩子的注意和陪伴。

两个个子相当的孩子并肩走在去学校的路上，经过卖大饼油条的摊头，陈天启掏出一张崭新的10元钱，态度略显傲慢：“给我一份。”随后像是想到了什么，转过脸问苏又夏：“你要吗？”

苏又夏摇头，他没有在外面吃早饭的习惯，更何况也不可能，他的零用钱每天最多只有1块钱。

再次经过昨日的闹市区，稀稀落落的摊头尽显繁华后的凄凉。苏又夏一眼便望见了昨日替自己解围的女人，穿着过分鲜艳的碎花长裙，脸上依旧浓妆艳抹，低着头忙碌。

“我们换条路走吧。”陈天启开口说。

“为什么？”苏又夏好奇地问，他很想上前向那位阿姨道谢。

“喏，那个阿姨，”陈天启指着前方那个女人，“我爸让我不要接近，她有艾滋病，一接近就要死的。”

苏又夏愕然。艾滋病，在那个年代的孩子心中，是比癌症更可怕的恶魔，不仅象征着身体的腐朽，更象征道德的沦丧。

“走吧。”陈天启碰了碰苏又夏的胳膊，绕道前进。

午休时间，坑坑洼洼的操场上依旧闹成一团，孩子们互相抱成一团，在泥地上打滚，玩着只有他们自己才明白的游戏，苏又夏绕过成群结队的同伴，这样的喧闹，向来与他无缘。他走进小卖部，低头盯着冰柜里的红色果冻，嘴里回味着第一次也是唯一一次吃冰冻果冻的味道，冰凉甜蜜，又夹着舒适的柔软，这样的味道终生难忘，只是太贵了，1 块钱只能买一个。想到这里，苏又夏轻轻叹了口气，舔了舔干涩的嘴唇，转身准备离开。

“给！”转身的瞬间，一只手将一个果冻递到他面前，苏又夏认出这张脸，是相识不久的陈天启，他的手里抓满了冰冻果冻，“我有很多。”

苏又夏咽了咽口水，微笑着摇摇头，骨子里的傲气艰难打败了对果冻的渴望。更何况，母亲一直教育他，不要轻易接受不属于自己的东西。

陈天启张了张嘴，刚想说什么，教学楼后面传来一阵巨大的喧哗，引起了两人的注意。他们跑到教学楼后面，挤进拥挤的人群，终于看清楚众人围观的真相。

一个瘦高的女孩独自站在一楼的窗台上，脸颊几乎贴到了玻璃，身后几个孩子在喊：“蓝玉，你说过考试不及格就要爬窗户的，快点啊！说话算话！”话音刚落，围观的所有孩子都跟着起哄。

“啊，蓝玉，我知道，302 班的。”陈天启的嘴巴里还含着果冻，讲话嘟嘟哝哝，“我爸让我不要跟她玩，因为——”

“啪！”蓝玉的身体被人推了一下，重重地撞上了玻璃窗，声音尖锐又刺耳，苏又夏的身体抖了一下，仿佛自己也能感觉到那阵疼痛。

“蓝玉，快点，不要磨叽了！”苏又夏身边的一个男生手舞足蹈地喊，胳膊肘不小心撞到了他，他结结实实地跌坐在身后的竹林中，刚洗过的校服沾了一屁股的泥巴。

“切！”苏又夏感觉自己易怒的情绪冲破了底线，站起身挤进人群，走到中间，抓住蓝玉的手腕，将她用力拉下窗台。她轻声尖叫了一句，身体却没有反抗，潜意识里似乎正等待这样的救援。

“走！”苏又夏朝她喊了一句，紧紧拉住她的手，在众人讶异的眼神中挤出人群，从走路变成小跑，将蓝玉带出灼热的视线范围。

两人在操场边停了下来，苏又夏微微喘着气，抬起头，第一次看清楚蓝玉的样子：略微泛黑的瓜子脸，精致小巧的鼻梁，长发披散在肩上，头顶上是一只粉色的发箍，宽松校服包裹着修长的身体，即便眼帘低垂，依旧可以感觉到这对眼睛的大而清澈。两个孩子的手依旧紧紧抓着，丝毫没有松开的意思，安静对视了片刻后，终于尴尬地松开手，蓝玉紧抿的嘴唇微微动了动，似乎想说又不敢说话的样子。

眼前这个腼腆的女孩，苏又夏没有一点印象，他一边暗自讶异这一天遇到了两个奇怪的人物，一边好奇地问：“为什么你考试不及格就要爬窗户？”

蓝玉的眼神再次黯淡下去，低下头，一句话都不说。这时候，身后传来了陈天启靠近的脚步声：“苏又夏，你们——”话音刚落,他停下前进的脚步,往苏又夏的身后躲了躲,像躲避瘟疫一般躲避蓝玉。

苏又夏微微皱了皱眉,内心的正义感有增不减,大声说:“以后有谁欺负你,就找我,我叫苏又夏,303班。”

蓝玉的肩膀颤抖了一下,抬起头,感激地望了一眼苏又夏,轻声说:“谢谢。”声音虽细微,但有一种舒适的感觉。

“喂,苏又夏!”陈天启在他耳边着急地叫。

苏又夏看了一眼他手上快融化的果冻,抢过一个塞到蓝玉手里:“来,给你吃。”说完便转过身走回教室,背影甚是高大无畏。

几日后的一个课间,秋风渐起,片片落叶飘落在苏又夏的肩头,他竖起校服的领子,坐在操场边的高低杠上,耳边回响起昨晚母亲说的话:“我和你爸爸准备离婚了,不过,有一些事情需要去法院解决,到时候你也要去。”简单的一句话,犹如一块岩石,投入他心内的湖泊,溅起不大不小的涟漪,他的嘴角露出自嘲的笑容,一个意料之中的结局,叩响隐藏在内心深处的蓝色大门,悲伤、释然、留恋……五味杂陈的矛盾情感在胸口反复交替。

突然,一个人的身影出现在操场边,双脚迈进沙地时发出“沙沙沙”的声音。苏又夏抬起头,看见蓝玉小心翼翼地朝自己走来,视线触及的瞬间,她又害羞地低下头,长长的头发遮住秀气的五官。

“苏又夏?”眼前这个人发出细微的询问声,他没有回应,只是专注地盯着她,希望借此转移悲伤又矛盾的注意力。

蓝玉轻声叫完这个响亮而独特的名字后陷入短暂的沉默,空气凝固了几秒钟后,她鼓起12万分勇气,抬起头,双手递上三个红色果冻:“给你。”

苏又夏扬了扬浓黑的眉毛,视线从果冻鲜艳的红色移到蓝玉漂亮的眼睛里,清澈的湖面倒映出自己的身影,精致又英气的眉宇间溢满了倔强。

“给!”蓝玉稍稍抬高了纤细的手腕,果冻在苏又夏的鼻尖下散发着白色的冷气,无数水珠从上面滑落,渗进她手掌的纹路里。

他抬起双手,还未来得及接过果冻,失去支撑力的身体便急速往下坠落。“咚”的一声,他重重摔倒在沙地上,伴随着蓝玉惊恐的尖叫声。意识稍稍模糊了片刻,他睁开眼,无数次摔倒后注定会呈现蓝色的天空,只是这一次,意料之外出现了蓝玉紧张的脸庞,空空如也的掌心第一次被一双温暖的手握紧。

“你没事吧?”蓝玉紧张地问,果冻散落在两人身边的沙地里,裹上了一层细细的泥沙。

苏又夏挣扎着起身,一股滚烫的液体不经意间从眼角滑落。蓝玉再次露出惊恐的表情:“你哭了,一定很痛吧!”

“没有!”苏又夏倔强地回答,伸出沾满泥沙的手擦去眼角的泪水,皮肤被泥沙刮擦得刺痛,泪水却再次不听话地流了下来。

“骗人!”蓝玉撅起嘴巴,露出不相信的笑容。

苏又夏跟着她一起笑了,泪水依旧不停流进咧开的嘴角,咸涩中带着些许生与温暖的希望。

几天后,苏又夏被外婆带去法院,这是他第一次走进法院。

空荡荡的大厅中间摆放着一张棕色长椅,父亲母亲分别坐在长椅两侧,中间似乎隔着一整个光年的距离。时隔两个月,苏又夏第一次看见父亲,昔日英俊的脸上布满了憔悴的皱纹,平日打理得整整齐齐的头发凌乱不堪。他看了一眼自己唯一的儿子后迅速低下头，像一个犯了错的小孩。一个身着深蓝色制服的年轻女子走到苏又夏面前，温柔地笑着："苏又夏小朋友？跟我进来吧。"她伸手指了指台阶上的一间办公室。

母亲站起身，试图将他搂在怀里，苏又夏别过脑袋，转身跟着女子走进办公室。

"知道爸爸跟妈妈的情况吗？"女子依旧面带笑容。

苏又夏点头，看见桌前摊着一张纸，径直问："要我在这上面签字吗？"

"呀。"女子似乎没想到苏又夏会这么快切入主题，"是的，你是——"

"我选择跟我妈妈，在这里签字是吗？"他拿起笔在最下方签上了自己的名字。

"啊，字写得真漂亮。"女子的笑容有些勉强，这么干脆的孩子大概第一次见到吧。

苏又夏放下笔，转身走开，双脚迈出办公室门槛的时候禁不住加快，经过父母身边，他努力不去看他们。飞快走出法院大门，待接触到室外的空气时，他长长舒了一口气。那个冰冷的地方，几乎要夺走他的呼吸。

"苏又夏！"一个声音在不远的前方响起，他站直身，惊讶地看见陈天启和蓝玉并肩站在不远处，微凉的秋风吹廾他们额头上的刘海，笑容显得明亮和温暖。他笑了，跑到他们面前，忽然有一种抱住他们的冲动。

"在里面那么久，干什么了？"天启问。

"没什么，就是签了个字。"苏又夏漫不经心地回答。

"走，我们去玩。"蓝玉建议道。

"好啊。"苏又夏开心地回答，揽住蓝玉和天启的肩膀，用力往下一压，双脚悬空了几秒钟，随后着地，惹得两人纷纷大叫：“苏又夏，你干吗！”

他大声笑了，眼角滑落一滴晶莹的泪珠，决心不再回头看一眼身后的人和物，就这样一直往前走，和自己的伙伴一起。

微妙的三人行

“丁零零——”闹钟声打破清晨的空气,苏又夏从被窝里探出脑袋,迷迷糊糊地直起身,将恼人的闹钟重重按下,本想再睡下去,母亲的声音从隔壁房间传来:“小夏,起床了。”

苏又夏睁开眼睛,意识渐渐从缥缈的意境中回来。咦?刚刚不是骑着马打仗吗?到底哪个是真实,哪个是梦境?

“小夏!”母亲的声音再次响起来,他终于从梦中回到现实,抓了抓凌乱的头发,下床穿裤子,发现裤腿又短了一截,大声喊:“妈妈,裤子又短了!”

“你到底吃了什么?个子长那么快!”母亲略带责备地说,“快起来,吃早饭了!”

苏又夏从衣柜中翻找了一通,好不容易找到一条长短适中的裤子,穿上后便匆匆洗漱。他和母亲住的地方只有两个房间,没有独立卫生间,每天清晨他们都要早些起床,避免洗漱高峰期。相反地,苏又夏不喜欢在公用卫生间洗漱,他喜欢躲在窗台上,一边刷牙一边欣赏楼下的风景,更重要的是,等待蓝玉准时出现的身影。

“6 点 30 分,你该出现了吧。”苏又夏嘴巴里含着泡沫,暗自嘀咕道,视线不离楼下的弄堂口,果然不出所料,蓝玉的身影如约而至。

“妈妈，我先走了！”苏又夏像上紧了发条的机器人，飞快完成了手上的动作，背上书包跑出门外。

“哎，早饭！”母亲在身后喊。

“蓝玉帮我带了！”苏又夏边回答边三步并作两步蹦下台阶，穿过悠长的楼道，肩膀擦过弄堂的黄泥墙，跑到蓝玉的背后，刚想大喊一声吓唬她，没料到蓝玉已经转过身：“行了，老是玩这一招，我有这么笨吗？”

苏又夏嘿嘿傻笑着，蓝玉伸出手，替他掸去肩膀上的灰尘：“能不能不要老是这么脏兮兮的。”苏又夏再次仔细打量面前这个比自己矮半个头的女孩，已经17岁的她，出落得越发清秀可人，小时候黑黑的皮肤开始泛白，五官组合得恰到好处，嘴角上扬时会牵动脸颊边若隐若现的婴儿肥，身材修长，但胸部处已微微凸起。

“看什么？”蓝玉的脸微微涨红，伸出拳头轻轻打了苏又夏的手臂一拳，将手中的包子、豆浆递给他，“给你。”

苏又夏露出满足的笑容，接过包子大口大口吃了起来，两个人并肩走到天启家门口，吃饱肚子的他终于有力气喊：“天启，上学啦！”

没过多久，一个匆忙的脚步声由远及近，“啪”，门一打开，17岁的陈天启出现在两人面前，样子似乎没有多大改变，依旧是小平头，矮个子，只是鼻梁上多了一副眼镜，略微发胖的身体外面套着干净的校服。

“今天不是礼拜一，穿什么校服！”苏又夏不满地抱怨道，他最讨厌穿校服，幸亏学校只规定礼拜一要穿校服。

“你管我！”天启从鼻子里“哼”了一声，飞快地看了一眼蓝玉，眼神里隐藏着些许别扭，犹豫了一下，站到了她身边。

“走吧!”苏又夏像是发号施令的总司令,带领两位士兵踏上去学校的征途。三人行,从人与人之间的距离和脚步,总能发现一些细微的问题。脚步刚一迈开,蓝玉轻轻挪动了一下步子,从苏又夏的左侧挪到了右侧,顺理成章地将苏又夏夹在她和天启的中间,然后伸出手习惯性地拉住苏又夏的袖口。这个细微但明显的动作,即便是最大条的苏又夏也能察觉到,他在好奇的同时暗自觉得骄傲,他很清楚,蓝玉最依赖的是自己。

苏又夏他们就读的当地公办高中,是镇上唯一一所中学,教育水平不是特别好,条件稍好一些的家庭都将孩子带到省城中学就读,剩下的一些中低收入家庭的孩子,聚集在这所陈旧的学校,鱼龙混杂,这里已然成为一个复杂的社会,翘课、打架、早恋、帮派林立……想要出淤泥而不染似乎是件连生存下去都很困难的事情。苏又夏是个极其聪明的孩子,身上有一种极强的存在感,不沉默也不张扬,读书成绩全校第一的同时,也能做到不参与任何不良活动,事不关己的性格终究造就了苏又夏一副冷酷的模样,为此得到不少同龄人的注意,甚至是爱慕。苏又夏收到第一封情书的时候,他正和蓝玉两人在舒适的阳光下看书,从书页中掉下来的粉色信封透露出些许暧昧气息,他捡起信封,稍稍失了一会儿神。

“是情书啊。”蓝玉的声音听上去很随意,“你不看看吗?”

“没兴趣。”苏又夏将信夹回书中,继续低头看书,心里对蓝玉随意的语气起了略微不爽的反应,用更随意的语气回应,“你应该司空见惯了吧。”

“喂,苏又夏,你又在胡说!”纯真的蓝玉到底急了,声音提高了几个分贝。

“有吗?昨天那个赵虎,前天那个陈思齐,大前天那个……”

苏又夏歪了歪脑袋，想不出名字来，“该不会除了我和天启的，你都收到过了吧？”

蓝玉脸红了，伸出手用力打了一下他的手臂，这是她的习惯性动作，每逢碰到难以用语言发泄对苏又夏的满腔愤怒与不满时，她都会用这一招，而且力度与愤怒程度是成正比的。

“啊！”苏又夏大叫了一声，意识到自己说话过于刻薄了，撇了撇嘴，没有再说什么。这是两个人唯一一次稍微严重一些的拌嘴，大多数情况下，苏又夏和蓝玉，默契比亲人更深，彼此的一个眼神，都能立刻心领神会，不用过多言语和行动，彼此的存在自然如空气，又不可或缺如空气。只是有两条底线，在他们心里，不敢轻易触碰。一是关于爱情，在这个早恋肆意泛滥的学校里，两个受欢迎的孩子，彼此之间有一种心照不宣的默契，虽然互相爱慕，却绝不捅破那张纸。两人心知肚明，突如其来的爱情，终究抵不过彼此弥足珍贵的心灵默契；过早的爱情，只能被残酷的现实打败。二是关于天启，三人的友情，终究会有一方被专属于两人的空气隔绝，天启有时候像一个大哥哥，家境优越的他在物质上时常帮助两位朋友；有时候又是一个任性的小弟弟，提出一些奇怪的要求。心思敏感的他逐渐感觉到了蓝玉刻意而胆怯的疏远和苏又夏令人恼怒的事不关己，这种感觉令他自己觉得被孤立，也令苏又夏和蓝玉觉得天启在刻意与他们保持距离。

高三最后一次校运会，擅长体育的苏又夏照例代表班级参加 4×100 米接力赛。学校的操场像一个斑秃老头的头顶，长满稀疏的杂草不说，地面坑坑洼洼，在上面跑步不仅需要体力，更需要平衡力。所幸苏又夏的步伐足够快，所以凡事都懒得参加的他倒是这个竞赛项目的常客。比赛前，蓝玉走到他面前，轻轻说了一句："加油！"浅浅的笑容搭配秋日投射角度恰如其分的阳光，使此刻的蓝玉特别好看，苏又夏情不自禁心跳加速，脸颊微微泛红。

"你不是我们班级的，想当叛徒吗？"苏又夏用一句玩笑话遮掩内心的慌乱，"赶紧回去，不然又要被同学说了。"

"友谊第一，比赛第二。"蓝玉调皮地笑了笑，为苏又夏整理了一下衣领。这时候，天启走了过来，他不是个体育干将，运动会上要不做安全保卫员，要不做播音员。

"苏又夏，加油了！"他的视线越过蓝玉，径直望向无论在身材还是相貌上都超过自己的苏又夏。

苏又夏吸了吸鼻子，似乎闻到了什么气味："天启，你身上怎么会有烟味，你该不会抽烟了吧？"此话一出，蓝玉也好奇地凑近闻了闻，赞同地点头。

家教甚严的天启，没有父亲的允许，绝对不会干出格的事情。这一次的叛逆，让两人吃惊不小，苏又夏问："跟谁学的？"

"瞎说！"天启嘟囔了几声，拍了拍苏又夏的肩，"好好比赛吧！"说完匆匆扫了一眼一直站在两人中间的蓝玉，转身离开。

哨声响起，紧张的比赛正式开始，苏又夏站在第四棒的位置上，专注地望着一步一步朝自己接近的队友。与他同跑最后一棒的是蓝玉班级的沈杰，一个高高壮壮的大块头，听说是个出名的小混混。无巧不成书，小时候他也是欺负蓝玉最多的人。此时此刻，两人的眼神在不经意间撞上，沈杰露出轻蔑的笑容，苏又夏回报以同样的不屑。

第三棒距离苏又夏已经不足 10 米远，他迅速做好起跑的准备，接力棒一触碰到手心，已像离弦的箭一般冲向终点。

说实话，苏又夏从不拒绝跑步比赛的重要原因，是因为他喜欢这种注意力集中的纯粹感觉，心无旁骛，只需专心做好手中的事情。除了跑步，他最爱的便是陶艺。苏又夏的爷爷是一位陶艺工匠，他曾经近距离观察爷爷制作陶艺。只需一眼，他就被眼前那张专注的脸庞和眼神吸引，纷繁复杂的世界，在这一刻，全部幻化成黏土与手的舞蹈，交汇而成的优美曲线，使外界的喧哗也化成与泥土共鸣的呼吸声。一双粗糙的手，一份纯粹的意志力，造就一件赏心悦目的艺术品，小小年纪的他便被陶艺折服，幼小的心中埋下了学习陶艺的种子。

苏又夏很确信，奔跑的时候，一如制作陶艺的时刻，时间是静止的，喧闹声消失于耳边的风中，脚步升腾而起的瞬间，仿佛踩上一片五彩云朵，转眼间又被地面凹陷的坑洼吸引下去，短暂的失重，让他感觉自己的呼吸声也往下一沉。

终点线就在眼前，胜负向来在苏又夏在意的范围之外，他专注于跑步的过程，并且醉心于到达终点线的成就感。然而，脚下忽然受到了某种尖锐物体的阻挡，一个大大的踉跄，整个人重重摔倒在地上。速度带来的冲击力可想而知，苏又夏只感觉到全身火辣辣的痛。

喧嚣和嘈杂声由远及近，一阵混乱的脚步声接近倒在地上的苏又夏，他睁开眼，沙石落进了眼睛，浑身火烧一般的痛，疼得他龇牙咧嘴。

“苏又夏！”蓝玉和天启的声音首先传入他的耳朵，他们一边一个将他扶起，蓝玉低声尖叫了一声：“天，伤得这么严重！”

“谁踢过去的石头？”体育老师大喊。

四周一片寂静，大个子沈杰，肩上还挂着红色的终点线，带着专属于胜利者的笑容走近，这样的笑容隐藏着些许狡黠，他佯装关心："你没事吧？"

蹲在苏又夏身边的蓝玉，嘴角因愤怒而抽动，欲起身时被天启用力拉住，空气在瞬间降到了冰点。苏又夏挣扎着站起来，心中的怒火足以驱使他狠狠地揍眼前这个小人一拳，可惜心有余而力不足，此刻他只想找个地方坐下来休息一会儿。

"算了，我们走吧。"他忍着痛站起来，对蓝玉说，"我能先去你家吗？"他不想让妈妈看到自己摔伤后的样子。

回蓝玉家的途中，蓝玉不停地质问天启："为什么阻止我上前揭发他？"她语气越来越不满，文静寡言的她，也只有在苏又夏的事情上显得特别在意。

天启缄默不语，这让蓝玉更恼火，苏又夏第一次看到她如此生气，心里既惊讶又感动。

三人在蓝玉家门口停下，蓝玉看出天启的犹豫，语气前所未有的不耐烦："怎么，不愿意去我家？"她知道他对她母亲的畏惧。

苏又夏强忍疼痛，求救般望着一脸阴沉的陈天启。陈天启的眼神开始躲闪，犹豫再三还是选择了离开。

"喂，天启！"苏又夏朝他的背影喊道，最近究竟怎么了？他分明感觉到三人维持多年的和谐关系濒临破裂。

"别理他！"蓝玉撇了撇嘴，扶着苏又夏走进家门，迎面撞上正欲出门的阿姨。

"哎，小夏，怎么了？"阿姨放下手中的包，将受伤的苏又夏扶进房间，眼神里充满了真实的关切，又帮助蓝玉翻箱倒柜寻找膏药。

苏又夏若有所思地望着蓝玉的母亲，其实他们的相识远早于他与蓝玉的相识，小学那一天在闹市区帮他解围的女子恰好就是她，天启指着背影说有艾滋病的女子也是她。苏又夏忍不住回想起第一次知道她是蓝玉的母亲的时候，他吃惊地扬起了眉毛，心情从厌恶软化到同情，但始终不变的是他对这位风评不佳的女子的畏惧。说实话，他不讨厌她，只是无法理解这般开放的生活方式。同样是单身母亲，她选择了一条和苏又夏的母亲完全不一样的生活道路，虽然没有得传言中的艾滋病，但是和不同男人交往的事的确存在。或许是受母亲影响，苏又夏坚持认为，生活中，女子一定要比男子更坚强、更独立，给子女安全和爱的庇护。关于这一点，蓝玉的母亲显然不在他认可的范围内。

“来，给你敷药。”阿姨温柔的声音打断了苏又夏的沉思，他随即换上一副礼貌的微笑，眼神一如既往地躲避她的注视。

“小夏，谢谢你。”阿姨一边处理他的伤口，一边说，“一直代替我照顾蓝玉。”语气里是专属于母亲的温柔和真诚。

“不，应该的。”苏又夏话一出口，脸立即涨得通红，不明白自己说出这番话的缘由，只觉得心里暖暖的，很舒服，忍不住抬头看了一眼站在一旁的蓝玉，她的脸一样通红。

“第一次见到你，就觉得你很坚强，和我很不一样。”阿姨将带血渍的棉花递给蓝玉，示意她去买新的。待蓝玉的身影消失在门口后，她继续说：“蓝玉这孩子，一直生活在别人的议论中，从来不对我说。”

苏又夏沉默，关于蓝玉的压力，没有人比他更了解。从小到大，蓝玉一直活在被无数人孤立与嘲讽的阴影中，关于她的家庭，关于她的绯闻，关于她的成绩，甚至关于她细微的生活习惯，都能成为学校同学嘲讽的把柄。苏又夏在想，是不是除了他，没有人意识到蓝玉的美丽、善良和文静？她可以执念于一朵花开的瞬间，被欺凌的外表下潜藏着一颗单纯、善良的心，她怜悯世间一切渺小事物，甚至感同身受。

“我妈妈其实没那么坏。”蓝玉曾经对他说，“她教我的一切都是对的。善良、真诚、怜悯，如果没有继承这些品质，我又如何遇见你？但是，她的运气或许没有我这么好，周围的男人接二连三地欺负她，还抛出她不贞洁的流言。我明白她的辛苦，或许，如此大费周章地兜兜转转，只是为了内心的宁静与幸福。”

蓝玉像她的母亲，但又不像，她认可她，却拒绝继承她，骨子里透着倔强的冷漠和孤独，仅有的温柔面似乎只对苏又夏一人敞开。

阿姨停下手中的动作，轻轻叹了口气，眼角微微湿润：“或许随心而活，折磨永远大过幸福。”

苏又夏多年以后才明白这句话的含义，亲身经历所有流言蜚语后他才恍然大悟：所谓的生活，终究有一半埋葬在他人的非议与诋毁中；憧憬与现实的冲突，如同灵魂与理智的冲突，亘古存在于所有人的生活中。

蓝玉的脚步声渐近，阿姨处理完伤口，拍了拍苏又夏的肩膀，笑着说：“好样的！好好照顾我们家蓝玉！”声音大得出奇，连刚进门的蓝玉都脸红了。

悲　剧

三人的友谊在一次又一次摩擦中变得脆弱不堪，多年的默契与习惯依旧促使苏又夏和蓝玉在每天上学必经路口等待天启的出现。远远地，天启略显笨重的身影不紧不慢地走来，脸上没有任何表情，他似乎已经完全忘记了不久前发生的不愉快，甚至忘记了多年前的快乐与愉悦。苏又夏想过天启对蓝玉的感情，厌恶，抑或喜欢，凭自己对他的了解，更倾向于后者，只是可望而不可即的现实使得爱走极端的天启变得越来越焦躁和盲目，以至于即将放弃难能可贵的友谊。想到这里，苏又夏的心又开始不安，担心三人的友谊会因天启失去平衡。然而，这样的担忧总是不敢让人心存任何侥幸。运动会结束后第二天的上学路上，沈杰挡住了三人的去路。

像所有电视剧里的校园恶少一样，沈杰露出吊儿郎当的笑容，身上的校服又皱又脏，头发被涂上了厚厚的啫喱水，身后跟着两个傻乎乎的跟班。苏又夏认为，沈杰这类人才是真正的弱者，需要所谓的跟班来彰显自己的威风，恰恰相反，强者往往独身一人。

“哟，蓝玉，做我女朋友吧！”沈杰开门见山，嘴角依旧是轻蔑和狡黠的笑容，四肢发达、头脑简单的他根本不会意识到自己的弱小。

蓝玉皱了皱眉，面对突如其来的表白，她表现得很平静，反诘："你疯了吧？"

尽管知道沈杰这般轻浮的家伙一定不会得逞，但出于本能反应，苏又夏还是醋意爆发，他将蓝玉挡在身后，对沈杰怒目而视："现在还轮不到你来骚扰蓝玉，我和你还有一笔账没有算！"

沈杰发出轻蔑的笑声，朝他摊了摊手掌："行啊，我来者不拒。不过，你和蓝玉到底是什么关系？朋友，还是恋人？我追蓝玉干你屁事啊！你这个酒鬼儿子！"

苏又夏愣了一下，如果说倔强的他有过在意世俗眼光的心情的话，那么这是唯一一次。"酒鬼儿子"这四个字从沈杰口中蹦出的瞬间，他分明感觉到周围的人都停下了脚步，视线如同一支支锋利的箭，刺穿他的心脏。不得不承认，一直以来，酒鬼父亲是他心中的阴影，自尊心极强的他小心翼翼地避免被人与父亲相提并论。

"苏又夏。"沈杰前进一步，气焰更加嚣张，"你没跟你爸爸住在一起，一定不知道他现在是什么情况，我来告诉你，这个醉鬼在给我爸爸跑腿，哈哈！"他的笑容异常讽刺："所以，苏又夏，我告诉你，不要这么嚣张，除了学习成绩好，你什么都没有！"

苏又夏握紧拳头，浑身上下的耻辱感不停促使他冲上前往这张脸上印上重重一拳。就在这时，一只柔软的手握住了他的拳头，蓝玉往前走一步，声音冰冷而坚定："有个酒鬼父亲又怎样？苏又夏现在不是一个人，他还有我，我已经告诉过你一千遍，他是我唯一喜欢的人，不相信？"话音刚落，苏又夏感觉蓝玉的手一用力，将自己拉近了她的脸庞，随后便感到一阵诱人的香气逼近，紧接着一张柔软的嘴唇覆住了自己的嘴唇。

天！这是？他瞪大了眼睛，周围的空气瞬间被抽离得一干二净。蓝玉很快离开,两人对视了1秒钟,苏又夏在她的瞳仁里望见了目瞪口呆的自己。

天启和沈杰同时朝苏又夏迈近一步,苏又夏能感受到两人眼神中不约而同喷射的怒火与敌意。沈杰暂且不说,天启的怒火似乎更胜一筹,但是采取行动的却是沈杰,他扯住苏又夏的衣领,怒目圆睁。三三两两的学生已经开始围观,在这个闭塞落后的小镇,“早恋”“接吻”“打架”,依旧是一种伤害性极强的病毒,成为普通人的眼中钉。苏又夏的感觉却是复杂的,一方面,他因蓝玉的行为感到喜悦和自豪,内心的情感恰在此刻被激发,不得不承认,他对蓝玉的确是爱慕的;另一方面,天启的反应并不令他感到意外,这种直面而来的愤怒与醋意遥远而深刻,好像从他们三人相识开始就存在了。

没等苏又夏甩开沈杰,天启抢先扯开了沈杰的手臂,瞪了他一眼,视线却避开苏又夏和蓝玉,扫向周围的同学:“看什么看!”他终于爆发,声音响亮无比,议论声戛然而止,他将书包用力往肩上一甩,擦过苏又夏的肩膀,头也不回地挤出人群。

“哼!”沈杰望着天启的背影,露出幸灾乐祸的笑容,大声喊道,“胆小鬼,看,你的女人被抢了吧!”说完便扬长而去。

风波很快平息,但是带来的后果却是爆炸性的,校花蓝玉当众和苏又夏接吻,已然成为学生口中经久不衰的议论话题,无论走到哪里,苏又夏都能感觉刺痛的目光,听到低声议论。他似乎不能在同学中保持“中立”了,那些蓝玉的爱慕者们纷纷与他断绝来往,尽管他的朋友也不是很多,但是一直希望日子风平浪静的他终究还是有小小的委屈。

归根结底,苏又夏似乎还未能体会爱情的真正含义。有时候,他甚至想回到和蓝玉彼此之间没有捅破这张纸的时候,暧昧中带着淡淡的甜蜜。但现在的状况却是，这份突如其来曝光的感情令他措手不及，面对失去爱情或失去友情的选择，他一时间难以抉择。

课间休息时间，苏又夏倚靠在走廊栏杆上。不期然间，蓝玉迎面走来，校服的裙摆随风飘扬，长发拂过白皙的脸庞，清澈的眼神第一次溢满忧伤的期待。她与他的距离越来越近，与此同时，周围议论声四起，“接吻”两个字像一双极具破坏性的巨手，逐渐拉开两颗心的距离。终于，苏又夏率先无法直视蓝玉的眼睛，他匆忙移开视线，僵硬的笑容残留在嘴角边缘，擦身而过的瞬间，熟悉的香味却唤醒他心中的留恋与悔恨，强烈的心痛随之而来。他走过转角，绝望地靠在墙上，长长地叹了一口气。

放学铃声响起，苏又夏第一次没有等蓝玉，背上书包慌忙跑出校园，也不想回家，而是一个人漫步在城南的街头。路人随意瞥来的眼神都给他一种已经被看穿的错觉，他慌张地避开拥挤的人群，一直往南走，走过熟悉的田间小路，乡间的晚风暂时吹散了萦绕在眉心的愁云。他在苕溪河边停下脚步，芦苇丛随风传来“沙沙沙”的响声，夕阳倒映在波光粼粼的河面，碎成一片一片，泛着金色的光芒，一个熟悉的背影坐在岸边的岩石上，一缕缕白烟从这个男子的方向飘来。

“天启？”苏又夏走近，“你怎么在这儿？”

天启抬头望了他一眼，平静地反问：“你呢？”

看着天启娴熟的抽烟动作，以及鼻腔里冒出的阵阵白烟，苏又夏问：“你爸爸从不沾烟酒，你是跟沈杰学会的？”

天启没有回答，掐灭烟头，站起身，和他并肩站着，沉默了很久，终于开口：“还记得以前我们在这里玩的情景吗？”

“记得。”苏又夏毫不犹豫地回答，往昔清晰地浮现在他的脑海。父母离婚的那天,他们三个结伴来到这条河边,戏水、捉鱼、互相追赶,晶莹的水珠渗透他们的青春,洗净所有不完美的黑色。“是什么时候开始发觉我们三人之间的变化的?”苏又夏问,心里只恨自己的后知后觉。

“有一次你去找喝醉酒的爸爸。”或许是因为抽过烟,天启的嗓音异常苍凉,短短几天,他仿佛成长了好几岁,“你被他们扔过来的酒瓶砸中脑袋,在医院的时候,我和蓝玉在外面等,那时的她面色苍白,嘴巴紧闭,一句话都不说。我从未见过如此紧张的她,当时就在心里想:如果换作是我,她一定不会这么紧张。也就是从这个时候起,我确定了自己对蓝玉的感觉,同时也确定了她对你的感觉。”

“天启——”

“对,我明明知道她目光追随的身影只有你,明明知道她的心里只有你,但我还是喜欢她,难受、嫉妒,甚至会恨。”天启露出自嘲的笑容,转过脸问,“你喜欢她吗?”

苏又夏张了张嘴,一时间不知该说什么,他喜欢她,这是无可否认的,7 年的感情积淀,蓝玉在他心里是个无法取代的人。但是,他无法如此轻易将“喜欢”两个字说出口,尤其在天启面前。

“算了,你不说我也知道。”天启摇摇头,继续说,“我马上要走了,去省城。”

“为什么?”苏又夏惊异,“你从没说起。”

“嗯,临时决定,我爸爸已经联系好了学校,或许——”天启再次看了他一眼,“你比我更适合去那边,听爸爸说,那边还有一个名额,你要去吗?”

苏又夏摇摇头:“不了,我想我更适合在这里,何况,还有蓝玉。”他不知道这样是否回答了天启的第一个问题。不仅仅是蓝玉，他也喜爱恒安镇的天空、河流、学校，以及其他的一切，尽管有暴力和犯罪，但丝毫不影响他对故乡的留恋和喜爱。在他小小的心里，一直深藏着一个梦想：长大以后，在恒安镇开一家陶艺店，就像爷爷一样，用娴熟的手艺改善恒安镇居民的生活。

“我真的羡慕你，苏又夏。”天启站起身来，扔掉手中的烟蒂，“我只不过是一个对自己老爸言听计从的胆小鬼。”他一边说一边露出自嘲的笑容，随后拍了拍苏又夏的肩膀，“我要离开的事情暂时不要告诉别人，包括蓝玉，虽然我知道她不会关心我。”

“天启，蓝玉很关心你。”苏又夏试图安慰他，但只是徒劳，天启将书包甩在肩上，头也不回地离开了。

高考终于迫在眉睫，苏又夏忽然发现，许多事情降临得让人毫无准备，在自己还未完全理清与蓝玉之间的关系的时候，黑色的考试月已经来临，他不得不暂时放下左右为难的心情，专心投入考试准备中。然而，一场更大的风暴即将席卷而来。

闷热的夏天傍晚，天空被厚重的乌云笼罩，一场雷阵雨即将来临。空荡荡的教室里，苏又夏从参考书堆里抬起头，浓黑的眉毛上好似也布满了乌云，天气变化直接导致了他此刻的心烦意乱，他放下笔，决定先回家吃饭。

一路上，闷热的空气中溢满了潮湿的气息，吸进鼻腔时有一股浓浓的青苔味。苏又夏时不时擦擦鼻尖沁出的汗珠，加快了前进的脚步，“蹬蹬蹬”跑上楼梯，用力推开家门：“妈妈，我回来了！”

房间里传来一阵异常的声音，紧接着是有人从床上爬起的响声和窸窸窣窣的声音，母亲慌张的声音从里面传来：“小夏啊，回来了?”

苏又夏感觉自己的脑袋被一根棍子用力打了一下,嗡嗡作响,他听得很清楚,那些声音来自一个陌生男人,他甚至很清楚,母亲和那个陌生男人正在发生什么事情。他不敢再深想,只知道这一瞬间,母亲在自己心目中圣洁、完美的形象完全坍塌。他的大脑已然失去理智,转身摔门离开。

“小夏!等等!”母亲还没来得及穿好衣服,她的声音里溢满了绝望,因为她最了解他,这个倔强的孩子,一旦生气,将会产生难以挽回的结局。

开始下雨了,“哗哗哗”,傍晚的雷阵雨,承载着人们对清凉的期望,对于此刻的苏又夏来说,却是一场记忆深刻的灾难。雨水在他眼前形成一道厚厚的屏障,重重地打压着头皮,试图阻止他前进。

“女人生来就是被压在下面的动物。”愤怒之余,苏又夏记起沈杰曾经趾高气扬说过的这句话。或许这就是一个亘古不变的道理,但在苏又夏幼小的心里,却难以容忍,它象征着女人的妥协与屈服。

“我究竟在生什么气?男欢女爱,本是人间常事,只不过恰巧那个人是自己的母亲,只不过恰巧被自己撞见。”他停下前进的脚步,抬起头,任由雨水狠狠砸向脸庞,生疼的嘴角露出一丝自嘲的笑容,试图自我安慰,只是好不容易平静下来的脑海再次浮现刚刚的画面,被浇熄的怒火再次燃起倔强的火苗。“可是我生气,我气妈妈的草率,气她的隐瞒。”他一边想一边继续迈开脚步一直往南,此时此刻,他想静一静,一直往比苕溪河更南的方向走去,远离母亲,远离房屋和人烟。

母亲一定会来找他,关于这一点,他很清楚。十几年来,他和母亲的关系脆弱而敏感，是一种被需要的距离，彼此不可或缺却互相伤害。他蹲坐在山脚的大树下，听着雨水敲打叶片发出的声音，湿透的身体瑟瑟发抖，一片混乱的脑海中只清晰浮现出蓝玉的身影。是的，他想念蓝玉，他需要她，此时此刻，再没有人会比蓝玉更能理解他，他甚至开始想念她身上的味道和嘴角淡淡的笑容，仿佛这样的笑容专为自己开放。

"蓝玉喜欢我，我明明很开心。"苏又夏心底里朦胧存在的雾气被此时的大雨浇散，对她的依赖和感情终于清晰明了。"我也喜欢她，为什么不能直面她的感情，我实在太蠢了。"苏又夏无法探明这种情绪的来源，想到母亲与那个陌生男子发生的一切时，脑海中已然容不下一丝理智存在。

"蓝玉，"苏又夏轻声叫出她的名字，"我想你。"说出这三个字时，他竟哭了，咸湿的泪水混杂着雨水顺着沾满泥土的脸庞滑下，巨大的孤独和无助感席卷全身。不知过了多久，雨渐渐止住，苏又夏站起身，伸了伸麻木的腿脚，湿透的 T 恤紧贴皮肤，雨水溅起的朦胧雾气折磨着他的呼吸，他咬了咬牙，重新走上回去的路，想看一眼蓝玉，就像以前一样牵住她的手，诉说自己的愤懑与孤独。

经过苕溪河的时候，苏又夏瞥了一眼河面，昔日的平静俨然被这场大雨打破，水面如同沸腾的滚水，湍流不息，河边的芦苇丛随风发出"沙沙沙"的巨响，其间隐隐约约传来女人嘤嘤哭泣的声音和男人喘息的声音，苏又夏缩了缩脖子，思维陷入了恐怖情节，他宁愿相信这只是风吹过芦苇丛时让自己产生的幻想。一切，他已不愿去想象，忍不住加快了脚步。

急切敲开蓝玉的家门，蓝玉的母亲讶异地望着湿漉漉的苏又夏："小夏，怎么了？"

“我……我找蓝玉。”苏又夏忍不住直打寒噤。

“刚刚她去找你了，没找到吗？”阿姨疑惑地问，“快进来换衣服。”

“往哪边去了？”苏又夏涌上急切而感动的泪水，原来蓝玉并没有放弃他。

“河边啊，你们没有碰到？”阿姨继续说。

苏又夏愣了3秒钟，身体本能般剧烈地颤抖了一下，一股浓浓的不安涌上心头，似乎与脑海里某块模糊的记忆相吻合，他转身，撒腿飞奔出去。

白色球鞋溅起泥塘里的水，泥渍溅满全身，苏又夏完全顾不得这些，穿过一条又一条熟悉的道路，飞奔向河边，脑海里绝望地祈祷：拜托，蓝玉千万不能有事！10分钟的路程，他仿佛跑了一千个世纪，苏又夏在河边停下颤抖的脚步，来不及喘气，大声喊：“蓝玉，你在这里吗？”

天色渐暗，湍急的水流声伴随着芦苇丛“沙沙沙”的声音，空旷而苍凉，一阵低微的哭泣声再次从芦苇丛中传来。这一次，他很确信，听到的声音不是幻觉，苏又夏冲进芦苇丛，疯狂扒开个头及人高的芦苇，终于找到了蓝玉。

此刻的情景，苏又夏一辈子都忘不了。蓝玉衣衫不整地躺在芦苇丛中，湿漉漉的头发上沾满了芦苇，白皙的脸庞已然有多处伤痕，她的裤子已经被撕烂，下半身赤裸地暴露在空气中。

“蓝玉！”苏又夏张口叫出她的名字时，泪水已经溢满整个眼眶。他冲上前将她用力抱住，蓝玉孱弱的身体在他怀里不住地发抖，俨然失去了大部分生命力。

“苏又……”蓝玉张了张嘴，声音沙哑到了极点，眼泪已经失去控制，如同瀑布般倾泻而出，“让我去死吧……”

他绝望地痛哭，用力抱住她："对不起！蓝玉！对不起……"

这是苏又夏第一次彻彻底底地绝望，哭声回响在整条河边，是愧疚，是仇恨。

复　仇

“就在这里，蓝玉被残忍地强暴过。”苏又夏手指着那片芦苇丛，声音因为愤怒而不住颤抖，“我永远记得她的表情，无助、绝望。不是，这些都不足以形容那一次事件对她的伤害。”

林然将手放在他的肩膀上，分明感受到一阵阵颤抖。她问：“后来呢？犯人找到了？”

苏又夏紧紧抿住嘴唇，用力摇摇头：“她妈妈不愿意将这件事情公开，为了蓝玉的前途，她们甘愿选择沉默。自这件事以后，蓝玉不再上学，过了没多久就跟着她妈妈离开了恒安镇。”他皱紧眉头。“是我的错，我不该让她担心，我应该保护她。明明听见，却因为害怕选择逃离。都是我的错。”他说着说着眼眶就湿润了，“明明知道她生不如死，我却什么忙都帮不上，这是我最大的悔恨。”

林然深深叹了一口气，从来都只能在电视或报纸上看到的事故，竟然发生在面前这片平静的河滩地。震惊之余，她替蓝玉感到悲愤，虽从未谋面，但因苏又夏产生了交集，她竟对蓝玉产生了奇特的亲切感，“那么，你——”

“我知道是谁。”苏又夏突然抬起头，用愠怒的嗓音打断林然的问题，“我知道，一定是沈杰，他一定计划很久了。”他几乎是咬着牙说出的“沈杰”这两个字，握紧的拳头不住颤抖。

一股浓烈的恐惧突然涌上林然的心头，因为她第一次从苏又夏的瞳仁里看见仇恨的火焰，她握住他的手，急切地问："你要怎么做？"

"我会找到他，然后——"

"苏又夏！"林然将这个被仇恨吞噬一切理智的男人拉到自己面前，眼前这个过早被仇恨与痛苦笼罩的英俊男人，个头远远超过自己，负伤的脸庞溢满愤懑的表情，她能感觉到他沉重的呼吸，"仇恨永远解决不了任何事情，如果你因为仇恨而毁了自己的前程和未来，这不是蓝玉希望看到的。"

"仇恨？"苏又夏冷笑了一声，"如果这是仇恨的话，我当初就会找到他，然后杀了他。正是因为害怕胜过仇恨，所以一直逃避。可是现在，我想清楚了，如果不能替蓝玉报仇，我根本无法正常生活。"

"逃避？"林然问，握紧苏又夏的手依旧不愿意松开，那一个恶狠狠的"杀"字更加重了她心中的恐惧感。

苏又夏沮丧地抚了一次脸颊："过了很久很久，我依然每晚做噩梦，像疯了一样陷入无尽的忧伤。妈妈担心我，让我跟天启一起到省城的学校念书，我以为蓝玉去的地方也是省城，但是她还是没告诉我她已经随她妈妈搬到一个我们找不到的地方。从此以后，我们便失去了联系。"

"所以你回来是因为不想逃避，想找出害她的人。"林然问，声音微微有些颤抖，她将他的意图重复了一遍。

苏又夏似乎听出了她的害怕，转过脸望着她，眼神中终于透露出一丝不易察觉的歉意，张了张嘴，似乎想说什么，但随即闭上眼，紧皱眉头，用手撑住额头，露出痛苦的表情。

"怎么？头又晕了？"林然见他站立不稳，急忙走近，伸出双手的瞬间，却被眼前这个身影用力拥入怀中，一阵短暂的窒息过后，林然被温暖的香味包围，鼻尖触碰到他脸颊的皮肤，心跳仿佛漏了好几个节拍。

“谢谢你的担心。”苏又夏在林然的耳边轻声说，“谢谢。”

诧异过后，林然跌入了此时暧昧的温柔漩涡里，担心的泪水最终盈满眼眶，双手不自觉扶上他的腰：“答应我，不要冲动。”

“嗯。”苏又夏点头。

7 月中旬，林然的父母突然来访，小小的居室一下子住进两位老人，不仅空间狭小了许多，而且多了许多束缚与唠叨。两位老人始终不忘来访的第一目的：林然的终身大事。唠叨的次数多了，她自然起了反感：“爸、妈，别再说了，我知道，我知道！”林然一边飞快扒饭一边不耐烦地说，“我待会儿要去给参观的人上课。”

“那个小郑是怎么回事？”父亲突然问。

“什么怎么回事？”林然皱了皱眉头。

“老张告诉我的。”父亲意外地诚实，“为什么好好的却分开了？”

林然撇了撇嘴：“没感觉。”老张是他们在恒安镇唯一认识的人，虽然在这里帮了林然很多忙，但多多少少也有了向父母通风报信的副作用。她与苏又夏的传闻，两位老人家似乎有所耳闻，此次前来，怕是带着阻止女儿“过分”行为的目的。

“现在已经不是讲感觉的年纪了。”母亲再次开始唠叨，“要找一个门当户对的人多么不容易，你也不小了，不能再耽搁自己，到时候后悔就来不及了。”父母理解女儿的个性，唯有旁敲侧击才不至于触碰她叛逆的神经。

“我知道。”林然放下碗筷，站起身走出家门，“先去上课了。”

这一天，从父母无止境的唠叨开始，林然的心情异常糟糕。成人的世界总有这么多无奈和压力，生存的压力、父母的期望、世俗的眼光，形成了一道又一道无形的屏障，阻碍灵魂的自由。生命，究竟是为自己而活，还是为别人而活？这个答案看似一目了然的问题，终究难以在现实生活中得到正确的实践。当你想为自己而活时，脑海里总有一个异常理智的声音回响：“想想你的父母，你周围的人，当你选择这条坎坷的路时，他们会怎样想？”所以理智总是将情感残忍打败，多少次勇敢的迈步都被坚强的理智打回，甘愿退回原点。“A different person or an ordinary person?”林然想起这句曾经默念过多次的话，发现原来这是一个艰难的抉择，选择任何一方，都将为失去另一方付出一定的代价。在做这番思考的时候，林然正在讲陶艺课，闷热的空气把人蒸出一层又一层汗水，有好几次，她会在原地失神几秒钟。

林然走到办公室门口，听到几位年轻同事正聚在一起聊八卦，八卦的主角竟然是自己：

“小林甩了小郑哎，他条件那么好！”

“小郑真可怜，吃力不讨好，付出那么多还不如那个闷葫芦苏又夏。”

“唉，我一点都不喜欢苏又夏，长得帅有什么用，出身那么差，听说他爸爸是个流氓。”

“那林然简直是疯了！”

……

林然将这些溢满讽刺的话尽收耳底，或许是因为太过闷热的缘故，她微微皱了皱眉，怒火不经意间被他们点燃。她“砰”的一声打开门，面对同事们惊讶的眼神，她的语气中饱含怒气："我不在乎你们怎么说我，但是，在评价苏又夏时，请你们不要妄自猜测，何为一个善良的人？在我看来，就是从不根据流言蜚语去评价一个人的人。在这个公司里，有多少人愿意走近苏又夏，又有多少人了解他的生活和为人？"

林然在说这番话时，声音有些颤抖，情绪所至，就连眼眶也开始微微泛红。办公室内鸦雀无声，所有同事都抬起头若有所思地注视着她。过热的头脑终于回到正常温度，林然意识到这话说得有些过分，露出苦涩的笑容，坐回自己的座位，一言不发地开始工作。

或许，在强大的现实和流言面前，所有的解释都是徒劳。

好不容易挨到下班，林然松了一口气，终于可以从无数双偷偷注视的眼睛中逃离开去。她匆匆走出大门，在最近的十字路口处停下脚步。红灯亮起，眼前的车辆和行人缓缓向前移动，右边通往自己的家，此时这片小小的地方已经被父母急切的希望占据，左边通往那片自己一直魂牵梦萦的城南片区。林然在做选择的时候，习惯性地一只脚尖点地，及肩长发拂过沉思和犹豫的脸庞。绿灯亮起的瞬间，脚尖停止点地，林然转身向右，脚步却像灌了铅一样沉重，忽然之间，一辆疾驰的汽车呼啸而过，尖锐的喇叭声惊醒她混沌和迷茫的意识。她的脚步停在前进的路上，继而一个 180 度转身，朝反方向迈步。她心里很清楚，这是她想走的方向，与任何束缚无关，只想再看一眼那个男人，看一眼他时而漠然时而热情的眼神，看一眼他时而戏谑时而调皮的笑容，更想再看一眼他悲伤却倔强的生命。

做完一个艰难的决定，脚步轻快了许多。此时的林然，仿佛回到了初恋时光，在落日余晖的剪影中翩然起舞，脚步轻盈愉悦，心情插上名叫期待的翅膀，飞向那幢城南的老屋。她想象苏又夏打开门见到自己的一瞬间，平静的眼神依旧会闪现一丝惊喜，淡淡的一句“你来了”，已然是自己最向往的礼物。

穿过长而熟悉的弄堂，没有第一次的新奇，却平添了好几分亲切与祥和。踏上石板台阶，第一户人家的爱犬从屋内探出脑袋，大而圆的眼睛注视着她渐行渐远的脚步，吐了吐舌头后缩回脑袋继续慵懒的假寐；第二户人家的盆栽迎风招展，散发着清新的绿意，舒展的枝叶昭示着夏日的活力；第三户人家……是原乐的家，掉漆的木质门突然打开，一个急切的身影打破此时的宁静，匆匆擦过她的肩膀，却在下一秒停了下来。

“小林？”的确是原乐的声音，林然转过身，发现她的表情有些阴沉和急切。

“你来得正好！”原乐拉住林然的手臂，“快跟我去河边，小夏貌似出事了！”

林然的心“咯噔”一下，他终究还是做出了难以自控的事情。她火急火燎地跑向河边，远远地便看见苏又夏正和一个高大的长发男人对峙着，还未来得及靠近，她看见他一个箭步冲上去，将那个个头足有一米九的男人撞倒在地。

苏又夏和高个子男人扭打在一起，你一拳我一脚，之后苏又夏被一拳击倒在石滩上，即使苏又夏再厉害，终究还是抵不过那个个头高大、面露凶相的男人。很快，苏又夏被按倒在地，男人毫不留情地朝他的脸颊挥拳头，林然只恨自己无法立刻飞到他面前，即使加快脚步，仍旧与他们相距很远。

“操你妈的！我告诉过你，蓝玉这个婊子不是我操的！”男人凶狠的声音传来，原来他就是沈杰，“敢惹我，找死是吧！”

面对雨点般的拳头，苏又夏完全失去了招架之力，本想伸出手挡住脸,却被沈杰硬生生按进沙石里。夕阳的余晖映照两个愤怒的身影,本该平静的夏日黄昏已然被这场实力悬殊的搏斗打破。

快要接近的时候,林然即将丧失仅存的体力,她一边责怪自己为什么平日不加强锻炼,一边铆足劲往前跑。然而,相距不到50米的时候,她分明看见苏又夏的手上多了一把亮闪闪的刀!

经验丰富的沈杰在刀子亮出的一瞬间便起身躲开,咬牙切齿地说:“行啊你,早就准备好了是吧!”

“沈杰,我回来就是为了今天。”苏又夏晃晃悠悠地站起身,嘴角已经满是鲜血,他的声音低沉得可怕,“你要为以前做过的一切付出代价!”话音刚落,他迈开脚步朝沈杰冲过去。

“等一下!”林然不管不顾任何非理智的行动会带来的伤害,冲上前抱住苏又夏的后背,切切实实感受到自己的身体在颤抖。“不要!”她听见自己的声音在颤抖,脑海里一片空白,只剩下“嗡嗡嗡”的声音。

苏又夏停下脚步,转过脸的瞬间,林然见到一张伤痕累累且充满仇恨的面孔,清澈的瞳仁似溢满了鲜红的欲望,她从未见过如此愤怒的苏又夏,心里的震惊无以言语,只能紧紧抱住他,此刻闻不到他身上的香味,取而代之的是浓浓的血腥味。

苏又夏奋力挣扎了几下,林然依旧紧紧抱住他。苏又夏沉重的呼吸声渐渐从歇斯底里恢复平静,视线在接触林然的一刻,渐渐恢复了以往的平静,呼吸声由愤怒转为颤抖,他低头看着手上的刀子,眼神也里闪过一丝后怕。

“苏又夏,你在干什么!”原乐迅速冲上前抢过苏又夏手中的刀,转过身朝沈杰大声吼道:“我告诉过你很多次了,别来惹他——”

“操！是我惹他？他每天都跟踪我好吗！”沈杰擦了擦嘴角的鲜血，朝石滩上吐了一口口水，“他妈的找几个兄弟打过他，他都不肯罢休。”他过分强壮，身材魁梧，长相成熟，丝毫看不出来与苏又夏同龄。

沈杰的话音刚落，林然感觉到苏又夏的身子又有往前冲的趋势，她再一次用力抱住他：“苏又夏，冷静一点！”

一阵刺耳的警铃打破了对峙的沉默。“操！”沈杰低声骂了一句。

原乐则对一脸诧异的林然解释道：“不好意思，来之前我报了警，因为担心他出事。”

林然松开紧抱苏又夏的手，看见他脸色铁青，瞳仁里依旧残留凶狠的红光，犹如一只对猎物蓄势待发的狼。林然握住苏又夏的手，他将视线移回到她身上，眼神里的凶狠渐渐被压制，颤抖的手心终于切实传来预期的温暖。

警局里，两位不怎么熟练的年轻警察机械地做着笔录，于他们而言，这种事情司空见惯。所有城市，总在一些阳光照射不到的角落里发生着善良向罪恶妥协的事情。苏又夏和沈杰并排坐在一起，紧绷着脸。

“苏又夏？”一个低沉的声音从两位警察身后传来，一个中年警官从内侧办公室走出来，“你怎么回来了？”

林然注意到苏又夏表情的变化，愤怒和仇恨中增添了许多厌恶，他抿了抿嘴，一句话都不说。原乐低声在林然耳边说：“他是李警官，当时负责蓝玉的案子。”

“怎么？打架了？”李警官抬头看了一眼沈杰后，立马明白发生了什么事情，身边一位警察说：“苏又夏带刀子了。”他听后，阴沉的脸色搭配低沉的声音：“你究竟在做什么？你妈妈呢？”

“你不应该最清楚吗?”苏又夏的反应相当快,从紧闭的嘴唇挤出这一句话,只有林然听出了这句话中的意味,她抓住了他的手臂。沈杰在一旁发出一阵冷笑,不耐烦地喊道:“喂,好了没有,该抓的抓,我要回去了!”

李警官原地愣了一会儿,视线依旧停留在苏又夏倔强的脸上,对身边的警察说:“你们去处理那个臭小子,这边我来。”

沈杰被年轻警察带走,临走时恶狠狠地说:“苏又夏,你等着!”

林然忽然产生一种感觉:苏又夏会冲上去。她飞快握住了他一直未松开的拳头,果然,他欲起身冲上去的瞬间,被她及时阻止了。

“苏又夏!”李警官的声音开始严肃起来,“还不清楚自己犯了什么事吗?非法使用管制刀具,是要被拘留的,你——”

“有比对蓝玉犯的罪更严重吗?有比你对我妈做的事情更严重吗?”苏又夏将声音提高了一个八度,站起身来的瞬间撞到面前的桌子,桌脚擦着地板发出一阵刺耳的响声,“犯人明明就在你们眼前,为什么不把他抓起来?你们知道蓝玉的苦吗?”

“苏又夏,我说过多少次了,没有证据证明沈杰有罪!”李警官厉声喝道,“如果有,我会第一时间抓他!”

苏又夏想往前冲去,又被身边的林然用力抓住,他一屁股重重地坐回椅子上。李警官看了一眼林然,径直问道:“你是他的女朋友?”

林然傻眼,一时间不知道该怎么回答,只感觉自己脸颊发烫,还没等自己开口辩解,李警官先开口说:“帮我劝劝这个傻孩子,他一直以来都对这件事情耿耿于怀,上次和沈杰他们打架也是,这次也是,他不能因为这件事情毁了自己的前途。关于蓝玉，我对自己的无能表示抱歉，但还是得向前看的，不是吗？我想蓝玉一定也不希望看见他变成现在这个样子，我——”

苏又夏终于按捺不住，挣脱林然的手，站起身抓住李警官的衣领，激动地说：“你没有资格这么说她，你不了解她，凭什么这么说！如果我不去做，还有谁会去做？你们这群戴着正义面具的骗子！”他的声音颤抖得厉害，因为疲倦和愤怒，眼睛里布满了血丝。

一切的反抗终究是徒劳，苏又夏被关进拘留所 24 个小时。在这漫长的 24 个小时中，他不吃不喝，一句话都不说，只是呆呆地望着冰冷的水泥地，其间有两行眼泪顺着脸颊流下。

林然一直陪在他身边，这个无依无靠的人，只身回到故乡，为了心中这个无法判定是正确还是错误的执念，孤身承受这个年纪本不该有的痛苦。她能体会这两行眼泪的苦涩与悔恨，却没有能力帮助他，唯一能做的只有默默陪伴。

从派出所出来，已经是第二天傍晚，苏又夏一言不发地走在前面，背影仿佛整整瘦了一圈。林然默默跟在他身后，其间响过几个电话，是爸爸、许社长和夏姐，他们一定纳闷她为什么消失了一整天。她毅然关掉手机，放进包里，听到手机坠入包中的声音，仿佛是此刻坚定跳动的心脏的声音。

逐渐浓重的夜色慢慢吞噬苏又夏的背影，林然不由加快脚步跟上，生怕一不小心跟漏了他的脚步。突然，他停下了脚步，背影重新浮现在暗黑的夜色中，在原地站了几秒钟，而后颓废地坐在路边台阶上，双手撑住此刻略显沉重的脑袋，长长地叹了一口气。

林然小心翼翼地走近，在他身边坐下，不说话。也不知道过了多久，苏又夏从双臂间抬起头，打破沉默：“我真的对不起蓝玉。”

“我无法强求你忘记这段往事。”林然看着他满是颓废的侧脸，“但是现在的你一点都不好看。我看见你的第一眼，就被你吸引了，这本来不是我应有的情愫，可是我根本无法控制自己不去想你。”她边说边长吸一口气，好不容易鼓足的勇气，不想在此刻轻易放弃：“本可以遇见更现实的感情，却败给了你。我知道，这是我心甘情愿，所以不想勉强自己忘记，就像你从未忘记蓝玉及有关于她的一切。我好自私，在你最难过的时候谈论自己的感情，可是我无法不去想你，你的痛苦，已经痛在我的心里。”她的眼泪不自觉地溢出眼眶，声音渐渐颤抖，一股热流冲进大脑，崩坏理智的防线：“我希望你能好好的，真的。”

苏又夏注视着林然渐渐盈满泪水的眼睛，脸上的表情由惊讶转为深情，他伸出手，轻轻拭去她脸上的泪水，氤氲的瞳仁里溢满了不舍与愧疚。

林然切实感受到从他冰冷指尖传递过来的温暖，闭上眼，倾身靠近他，周围的车水马龙仿佛静止，昏暗的路灯已经熄灭，他身上的香味萦绕在她的周围……

再睁开眼睛时，林然发现自己的唇轻轻贴在苏又夏的唇上，两人略显干涩的嘴唇被他的眼泪浸润，她能清楚感觉到他的颤抖，不，是自己的颤抖，生平第一次，她鼓起勇气主动吻一个人。

似乎过了不久，又似乎过了很久，两人分开，苏又夏的手覆在林然的手上，冰冷的眼神里终于有了温情与不舍，他似乎在害怕，害怕她会突然间离开。

“苏又夏。”她反握住他的手，“答应我，忘掉这一切，离开也好，怎样都好，忘掉心里的仇恨。”说到离开，她的声音颤抖起来，眼泪伴随着剧烈的心痛不由自主地滑下脸颊。“不管以后怎样，我永远是你的朋友。”

话音刚落，林然被苏又夏紧紧抱住，熟悉的味道沁入心脾，浸染了她那颗破碎的心，眼泪流在他的肩膀上，流进他的心脏。

离 开

9 月的风再起，一年的时光终究在指缝间轻盈地溜走。一如一年前的安静的早晨，林然坐在办公桌前，墙壁上的时钟不知疲倦地转动，用它来计算时间显得过分单调。她站起身，打开面向大门的窗户，心内的期待已经随着某一块的消失而丢失，苏又夏辞职了，不会再来公司了。一年前的记忆随风吹进林然苍白的脑海，那人冷漠慵懒的眼神，仿佛只消一眼，便能将她拽入深深的感情漩涡，使这位从不相信一见钟情的理智女子深深相信回眸一瞥的力量。

“我喜欢的你是寂静的。”林然一边念着里尔克的诗句，一边走上天台，任由秋日微凉的风拂过脸颊，秋风里似乎夹杂着淡淡的香味，给她一种苏又夏就在身边的错觉。

她与他，终究隔着一条银河的距离。现实，林然不得不面对的现实，已然注定这个美好而难忘的故事只能有一个遗憾的结局。

“我们不干涉你的选择，但是你要为你的选择负责。”脑海里回想起爸爸走之前对她说的话，关于她的一切，爸爸自然心中了然，她感谢爸爸的缄默，同时又觉得抱歉和不甘。

“为什么？为什么会在这样的年华遇见你？”她迎风站立，眼睛被发丝拂过，酸痛地想要流泪。

“嗒嗒”，身后传来一阵轻盈的脚步声，是错觉？这个时候应该不会有人来，林然想。伸出手擦干溢出眼角泪水的瞬间，一双手环住她的肩膀，温柔的香味飘散在周身，仿佛置身云雾与幻觉中。

“苏又夏？”林然瞪大了眼睛，想转过身，却被那双手用力抱住。

“林然，”耳边响起苏又夏的声音，忽远忽近，令她怀疑这个声音的真实性，“我终于可以这么叫你了。”林然感觉耳鬓处传来皮肤滑过的温暖触觉，心跳加速到了极点，又一波眼泪汹涌而至。

“嗯。”林然伸出手，覆住苏又夏的手背，当熟悉的温度切切实实传到手心时，她才相信此时正被这个男人用力抱着。

“林然，谢谢你。”声音空灵缥缈，却溢满了温柔，“我要走了，去找寻生存之路，或者追寻梦想，我会慢慢成长，充实自己的人生，也答应你，将过去的记忆全部替换成你。”

林然的眼泪终于顺着脸颊滑下，滴落在交叠的手背，她已经泣不成声：“你终究是要离开，自由是你的胸襟，天空是你的蓝图，答应我，做自己喜欢做的。”

鸟叫声响起，打破了早晨的静谧，林然从泪声中惊醒，擦干模糊的双眼，转过身，背后空荡荡一片，干净的沙石没有留下任何足迹，熟悉的香味依然肆虐在空气中。她抬起头，一只灰鸟正从树梢尖腾空而起，划破淡蓝色的天幕，迎着朝阳飞向远方。

未来，专属于记忆和你。林然的嘴角漾起一片湿漉漉的彩虹，晕开胸口的雾霾，长长舒一口气，迈步走向办公室。

第二章 蓝玉

落　叶

10 月,省城,某一个清晨。

此时此刻,空气正浸满了秋天的金黄和凉意。故事,从一片落叶开始。

一片失去养分即将从枝头脱落的金色叶子,在流动的空气中发出“簌簌”的颤抖声。最终,一阵凉风吹过,树叶变成落叶,随风飘落在邻近的窗台,飘到一位即将清醒的女子的窗边。轻缓的坠落声,像落进湖心的石子,惊动了岸边的垂柳,惊动了这位女子。她睁开眼,细长的睫毛涂抹上一层渐浓的金色阳光,轻轻呼吸一口空气,青春时刻的味道沁入心田,让她获得了片刻的滋润和惬意。

“我怀孕了。”起身的艰难和沉重使她意识到腹部的累赘,腰部正常的弯曲被突然的隆起阻碍。她重新躺回床上,呼吸声逐渐均匀,由沉睡而醒的心泛起许久未起的波澜。

“我是谁?”她呆呆地望着白色天花板,这个恒久的问题在脑海里肆意翻滚着。她是谁? 她叫蓝玉,一个平凡的女子,芸芸众生中的一分子。这样一个简单的女子寻常多见,从女孩到女人,从女儿到母亲,一半的人生,已然磨去她性格中大部分的棱角,她学会了向世俗妥协,逐渐平息了内心的波浪。

此刻,房子里只有她一个人,丈夫外出工作,婆婆回远方老家，空荡的房子里只有自己与自己的对话。许久未见的孤独，是为了更好地思考自己。蓝玉起身，拉开窗帘，秋天的阳光淡淡地洒进房间，照着她的肚子，宛如有一双手轻柔地覆在她的腹部，里面的新生命似乎感受到了自然的温暖，正愉悦而惬意地敲击着母亲的腹部。蓝玉期待肚子里的新生命，希望带来的无尽幻想会是真正的幸福，一如秋日的落叶，化作春泥更护花，死亡是新生的开始。

“我愿意放弃自己的生命。”一个可怕又决绝的念头划过她的脑海，宛若火炉中炽热的火焰，炙烤着她内心深处的焦虑。

“肚子里的孩子，有可能危害到母体的健康。”医生亲口告诉她，“生或不生，是必然要做的选择。”

“我愿意守护肚子里的孩子。”这是蓝玉的回答，没有任何犹豫，“他的生命即将开始，充满希望和未知，没有理由被我已经走过一半的平凡生命取代。”

幸好家里没有人知道这件事情，大家依旧沉浸在新生命即将诞生的喜悦中。临走前，婆婆再三叮嘱：冰箱里的菜要热过才能吃，不要随意吃外面的饭菜，水果和维生素要定时补充……

自从怀了孩子，婆婆改变了冷漠、猜忌的态度，主动提出在家里照顾她。蓝玉当然知道这一切都是为了孩子，孩子代表未来，维系着她与丈夫那边亲人的关系，倘使没有孩子，她毫无存在可言。

想到这里，蓝玉轻轻叹了口气，走进厨房。半开的窗户外面，熟悉的梧桐树叶随风轻舞，发出“沙沙沙”的响声，恰似一首节奏缓慢的舞曲，在空气中拉开伤感的一天的序幕。蓝玉想给自己准备一顿丰盛的早餐：热牛奶、小米粥、鸡蛋，甚至还有自己不常吃的全麦面包。

打开煤气灶，蓝色火焰“腾”地飞蹿上来，忽左忽右地摇摆。蓝玉望着火焰失了会儿神，将盛牛奶的锅放上去。她一再觉得这样的早晨过于安静，这样的早餐计划过于奢侈。多年以前，似乎又是不久以前，她生活在一个嘈杂喧闹的世界，黑夜与白昼颠倒，绝望与无助融合，再耀眼的灯光都无法照彻黑暗的心底。她情愿生活在一个套子里，活在过去，抑或是活在无尽的绝望之中，与寂寞和思念为邻。

直到遇见她的丈夫——叶军，一个平凡的公务员。这个日益复杂的社会，即便是最平凡的人，只要套上“公务员”这个名号，身价都会瞬间提高千万倍，成为众多未婚女子爱慕的对象。

“嫁给我，是你的幸运，因为我在追你的同时，有数不清的女子正梦想着嫁给我。”叶军在说这句话的时候嘴角露出高傲的笑容。没错，蓝玉能够回忆起当时小小的满足及微弱的恐惧，像她这样一个女子，众人眼中的可怜虫，配得到这样令人艳羡的幸福吗？

幸福，好像从来只存在于毫不相干的人的眼中。房子、车子、孩子，以及稳定的经济收入，这般充裕的物质足以构成幸福的全部内容。事实上，幸福，这种不切实际又无法用任何物质丈量的词语，对于蓝玉来说，依旧遥不可及。她的生存，是依附在丈夫家庭里，所有的一切，无法冠上蓝玉的姓名。或许是直到结婚后，她才发现丈夫超乎常人的控制欲望。

“你的一切，都是我的。”他曾经这么说，“我们家能给你的远比你自己能给的多。”

面对这般现实，蓝玉竟没有挣扎的余地，她本一无所有，又何必担忧失去什么。比起日夜颠倒、居无定所的生活，以失去自由为代价换来的婚姻能给予她的显然太过富足。

“呲——”火上的牛奶锅发出了尖锐的响声，打破了此刻的宁静，蓝玉关掉煤气，空气中溢满了牛奶的香味，却令她一阵作呕。她跑进厕所吃力地呕吐了一番，站起身来后，全身像做了30个仰卧起坐般难受。她只好将牛奶倒回碗里，小心翼翼地放回冰箱。

内心有一种莫名的凄凉在悄悄生长。蓝玉很清楚，这种无助的荒凉，自从结婚后便肆意疯长，越多人包围她，她越觉得世界空空荡荡，与他人的距离像隔着一整条银河。她轻轻叹了口气，无法继续将愈发扩散的注意力集中到准备早餐上，打开客厅里的电视，停留在某一早间新闻频道。

“这是全国第一届陶艺作品大赛获奖作品，作者是来自我省恒安镇的苏又夏……”

蓝玉听得很清楚，或许再没有比“苏又夏”这三个字更能刺激她的耳膜，即便已经12年没有刻意想起这个名字，即便这个名字已经从她的生命中消失。她微微张开嘴，苍白的注意力重新被一双无形的大手吸引，一股红色血液冲向脑海，她感觉到呼吸更加困难，干涩的眼角不自觉湿润起来。

“丁零零——”电话铃声不合时宜地响起，覆盖了新闻主播好听的声音。蓝玉从恍惚中惊醒，一时间不知是该继续看新闻还是接电话，只是呆呆地立在原地，犹豫了一会儿，终于忍受不住坚持不懈的电话铃声催促，接起了电话。

“老婆，中午吃什么？我送过来。”叶军的声音浑厚而富有磁性，接近40岁的他，依旧保有年轻时的英姿和精力。

“啊……”蓝玉愣了愣，一时间无法接收丈夫传递来的讯息，随后回答，“不用了，冰箱里还有菜，我自己能弄。”声音有些颤抖。

“你没事吧?”到底还是听出来了,叶军关切地问。

“没,没事。”蓝玉将视线重新移回电视屏幕,此时新闻已经切换,正在报道一个孩子失踪的消息。

一切,好像梦境一般,短暂如昙花,迅速拉她回到冰冷的现实。

“哦,晚上等我回来。”叶军最后说,匆匆挂了电话,另一边似乎永远有数不尽的事情等待着他。

放下电话的瞬间,蓝玉松了口气,胸口像被一双手用力掏空了一样,莫名地孤寂。她走到阳台,天空已经亮透,树枝上依旧能听见鸟儿轻灵的叫声,微风拂过她的脸颊,带着熟悉的青春的味道,浸润了她全身的哀愁与怀念,零碎的记忆片段模糊到只剩下秋日淡淡的香味,纯真的笑容,牵过的手,真诚的温暖,以及永远存在记忆里的每一轮四季变换。人生唯一一次的欢乐,现在竟消失得无影无踪。

或许,那才叫幸福。蓝玉心想。因为短暂,所以永恒。

肚子里的宝宝不安分地动起来,似一株朝日而开的向日葵,一感觉到阳光和微风便异常不安分。她很想弯下身来,像孩子的父亲一样紧贴肚皮聆听孩子的密语,听孩子诉说对生的渴望及对未来的希冀,一如最青春时刻的心境。想到未来,蓝玉的嘴角上扬成一道纯真的彩虹。

“孩子,我会保护你。”她喃喃自语,眼角泛起晶莹的泪花。

春　壶

或许是在家待得太久的缘故,蓝玉心里闷得发慌,终日面对屋内单调乏味的陈设及不足100平方米的活动空间,让她时常有一种窒息的感觉。

“军,我想去参加一个业余陶艺活动小组。”蓝玉对丈夫说,她近来在网上看到业余社团活动,一时间产生了极大的兴趣和留恋。“陶艺”这两个字,自始至终都对她有极大而不可知的魔力。

“你也懂这?”丈夫吃惊地瞪大了眼睛,“这个兴趣很古怪。”

那么何为正常的兴趣?网络,电视,抽烟,打牌,还是无止境的购物?蓝玉在心里问道,难道所有脱离现今流行物质的喜好都是非正常?

“嗯,以前在学校学过。”蓝玉安静地回答,她不会道出苏又夏的名字,更不会与丈夫分享她隐秘而黑暗的过去。

“这种东西有什么用!浪费精力,还不如在家好好休息。”不出意外,丈夫皱着眉头摇头否定,这是他对她所有想法经常性的回应。

或许,仅这一次,蓝玉的心意异常坚定,仿佛内心一直有一颗坚强的种子,在得到适合的阳光和水分后坚韧不拔地破土而出。“不,我想参加。”她的表情很坚定,“向你保证,绝对不会有问题。”

丈夫轻轻叹了一口气，起身回房间看电视，这是他默认的表示，尽管很不情愿，但这样的反应已经让蓝玉兴奋地踮起脚尖。她走进书房，在网上报了名，一颗心仿佛回到了少女时代，对新事物产生了无限的期望。

很快，业余社团的电话如约而至，一个好听的女声：“蓝女士，您好，我是春壶陶艺社的社长，本周的活动定于周六下午，请问您参加吗？”

“参加！”蓝玉按捺不住期待和兴奋的心情，急切地回答。

“好！地点是……”

放下电话，她感觉获得了重生，嘴边的空气至纯至净。

“当我专注于创作时，所有的忧愁会化作无限的想象动力，推动精神的升华，获得巨大的成就与满足，远超过任何物质享受。”

她想起苏又夏说过的话，十几年前，这样一个独特的男孩，冷漠的外表覆盖着一颗专属于艺术家的热情的心，一次又一次打动过她，正直、单纯，甚至可以说是蔑视一切权威的勇气，恰恰是对人性最真诚的注释，她喜欢这样的人。

想到这里，蓝玉的脸红了，一如少女时代的青涩。

周六下午，天气舒适凉爽，蓝玉走在街道上，脚步碎碎地碾过满地落叶，发出清脆的“咔嚓”声。蓝玉根据电话里提供的地址找到离家不远的春壶陶艺社，原来这是一家陶艺制作店，几十平方米的店铺，坐落在一所职业学校的对面，装修古典质朴，门楣上刻着四个篆体的黑色大字——“春壶陶艺”，橱窗展示区里摆放着几件精心制作的陶瓷作品，线条流畅而自然。她小心翼翼地走进店里，一股炽热的泥土和茶香沁入心脾，熟悉得竟似家乡的味道。

“啊，你们好！我是蓝玉。”看见店内长椅上坐着几个年纪相仿的男女，蓝玉慌忙问好。

“蓝女士么？您好！”熟悉的声音在耳畔响起，一个年轻漂亮的长发女子悄然而至，身上围着黑色围裙，似乎还在工作，她看了蓝玉一眼，眉毛微微扬了扬。

“5个月了已经。”蓝玉指了指自己的肚子，略微不好意思，似乎这么多人中只有她一个人怀孕。

“没事儿，欢迎欢迎！我叫宋玉娟。”女子的笑容很温柔，仿佛能融化一切，她有一双非常好看的大眼睛，清澈又明亮。

“我叫蓝玉。”她礼貌地回答。

第一次聚会以熟悉人和环境为主，每个社员做了简单的自我介绍。轮到蓝玉时，她红着脸用一贯简单的字眼介绍自己：未来的妈妈、家庭主妇。在她的生活里，这两个词似乎占据了全部。

接下来，宋玉娟带大家参观了春壶陶艺店，从其他社员的小声议论中得知，此店是宋玉娟从她父亲那继承来的，殷实的家底和相对宽松的环境允许她做任何想做的事情，尽管这家店并不十分盈利。面对这些流言蜚语，蓝玉刻意回避，她只愿意专注陶艺这门手艺，试着重新走进苏又夏曾经向往的世界，无关世俗。

如果没有对外敞开的门面，这间坐落在校园与校园之间的马路边上的陶艺店不过是质朴而复古的中国民居：七八间房屋紧密连接，将天空切割成一个完整的四方形，形成一个露天天井。工作椅、水井及各种陶瓷制作器具摆放得当，整整齐齐；角落里一个凉棚搭起歇凉地，摆放着巨大的火炉，此时正安安静静地站着，似乎在休憩，又似乎在沉睡。尽管现在没有一个人在工作，但蓝玉可以想象工作日的热闹场面，有些默契与荣耀，无须掺杂人为的语言，泥土翻滚与炙烤的声音便足以代替。

“虽然今天是休息日，但对于立志提升陶艺技术的人来说与平日没有任何区别。任何一门技术，唯有勤奋方能成效，所以我们的工作室依然有人在，这不，你们看！”宋玉娟推开其中一扇门，扑鼻而来的是清新的泥土味，“啊，你们今天运气真好，我们最厉害的陶艺师刘枫辰正好在制作作品，大家可以参观一下，不过不要出声啊，她不喜欢嘈杂。”说完她便露出带有歉意的笑容。

人群中的蓝玉，一度被摩肩接踵带来的混浊空气折磨得呼吸困难，但是一见到刘枫辰的面容，嘴边的空气便瞬间被净化，无可挑剔地进入了她的胸口，周围的喧闹消失了，仿佛一盏聚光灯打在她与刘枫辰身上。看着这个神情专注的女子，蓝玉抑制不住内心的激动和心痛。

此时的刘枫辰，身着黑白相间的衬衫和黑色围裙，头上包着黑色头巾，露出无比精致的五官：白皙的皮肤，长度适中的脸型；透过窗斜射进来的阳光，在她细长的睫毛在涂了一层好看的金色，脸颊上可以看见细细的毛发，泛着淡淡的棕色；细长的手指上鲜少皱纹，指甲盖呈漂亮的弧度，宛如天空的明月，这双手此时正在泥盘上塑形，指尖灵巧地转捏。

一位真正的艺术家，在幻想与梦之间恣意翱翔，像春流般温暖人心，恰似顾城的这句诗：“我的心收缩，像石子沉入水底。我的心膨胀，像气球升向蓝空。让阳光和月色交织，令过去与将来融合，像闪电礼花惊碎夜空，化为奇彩光波。”

蓝玉向往这样的感觉，恰如脚步升腾而起的快感与成就，是她内心深处至纯的渴望。或许正因为这样，她的感动触动了肢体的动作，手轻微地颤抖，恰巧碰到了距离不远的陶瓷成品，还未反应过来，只听见“咣当”一声，打破了安静的氛围，所有人的注意力都被吸引到地上已经碎裂的作品上面。

“啊，对不起！”蓝玉惊得捂住了嘴巴，慌忙弯下身，试图捡起。

“没事儿。你别捡，小心手！”宋玉娟阻拦她，“这只是练习用的，不碍事。”

即便是这样，蓝玉的脸还是涨得通红，抬起头的时候视线正好与对面的刘枫辰相撞，短暂一瞥，她从刘枫辰的眼睛里读到了些许探询和大部分不屑，棕色的瞳仁深得如一汪深水，清澈却又冰冷。

活动一个小时后便结束了，接到下次活动的具体通知后，每个人都心满意足地离开了春壶。唯独蓝玉，在大门口踟蹰了半天，咬了咬牙重新走回店里，小心翼翼地寻找宋玉娟的身影。

终于，在推开无数扇空荡荡的房间门后，她在走廊尽头的一间办公室发现了一个黑色身影。

“对不起，打扰一下，请问——”那个身影转身的一瞬间，蓝玉的话音戛然而止，竟是刘枫辰。

空气突然陷入尴尬的沉默，蓝玉感觉自己嘴边的空气被抽干净了似的，一时间难以呼吸，直愣愣地跌入了面前这双眼睛里的湖泊中。

“啪——”，身后的门被一双手打开，打破短暂的沉寂，蓝玉吓了一跳，慌忙转过身，宋玉娟走进来，年轻的脸庞上溢满了幸福的笑容。

“刚刚那个怀孕的大妈找你。”没等蓝玉反应过来，刘枫辰非常迅速且极不礼貌地说完，声音低沉而干脆，好像有一种凝结周围空气的能力。

怀孕？大妈？蓝玉终于缓过神来，被这句话气得面露苦笑，我才29岁好吗，还没到大妈的年纪吧！她在心里默默抱怨。宋玉娟很快意识到自己员工的不礼貌，在刚刚的笑容中增添了一分歉意，而另一边，“肇事者”似乎还没有意识到自己的失礼，边低头看手中的文件边擦着蓝玉的肩膀走出办公室，仿佛一切与自己毫不相干。

“刚刚我打破了一件……额……一件作品。”蓝玉一时间找不到适合的名词，“我应该付一些赔偿。”

宋玉娟听后，扬了扬细细的眉毛，嘴角咧得更开：“其实算不上作品，如果是的话，刘枫辰一定会疯的，没事儿！你放心！”

蓝玉张了张嘴，终究没有继续说下去，有些话，不必重复太多次，这是她的理解，所以在告别春壶的一刻，她转过身看了一眼，在黄昏营造的亮黄色背景下，独特而熟悉的气味组成了她对它美好和崭新的记忆。

回到家，一只脚才踩进现实，便闻到了浓浓的烟味。

“抽烟了吗？”蓝玉捂住了鼻子，不敢走进门。

“没。”屋内很快响起了脚步声和窗户被打开的声音，“等等。”叶军的声音有些阴沉。

“怎么了？”蓝玉预料到有事情发生了，他心情不好的时候就会猛抽烟。

“你妈来过了。”回答没有一丝犹豫，甚至溢满了抱怨。

蓝玉的心猛地一沉，喉咙干涩得要命，不知如何面对。

“你不在，所以没有进来，现在在附近的酒店里。”他的声音很冷。

丈夫一家子都不喜欢蓝玉的妈妈，确切地说，所谓的正统人家都不会喜欢她，混乱的生活作风和随意的人际关系，已然妨碍了生活的基本要素——稳定。在蓝玉眼里，妈妈就像飘浮在空气中的羽毛，似乎没有着陆的时刻。

“哦，我出去一会儿。”蓝玉喏喏地说了句，转身离开还未来得及踏进的家门。

她在酒店大厅见到了自己的母亲，一身碎花连衣裙，外面一件白色线衫，昔日及腰的黑发已经剪短，懒散地披散在肩头，显得稀疏单薄；昔日白皙的皮肤已经泛黄，皱纹在不经意间悄悄爬上脸庞，唯独那双大眼睛，依旧溢满了精神，保持着对外界事物的好奇。

有那么一瞬间，蓝玉很想大声告诉所有误解母亲的人：“其实妈妈是一个单纯的女人！”

如今的母亲，渐渐走进生命的暮年，但见到自己的女儿后，脸上依旧是孩子般的纯真笑容，从来不关心周围人的眼光，一如从来不关心天气寒冷与否，只按照自己的喜好搭配穿着一样。她大声呼唤蓝玉：“我在这里！”清亮的声音回响在空荡荡的酒店大厅里，惹得工作人员纷纷从前台后抬起头，蓝玉红着脸迎上去，将她带到旁边一家中等规模的餐厅。

“先吃点饭吧。”蓝玉似乎很肯定，母亲来的时候一定空着肚子。两人面对面坐下，她匆匆点了三个菜，小心翼翼地躲避妈妈过于炽热的视线。

“宝宝还健康吧？”菜陆陆续续上齐了，母亲终于开口问。

“嗯。”蓝玉点点头回答，依旧没有迎接她的视线。从小到大，面前这个女人带给自己的似乎只剩下折磨与嘲笑，无情的现实一次一次疏远着两人的距离，尽管蓝玉有很多话想对她说，作为一个女儿。

“你越来越幸福了，真好。”母亲轻声感叹。

妈妈，她在内心呼唤这个唯一的亲人。她很想告诉妈妈，与叶军的婚姻其实并没有外人想象的那么幸福；她很想告诉妈妈，怀上这个孩子她是下了多大的决心，做了多久的心理斗争；她想告诉妈妈，在叶家，作为一颗一无是处的棋子，除了生儿育女，她没有任何物质与精神财富；她更想告诉妈妈，以前的所有记忆都不曾从她的生命中离开，而是像一群作恶已久的恶魔一样，时常出现在深夜的梦中。

“怎么了？”母亲分明感觉到蓝玉的挣扎，小心问道。

“没。”蓝玉吸了吸鼻子，勉强笑了笑，转而问，“您怎么样？”在她眼里，妈妈就像亨利·詹姆斯笔下的小说人物黛西·米勒一般，人际交往中充满了各种可能性。她无限拥抱所有与人交往带来的可能性，无论幸运或灾难。“轻浮”“放荡”“行为不检点”……各种诋毁的流言打破了本该稳定宁静的生活，却始终打不破她内心的信念。蓝玉是理解她的，至少蓝玉自己这么认为，即便是站在远远的地方，母亲依旧是她的亲人，依旧能带给她最踏实的温暖。

“如果我说和以前一样，你会不会觉得没出息？”母亲的回答像个小孩子，她明白女儿对她的看法与感受，像一座时常无法保持平衡的跷跷板，现实的道德时不时会模糊她的视线。

“好好保重身体。”蓝玉没有直接回应她的问题，她无法判定这种生活方式的好坏，就像无法判定自己是否幸福一样。

母女俩离开餐馆的时候，天色渐暗，凉风刺骨，母亲缩了缩脖子，胳膊抱在胸前，像极了一个没有安全感的孩子。蓝玉很想脱下自己的外套，犹豫了几分钟还是作罢。

"明天我就回去了,来这里看一个人。"母亲说。

蓝玉想起来,每年秋天,妈妈似乎都会来省城,从小到大,从未间断,究竟是谁?是自己的亲生父亲?她没见过这个男人,记忆中父亲的身影是一片空白。

"回去吧。"母亲朝她挥了挥手,转过身走进酒店大门。

蓝玉没有离开,她不想回家。有那么一瞬间,她希望自己可以打电话回家,用自豪的语气告诉叶军:"我今天跟妈妈一起,不回家了。"

即便已经结婚,她依旧没有体味过家的温暖,生活的两端,没有一处是可以栖靠的港湾。是不是活得越久,对生活的依赖就越大?她走上人行天桥,俯望马路上昼夜不息的车流,她不贪恋这个世界,却怕这个世界的冷漠,仿佛这是从骨子里诞生出来的畏惧。

黑色情绪渐渐涌上心头,她想蹲下来,但肚子里的孩子似乎很不情愿。她只能双手扶住栏杆,弯腰,闭上眼睛,试图摆脱时常光顾的回忆。光与暗的极端,混合成尖锐的利剑,刺痛她的心脏,疼得她眼泪直流。

"喂,你没事吧?"有好心人走上前关切询问,"要不要去医院?"

蓝玉慌忙站直上身,露出笑容,摇摇头,转身离开,还来不及擦干眼角的泪水。

找　回

春壶社团的第二次聚会，是在蓝玉与叶军大吵一架之后。或许是对蓝玉母亲的不满与厌恶长期积累导致的瞬间爆发，叶军的言辞很是凶恶："记住，你已经是叶家的人，所有关于你原先的家的一切必须从叶家消失，尤其是你妈妈。我不想再重复这句话，也不想再看到你妈妈！"叶军的话像是从一个倔强的孩子口中说出来的，只是这样的话恰恰代表了叶军全家对蓝玉的霸道的控制：若想在叶家生存，必须断绝与"肮脏"的亲生母亲的来往。

蓝玉哭了，不是委屈，是隐忍的愤怒与不服，随着年岁的增长，这股愤怒愈加强烈，是对母亲遭受的不公正的待遇的愤恨，更是对失去自由的自身的悲悯。

"不管怎样，她也是生我养我的人，我不可能不管她！"蓝玉第一次大声反抗，拒绝接下来的午饭，直接走出家门。

秋日暖阳下的春壶庭院，空气中弥漫着青草和泥土香味，宋玉娟详细解说着陶器成型的最初步骤——拉坯。蓝玉盯着宋玉娟的手，灰色黏土渗进手指间的缝隙，在阳光下飞散成细细的粉末。一双手工艺者的手，蓝玉想，充满自由的生命力和想象力，而我——她伸出自己的手，我的手中究竟握着什么？

“让一下。”一个声音从蓝玉的身侧响起，撕开温暖的空气，带进一阵彻骨的凉风。她回过神来，看见一双纤细的手臂抱着一只大箱子，不见讲话人的脸孔，声音却熟悉地直钻心底，叩响内心深处的门扉。

“哦，不好意思。”她欠身让路。

“嗬哟！”来人抬起脚，用大腿支撑起略显沉重的木箱，发出轻微的吆喝，一往无前。蓝玉终于看清楚此人正是刘枫辰——清亮的侧脸显得异常单纯无邪，嘴角露出心无旁骛的满足笑容，仿佛将整个世界紧紧握在手心中。

宋玉娟继续兴致勃勃地讲解陶艺知识，蓝玉的注意力却不可避免地转移到正蹲在火炉前的刘枫辰身上，看见她小心翼翼地打开木箱，拿出塑形后的泥坯，放进红彤彤的炉膛里，炽热的火焰照亮她的脸庞，雪白的墙壁上倒映出这张令人窒息的棱角分明的侧脸。“嗤嗤”的火焰声在耳畔铺陈起久违的幕景，记忆穿梭，熟悉的味道溢满周身，再没有比这记忆的味道更令人留恋的了，这一切为眼前这个模样俊美的短发女子涂上一层异常夺目的光辉。

专注的眼神里是一泊清澈的湖，空灵而一尘不染；嘴唇似蒙上一层薄如蝉翼的肤衣，嘴角上扬成一个浅浅的弧度，幻化成一道隐秘的彩虹；放空的思维仿佛驰骋在无尽的想象空间，恣意动人。

蓝玉看入迷了，曾经，她也这样痴迷着一个人的神情，本以为这般震撼带来的舒适不会再出现在生命中，本以为自己的人生就此跌入平淡无奇的际遇，生、老、病、死，直到归于尘土。

刘枫辰似乎感觉到了蓝玉的注视，半蹲的身体微微旋转了一个角度，右手手肘支撑着上半身的重量，视线定格在蓝玉身上，平静的湖面漾起细微的涟漪。蓝玉慌忙移开视线，但不确定自己的脸颊是否出卖了内心，像个做错事的孩子。

“哎，刘枫辰，过来一下。”宋玉娟的声音打断了专属于她们两个的短暂时间，所有人的视线移至这个异常清秀的女子身上，蓝玉也终于有机会重新将刘枫辰看清楚，只见她噘了噘嘴，不情愿地站起身，走到人群前，纤细修长的身材与宋玉娟的凹凸有致形成对比。一件毛衣、T恤加上牛仔裤，组成了最简单的她，与宋玉娟相比，刘枫辰的美不带一丝雕饰，恰如一壶陈年酿酒，经过之处必定留下令人印象深刻的回味之香。

“哎，我出去一下，你帮我看看。”宋玉娟的声音柔得像一汪泉水，任谁都无法拒绝。

刘枫辰微微皱了皱眉，没有回应，宋玉娟拍了拍她的肩膀，露出一个讨好的笑容，便迈着轻盈的脚步离开了。

起先，人群中一片寂静，大家都用好奇的眼神看着刘枫辰，站在蓝玉身边的一个中年女子低声感慨：“这孩子长得真俊！”蓝玉突然感到莫名其妙的自豪，仿佛自己与刘枫辰熟识已久一样。

“嗯……咳咳！”刘枫辰的脸微微涨红，挠了挠后脑勺的短发，说，“大家继续吧。”

气氛回到一开始的宁静与投入，爱好陶艺的人大抵是安静的，在座的每一个人都低头认真地研究手上的泥团，试图展开最真挚的想象力翅膀。所以说有想象力的人是幸福的，因为有紧随而来的满足与希冀。

刘枫辰在最前面站了一会儿，最终被人们手中的泥塑吸引，渐渐走入人群中，平静地看着每个人的作品。而蓝玉，也终于意识到自己只是一个被陶艺的纯粹吸引的外行人，长年的家务劳作已经令她失去了想象力和动手能力。她面对手中的泥团，愣了很久,大脑却不自主地陷入了回忆。初次见到被一双手捏制而成的均匀的弧线,阳光、泥土,以及那一双修长的手,都深深印刻在她的内心深处。在她的内心,始终有一块专属于苏又夏的土壤。

“记忆既不是短暂易散的云雾,也不是干爽的透明,而是烧焦的生灵在城市表面结成的痂,是浸透了不再流动的生命液体的海绵,是过去、现在与未来混合而成的果酱,把运动中的存在给钙化封存起来。”

她感觉到身旁有人的时候,眼眶恰恰因颤抖的回忆有些泛红。她慌忙抬起头,来不及做好掩饰的表情,迎面撞上一双深邃的亮眼。风过云散,吹开遮挡的云层,露出明亮的橙色,是暖阳,不,应该是温情。蓝玉从她的瞳仁中看见自己,清晰透明到可以感觉自己的灵魂,一个被钙化的记忆折磨至骨的可怜魂魄。

刘枫辰垂下眼帘,注视着她手中还未成型的泥团,嘴角露出淡淡的笑容,无法辨别是嘲笑还是不屑,低声说:“没有想象力的人最可怜。”

她说这句话的时候一定没有考虑过对待初见之人的礼貌,不,应该是她已经没有将蓝玉视作陌生人!蓝玉有些生气,不满地嘟起嘴巴,回答:“弗罗斯特说:‘我不是为了写诗而写诗。’同样,我不是为了学陶艺而学陶艺。”

刘枫辰扬了扬浓浓的眉毛,好奇地问:“那是为了什么?”

“找回我的想象力。”蓝玉毫不犹豫地回答。

刘讽辰愣了愣,随后嘴角上扬成一个好看的弧度,笑容里渗透着些许令她意外的满意,慢慢踱着步走开。直到宋玉娟再次出现,刘枫辰重新坐回老位子,呆呆望着炉子,任凭时间流逝,心头的执念翻滚不息。

活动结束后，庭院里变得安安静静。所有人，似乎所有都市人，都有一样的毛病：匆忙。匆忙来到这个世界，匆忙完成自己的使命，最后匆忙离开人世，皱着眉头，满怀心事，似乎无暇顾及停留在时间深处的美。蓝玉走近刘枫辰，一步一步，她的背影依旧一动也不动，走到身边时才发现她已然闭上双眼，长长的睫毛时不时抖动一下。蓝玉半蹲下来，静静欣赏这张雕塑般的脸庞：棱角分明的线条，倔强得恰到好处，挺拔的鼻梁上还沾着未来得及揩去的黑灰泥土。

一阵微风拂过，落叶飘零，摇曳飘至两人的中间，发出轻微的“沙沙”声。刘枫辰长长的睫毛抖动了几下，眼睛缓缓睁开，慵懒的视线扫过依旧沉浸在对美的欣赏中的蓝玉身上，定格，沉默，似乎能听见两个人的呼吸声。

“啊，对不起。”蓝玉慌忙说，站起身来的时候一个踉跄，险些跌倒，幸亏有一只手及时伸出，扶住了她的手臂。“谢谢。”蓝玉接着道谢，脸颊有些发烫，即便隔着厚厚的棉衣也还能感受这只手的温度。

刘枫辰摇摇头，站起身，打开炉盖，平静地观察了几分钟，关上门，继续坐下来。此情此景，竟让蓝玉想起叶芝的一首诗：

当你老了，头白了，睡意昏沉，
炉火旁打盹，请取下这部诗歌，
慢慢读，回想你过去眼神的柔和，
回想它们昔日浓重的阴影；

多少人爱你青春欢畅的时辰，
爱慕你的美丽，假意或真心，

只有一个人爱你那朝圣者的灵魂，
爱你衰老了的脸上痛苦的皱纹；

垂下头来，在红光闪耀的炉子旁，
凄然地轻轻诉说那爱情的消逝，
在头顶的山上它缓缓踱着步子，
在一群星星中间隐藏着脸庞。

永恒和安宁，是蓝玉内心深处的信念，原以为婚姻是爱情的终点，更是人生最终的辉煌，没想到恰恰是她的婚姻并不能直入内心深处最平坦柔软的地方时遇见了刘枫辰，一如十多年前在童年最无助时遇见了苏又夏。

爱捉弄人的命运啊。蓝玉陷入了喜悦与苦闷的两难境地。

过了一会儿，刘枫辰站起身，伸出手背擦了擦额头上的汗珠："接下来就慢慢等吧。"她说这句话时像在对蓝玉说，又像在自言自语，直到说出下一句话时，蓝玉才确信这是在与自己对话："现在还早，要不要进来喝杯茶？"

蓝玉点头，跟着刘枫辰的步子，离开大院，走上联结房屋的走廊，穿过短短的被林荫遮盖的碎石径，来到一间古朴的茶室前。踏上青黄色的木质台阶，一走进门，能闻到清新的茗香，窗外是一片竹林，闭眼聆听，还能听到潺潺的溪流声。

"这是我执意要开辟的茶室，平时也由我来照料。"刘枫辰指了指座位上的蒲团，"坐吧，我去给你泡茶。"

蓝玉小心翼翼地坐下，耳目所及，是最接近淳朴的自然的手工杰作：檀木茶座、黑瓷茶具、雕花门窗。她的心情在此刻获得了前所未有的平静。

“这些都是我做的，利用业余时间。”刘枫辰端来茶壶，壶嘴还冒着缕缕热气，她将茶水倒入茶杯中，“闲暇的时候来这里坐一坐，能洗净内心的焦虑与莽撞。”

“我非常同意你的看法，坐在这里，的确可以忘却一切烦恼。”蓝玉由衷赞叹。

“烦恼是不能被忘却的，不是吗？”刘枫辰将茶杯倒满，放下茶壶，欠身坐下，嘴角扬起不易察觉的微笑，柔化了这张分外英气的脸庞，“来到这个世界上，就是与各种烦恼斗争，无论胜负，你始终不能否认它们的存在。”

“而且有一些，会一直跟随你一辈子。”蓝玉端起茶杯，轻抿一口，以掩饰内心突涌而来的惊讶，十几年来，这是第一次如此接近黑色回忆，她感觉自己的身体开始微微颤抖。

刘枫辰直视蓝玉的眼睛，似乎察觉到了她的异样，抿了抿薄薄的嘴唇，开口说道：“与之共存，这就是我们的命运。”

蓝玉沉默，她不想触及这部分记忆，如果迫不得已再次提起，她希望能够在这样的环境中，面对如刘枫辰这般沉静的人。但是，至少现在，她不想面对。

刘枫辰似乎看穿了她的心思，起身帮她续满茶水：“一杯茶，由苦至甜，香味贯穿始终，或许人生还不如一杯茶幸运，但我们有改变的可能。”她放回茶壶，继续说：“来春壶学习的人，抱有各种各样的目的，为名，为利，也为钱。陶艺，在很大程度上不比以前那么单纯。我很喜欢你来学习的目的，艺术，依赖我们的想象力，依赖我们对生活滋味的品尝。”

“这也是你带我来这间茶室的原因。”蓝玉听了她的话，感觉很欣慰。

刘枫辰笑了，嘴角终于上扬成了一个好看的角度，阳光仿佛回到了她脸上，她说："很高兴认识你。"

"谢谢你，我也是。"个性敏感的蓝玉分明感觉到自己已经热泪盈眶。

有生之年，竟然还有幸认识与苏又夏如此相像的人。蓝玉的心在颤抖，一半是感激，一半是恐惧，一如此刻飘香的绿茶，携着她对未来的向往与胆怯，在漆黑的茶杯中安静地翻涌。

伤　痛

关于伤痛，天性乐观的蓝玉相信总会随着时间磨平、消失，彻底融化在略显单调冗长的记忆里。只是怀孕的这段时间，过去的噩梦重新回归，时常在梦境里不期而遇。如影随形的噩梦，是过去的苦痛的阴影，无数次的惊醒，已经令她精疲力竭，加上肚子里的孩子渐渐长大，肆意从体内汲取仅存的营养，折磨她日渐乏力的身体。

“好累。”这是她第一次向丈夫吐露心声，因为实在忍受不了梦魇的威力。

“嗯，多休息。”丈夫的反应依旧冷淡，似乎还带着许久未平息的愠怒，原来他也不是一个容易息怒的人。

蓝玉没有说话，面对饭桌前冰冷的空气，她选择转头望向窗外秋意渲染的世界，企图用浸满眼睛的金色抹平内心的躁动与不安。

“砰！”丈夫关门的声音始终那么响亮，是在向全世界昭示自己“外出工作养家”这个事实吗？男人，总是用这一可笑、单调的借口来逃避对妻子乃至家庭犯下的罪过。躁动的空气重新回归宁静，一如潮起潮落后的大海，然而风平浪静的海面下暗藏着蓝玉翻滚的内心。

“丁零零——丁零零——”刺耳的铃声撕裂冰冷的空气，横冲直撞入蓝玉的耳朵，她慌忙接起电话，不愿这铃声再叨扰难得的宁静。

“蓝玉?”电话那头传来一个询问的声音，低沉而遥远，却直入她的心脏。

“嗯。”蓝玉的声音因惊喜而颤抖，她没想过刘枫辰的声音会出现在电话里。

“你上次的陶艺作品已经制作完工，有空过来拿一下。”刘枫辰的声音宁静中带着一丝温柔，仿佛近在耳畔。

“我现在过去，行不?”蓝玉无法忍受家里的空气，迫切需要出门释放体内焦躁易燃的愠怒。

“好。”对方一个简单的回答后便挂了电话，蓝玉失神了许久，漫长的“嘟嘟”声第一次如此悦耳与意犹未尽。

15分钟后，蓝玉赶到春壶，明亮的天色下，简约的店铺洋溢着温暖的色调，刘枫辰正站在店门前，弯腰端详一株绿色植物，修长的双腿和线条刚柔并济的侧脸显得分外引人注目，女子的俊美与男子的英俊有太多不同，即便线条再坚硬，一个俊美的女子也依旧无法逃离雌性激素的控制，圆润了这一抹坚强，刚中带柔，将阴阳结合为一体，塑造出别具一格的美。此时的刘枫辰，恰是这样一个女子。在蓝玉的主观臆想中，刘枫辰与少时的苏又夏有太多的相似之处，不知不觉中，在她脑海里，他们两个的形象总是重叠在一起。

刘枫辰似乎意识到有人接近，直起身来，用平静的眼神迎接蓝玉，薄薄的嘴唇轻轻抿住，似一个倔强的孩子。蓝玉不自觉地露出笑容，却在迈步上前的瞬间感觉腹部一阵剧痛，眼前的春壶和刘枫辰蒙上了一层灰黑的阴影，嘴巴里的空气被突如其来的疼痛抽离干净，大脑因为短暂缺氧陷入一片空白，紧接着便失去了意识……

宛若沉睡了一个世纪，意识逐渐回到蓝玉空白的大脑，按部就班地填补满所有空缺，腹部的隐隐作痛代表现实提醒她醒来。她睁开眼睛，发现自己躺在一个陌生的房间，淡黄色的天花板上挂着一盏古朴的灯，散发着温暖的橙黄色。她微微抬起头，打量四周，狭窄的空间被布置得井井有条，书桌和书架上整齐地堆放着各式各样的书籍，格子花纹的大门被轻轻推开，一个修长的身影出现在清淡的橙色空气中。

“醒了？”是刘枫辰，她放慢脚步走进来，手上端着一碗热气腾腾的白粥。

“嗯，谢谢。”蓝玉还没有从刚刚的惊慌中回过神来，双手捂着腹部。

“还好吗？”刘枫辰将白粥放在床头边。

蓝玉沉默，她无法坦然给出一个确定的答案，熟悉的恐惧爬上心头，独自承受许久的压力终于冲破理智的束缚，破茧而出，眼泪溢出眼眶，湿润了双眼。

刘枫辰愣了愣，好看的眉毛因惊讶微微扬起。她安静看着蓝玉小声哭泣，过了几分钟，她轻声问：“你丈夫知道吗？”

蓝玉摇摇头，她不知道为什么会在刘枫辰面前流下眼泪，心底那份宁静的柔软全然不受理智控制，渴望将心事告诉眼前这个人：“对不起，只是有些累。”她擦干湿润的眼角。

刘枫辰在床边坐下来，眉毛在眉心打了一个结，她是真心替蓝玉感到担忧：“你应该不是一个足够自由的人，在我看来。”她拿出蓝玉上次的作品，捧在双手心：“线条僵硬，看来做的时候很紧张、拘束。”

蓝玉直起身，张开嘴准备辩驳，却一句话都说不出，在刘枫辰面前,她竟无法不诚实面对自己的内心。

“所以在我看来,完整的婚姻终究不是人生的最终归宿。或许,在大多数人眼里,这只是人生的一个步骤。”刘枫辰嘴角露出浅浅的嘲讽的笑容,“那么你还没说你的身体怎么了。”

蓝玉愣了会儿神,心底不为人知的秘密,此刻却迫不及待地涌向喉咙口,有一种呼之欲出的欲望,似乎渴望被人知晓,以冲破人们对她的误解:“我有心脏病,这个孩子,一出生就会带上我体内的病。”

空气沉默了半晌,刘枫辰面无表情地看着天花板,长长的睫毛凝固在空气中,一动也不动。蓝玉意识到自己该离开了,悄悄站起身,手腕却被一只温暖而修长的手轻轻抓住,转过脸,刘枫辰的视线已然定格在她的脸庞。

“要么放弃,要么坚持,人生不就这么简单吗?”她说这句话的时候语气很平静,嘴角残留着戏谑的笑容。

蓝玉不喜欢她的笑容,忽然有些后悔告诉她自己的秘密,将手轻轻挣脱,走向门外。

“我们都一样,”刘枫辰的声音依旧不屈不挠地在身后响起,“都太寂寞了。”

蓝玉前进的脚步陡然停住,却不敢再回头,生怕内心震撼过后,眼泪会决堤而出……

此次擅自离家的后果是被丈夫和婆婆彻底禁足。

“你知道我们找你找得多辛苦吗?”叶军彻底愤怒了,“你怀了我们叶家的骨肉,到处乱跑,如果——”

“行了,儿子,不要说不吉利的话。”刚从乡下回来的婆婆拉长了脸,语气严肃地责骂道,“你当初就不该同意去参加什么陶艺社团。”这句颇有指桑骂槐意思的话让蓝玉羞得满脸通红，她不愿欠任何人人情，包括自己的丈夫，而这样的弱点，恰被婆婆洞察得一清二楚，常常一语中的，击中她心中最敏感的部分。

“你以后不要去了。”叶军皱着眉头，不耐烦地说，“直到孩子出生，什么地方都不准去。”

禁令已下，蓝玉没有丝毫反抗之力，只是这一次，她的灵魂竟充满了忤逆，与顺从的肉体展开了激烈的厮杀，坐在空荡荡的房间里，她仿佛能够感觉“战场”上的硝烟弥漫。

人，生来就是向现实妥协的吗？无数条红线，在脚下蔓延，逼自己退向一个狭小而尴尬的角落，进退不如，只能傻傻地观望前方的繁花烂漫。我们何时能够遵循内心的前行轨迹？蓝玉不是没有幻想过自己的梦中生活：随性、自由，不需要被流言和道德束缚，敢爱敢恨，会迎着所有鄙视的眼神漂亮地竖起中指，痛彻地爱一个人，即便被伤过，遵循内心的感觉，无论对方的性别与年龄……

她想到了苏又夏，12 年的岁月，在他棱角分明的脸上刻下了痕迹，唯一不变的是倔强的青春依旧在嘴角坚定地逗留，没有丝毫离去的意思。有人评价他的生命：飞扬跋扈，不计后果。蓝玉却不认为这样的生活应该受到任何偏激的指责。生命，本该是只有一次的疯狂，为什么要献给所有的束缚与不自由？道德不过是大多数人自有的奴性的衍生品，普通人，在人生中失去方向、备感失落时，总会不自觉地遵循大众道德的指引。体面的工作、平淡的男女关系、安定的家庭，以及健康的孩子，这些似乎足以满足一个人所有的愿望，的确能够满足。只是该如何看待与世俗逆向而行的人们？他们不愿意遵循世俗的脚步，迎接所有的冷嘲热讽，只为心中坚定如一的理想和期许，倔强到不轻易妥协，宁可被千万人阻挡。这样的人，表面上桀骜不驯，内心却挣扎痛苦，常常在深夜留下不为人知的眼泪。

蓝玉又想起了另一个人，陈天启。这个在她生命中唐突地出现又唐突地离开的男孩，作为难得的异性朋友，带来的记忆如同他本人一样平淡、苍白。她一直觉得，这个向来话不多的男孩，一直有一种隐忍的爆发力，源自家庭和外界对其的压力和束缚，更来自屡次挫折带来的伤害。

“我喜欢你，你知道吗？”他曾经这么对蓝玉说。

“我不知道，也不想知道。”这是她给他的回答。

长大后的蓝玉，逐渐明白这样的回答对一个青春期男孩的伤害，她后悔过，却无能为力。分别过后，她与陈天启从未相见，一如两条平行线，似乎永远没有交点。

或许有，他唯一留下的，是深埋她内心的一个疑惑。

蓝玉的心脏又开始剧烈疼痛起来，每逢想到过往的那段黑暗，心脏就会像定时炸弹一样爆炸，一片黑色的蘑菇云弥漫胸口，奋力阻止她的呼吸，扰乱她平静的思维。

“啪！啪！”窗帘紧闭的玻璃窗忽然传来被石子敲打的响声，蓝玉从痛苦的黑暗中回过神，呼吸因注意力的分散渐渐通畅，走上前，小心翼翼地拉开窗帘，薄暮笼罩下的小区街道冷清寂寥，除了一个修长的身影。

“刘枫辰？”蓝玉诧异极了。深秋的傍晚，有这么一个人，站在自家的楼下，牛仔裤包裹的双腿在昏暗的路灯下倒映出细长的影子，白色的球鞋踩在修葺一新的绿色草坪，头微微仰起，干净利落的短发蒙上了薄薄的水汽，漆黑的瞳仁深得像一泊潭水，清澈透明。蓝玉感觉呼吸急促起来，大脑陷入瞬间的空白。

“幸好你住在一楼。”刘枫辰抓了抓后脑勺的头发，嘴角露出浅浅且羞涩的笑容。

“要上来吗?”蓝玉的声音因惊喜变得有些颤抖,虽然不知道这样的邀请会不会有结果。

“你很久没来了,”她边摇头边问,“身体还行吗?”

蓝玉沉默了一会儿,心底涌上的暖流几乎阻挡了她的发声,她轻轻捂住胸口,回答:“我很好,谢谢。”

“是吗?”刘枫辰用鞋尖摩擦着脚下的青草,迷蒙的空气中传来细细的“沙沙”声,将这句充满疑问的话语渲染得分外响亮。

蓝玉沉默,不想否认,更没有办法承认,眼泪不自觉溢出眼眶,心里的酸涩无法言语。

刘枫辰飞快地看了蓝玉一眼后,开始环顾四周:“我从来没有来过这里。这么高的楼,这么整齐的草坪和树木,还有这么整洁光滑的地面,一切看起来都是那么舒适美好,可是我却无法习惯,因为我不属于这里。来自乡下的我,自小被人收养,泥土是最爱。即便到了大城市,依旧不能习惯钢筋混凝土的世界,城市变得更摩登更强大不知有何意义,其实我们更需要的是均衡而有心灵支撑的生活。”

蓝玉的心像被抹上一层清凉又明亮的颜色,升腾起一股久违遇知音的感动与快乐,她文化有限,不能说出像刘枫辰那样的话,但两人对人生的看法恰巧走到了一起。

“你呢?”刘枫辰将视线移回她身上,问,“你属于哪里?”

我属于哪里?首先浮现在她脑海里的是故乡——恒安镇,这片曾经带给她黑色记忆的土地终究无法避免地驻扎在内心深处,无论多么恐惧,它总会在她撑起脑袋回忆的时候跳进思维,撑开一张大大的帷布,再涂上浓重的灰色,将所有人的面孔蒙上深灰色。可是,苏又夏是唯一的亮色,是厚重阴霾里唯一的亮光。蓝玉捂住胸口，苏又夏的脸庞仿佛出现在眼前，一如少女时期每一次与他见面，她才能清晰感觉到心脏有力的跳动。

“叭叭！”一阵汽车喇叭声打破了两人沉默的气氛，刘枫辰皱起了眉头，朝驰进小区门口的高级轿车看了一眼，说：“我先走了，下次再见，希望是在春壶。”

蓝玉张了张嘴，还未来得及说话，房间门外传来了婆婆的声音：“睡了吗？”

“快了。”蓝玉慌张地答应道，等婆婆的脚步声远去后，回过头再看窗外，刘枫辰的身影已然消失在小区门外，一切好似梦境一般，那么短暂。

何去何从

真正的现实是，之后几个礼拜，蓝玉再也没有去过春壶；另一个现实是，刘枫辰几乎每隔两天就出现在蓝玉家楼下，与她说话。两个年龄相距 3 岁的年轻人，第一次体会到心灵与心灵之间的亲密无间，隔着 1 米的距离，她们无所不谈，谈童年，谈爱情，谈婚姻，谈过去，谈未来，有过意见分歧的时候，但大部分时候的心灵是如此贴近，谈话气氛轻松温馨。

"我没有正儿八经上过学，于我来说，学校是一片太过高大的围墙。我见过去上学的孩子，校服、安全帽、红领巾、书包，校门口的值班老师手中捧着笔记本，记录每一个人的衣着情况，也有孩子因为没有戴红领巾在校门口号啕大哭。学校，理应是一片足够自由的成长的土壤，只是现在有太多束缚，衣着、考试、升学率、兴趣班，就连最喜爱的玩耍也成为一种负担。我 16 岁离开家乡，边打工边流浪，甚至女扮男装，走过许多地方，一个月工作四五天，赚足当月所有生活费，剩下的时间用来和泥土玩耍，10 年的经历，使我形成了足够坚强和冷静的性格。最后一站，来到这座城市，遇见了宋玉娟，她拥有富家女的所有特点，唯一不同的是，她对陶艺有一种执着的喜爱，所以我答应她的请求，留在春壶，好像已经快一年了，呵呵。"刘枫辰说这番话像在自言自语。

“关于爱情。”刘枫辰继续说，“我也谈过几次恋爱，也有过就此定下来的心愿。但是，有些现实，并不是自己想想就可以改变的。生活啊，已经有许多压力了，爱情，本不该为它添加更多负担。幸好，我还有梦想，还有生存下去的希望。所以，我会继续等待。”

“这样的你，很像我一个老朋友。”蓝玉想起电视上的苏又夏，嘴角露出自豪和欣慰的浅笑，“他和你一样优秀、自由，不受世俗的束缚，敢于走出自己的路。”

刘枫辰笑了笑，抬起头看着她的眼睛问：“我看得出来，虽然你已经结婚，但是有一个人一直住在你的心里，或许这也是你来学习陶艺的原因。”

蓝玉愣了愣，脑海陷入间歇性空白：“我有一个朋友，他也从事陶艺工作，不过我们已经很久没有联系了。”蓝玉同样坦诚道，“我们相识于学生时代，也分别于学生时代，或许是在那个时代的缘故，我们的关系纯真得如同夏日星空，毫无感情污染。他与你非常像，对学习、对生活都有自己的想法，那时候他的成绩可好了，也有很多女孩子追求。”她回想起昔日苏又夏收到女生情书时一脸呆萌的模样，嘴角忍不住上扬：“与现在单调、无助的生活状态相比，我时常会怀念那时候。”

“那一定是因为那时候他只喜欢你，你也喜欢他。”刘枫辰露出笑容。

蓝玉沉默了几秒钟，她感觉自己脸红了，她喜欢苏又夏，直到现在。

“青春时代的爱恋啊，”刘枫辰嘴角的笑容重新回到苦涩，“对我来说只有数不尽的黑色回忆，这一点，我和你的他一点也不像。”

"不，我们相处得不顺利。"蓝玉摇头，"我觉得我配不上他，他太优秀，而我过于平凡，追他的女生远比我漂亮、优秀，可我什么都没有，家境也颇受非议。所以我一直是暗恋他，直到一次意外——"话还未说完，她感到自己脑袋"轰"得一声巨响，思维陷入短暂休克，耳边仿佛听到了雨水、河水的声音，心脏一阵剧烈跳动，随即呼吸急促，她捂住胸口，大口大口地喘息。

"你没事吧?"刘枫辰往前走了几步，脸上露出关切的神色。

她知道，这只藏在往昔记忆里的恶魔，总会在回忆起年少的青春岁月后接踵而来，撕裂苏又夏英俊的笑容，朝自己张开血盆大口。

"抱歉，一定让你想起不开心的事情了。"刘枫辰仿佛有读懂人心的特异功能，"你是一个有故事的人，可是我不该在这个时候让你讲出来。"

"不。"蓝玉摆手，"我很想跟你说，而且我也只能跟你说。但是，我无法克服内心的恐惧。"她的声音很轻，生怕一不小心又惊动那只恶魔。

"我会等你，等到你能说出来为止。"刘枫辰说。

蓝玉倚着阳台栏杆，眼泪不自觉地涌出眼眶，她明白自己心里的痛苦所在，也明白自己想走的生命轨迹，却无法给出一个清晰的答案，"谢谢你，在我最彷徨无助的时候出现，就像 12 年前的那位朋友一样。"

"我很荣幸可以和那位朋友一样在你心里刻下印记，但我希望是不一样的痕迹。"刘枫辰笑笑，"我们的相遇，不是我选择了你。而是你，或许你的生命中理应该出现这样的人，在你最痛苦的时候。"

蓝玉点点头，心中溢满了湿润的温暖。

工作日的早晨,冰冷的空气被一阵电话铃声打破,蓝玉艰难地从床上坐起,接起电话。

"蓝玉,叶军上班忘带饭盒了,你给他送去!"婆婆的声音急促又冰冷,周围是一片喧闹,估计正在菜场买菜。这位老人家的生活精打细算,一切以儿子叶军为中心,每天赶早起床去菜场买新鲜菜,为了几毛钱可以和卖菜小贩大吵一架,声音又尖又细,说话快得像吐子弹,时常皱着细细的眉毛,布满褶皱的脸却依旧涂满倔强的脂粉,似乎在显示永不朝衰老妥协的顽固精神。最重要的是,这么一位婆婆,总在适当的时候表现出强烈的控制欲望,尤其面对蓝玉,于婆婆来说,蓝玉就是牢牢掌控在自己手中的提线木偶,无论何时都得点头答应。

"哎,好的。"这是蓝玉的选择,一贯的选择,却不知道千篇一律的选择会带给她的生活怎样的影响。

是的,影响,知道蝴蝶效应吗?一只蝴蝶在巴西轻拍翅膀,可以导致一个月后德克萨斯州的一场龙卷风。

此时的蓝玉,正提着暖意尚存的饭盒,一步步走向丈夫的办公楼,一座华丽的政府大楼,洁净的玻璃肆无忌惮地反射着深秋仅存的阳光,幻化成刺眼的白光。蓝玉很少经过这里,在母亲领失业金过活的那段日子里,她充分了解过政府工作人员的冷漠。

"咔噔,咔噔",明亮的走廊里不停传来高跟鞋踱步的声音,迎面走来的形形色色的工作人员都用异样的眼神望着这位略显土气但不失秀气的女子。人总是这样,对于很少出现在视线范围内的人和事,首先给予的眼神总是异样与排斥,这是一种自我保护吗?

"不好意思,请问叶军的办公室在哪里?"蓝玉终于向现实妥协，偌大的办公楼，她完全迷失了方向，只能停下来问经过的人。

“叶军？叶科？”那个人扬了扬眉毛，恍然大悟，朝前方指了指，“往前右拐，尽头的办公室。”

“谢谢。”蓝玉道谢，匆匆往前，她不愿与这里的人有太多瓜葛。

“咔噔，咔噔”，隐约的高跟鞋声再次出现在耳边，伴随着她前进的脚步。高跟鞋的主人一定是一位高雅的女士，白净的皮肤，涂抹淡淡的妆容，长发慵懒地盘起，一身不失体面的套装，细长的双腿……蓝玉羡慕这样的女人，拥有独立的外表和事业，仿佛占据着一个全新的世界。

向右拐，高跟鞋的声音停止了，好像在某个地方停了下来，蓝玉的想象也戛然而止，她看了一眼捧在手心的饭盒，如同看护她的命运一般，蹑手蹑脚地走近丈夫的办公室。

门半掩着，只需稍稍伸一伸脖子就能看清楚门后的一切。蓝玉没有这么做，她抬起手，准备敲门的瞬间，门后传来一阵女人尖细的笑声。手僵直在半空中，蓝玉愣了一会儿，仰起头确认办公室的门牌，直到确认门牌上清楚写着“叶军”两个宋体字后，才鼓起勇气朝虚掩的门边望去。

一双高跟鞋，明亮的黑色，倒映在干净的大理石表面，纤细的腰肢正被一双熟悉的手抱住，女子的笑声更加尖细，甚至刺穿了蓝玉的耳膜，她清楚看见这双手的主人——叶军，正紧紧抱住脚踩高跟鞋的女子，脸埋进她的肩膀，甚至更下面的地方。

蓝玉转身离开给予她足以改变命运的场景的门缝，心情竟异常的平静与麻木，叶军的出轨，并非在她的意料之内，只是这样的背叛唤醒了她内心隐忍已久的残酷觉醒。

“我不觉得心碎，我不觉得愤怒，奇怪，我很坦然，坦然到有一种释然,如果可以,这将是一个多好的解脱理由!”

蓝玉表情茫然地走出办公楼,经过街边的垃圾箱,停下,手中的饭盒被扔进箱口时发出沉闷的声响。她哂笑,命运终究还是跟自己开了一个玩笑,兜兜转转,最终回到了原点。一个年轻男孩擦着蓝玉的肩膀走过,瞥见她脸上的表情和肚子,忍不住关切地询问:“姐姐,你脸色这么苍白,没事吧?要不要送你去医院?”

她愣了几秒钟,来自人世的声音,仿佛从很远很远的地方传来,带着厚重的回声,直到将男孩的关切确认完毕后,她勉强换上笑容:“谢谢,不用了,我很好。”

“对,我很好。”看着好心的男孩放心地离开后,蓝玉又告诉自己一遍,“对,我很好。”本来就不该相信命运会有善良的一面,一如当初遇见叶军一样,一切本来就是一个错误!她回忆起遇见叶军的那一天。

例行的酒席接待,作为一名酒店服务生,她被安排到叶军在列的酒席,满桌政府要员。蓝玉娴熟地上菜、更换餐具,聪明伶俐的她完全可以应付比这更精细复杂的工作,只是这偌大的省城无法容下背景卑微的女孩。

“咣当”,厕所的门突然被打开,拦住了蓝玉的去路,叶军踉踉跄跄地跌倒在走廊边,与她狭路相逢。

“没事吧,先生?”蓝玉放下手中的盘子,好心问道。这个年轻男子已经醉得不省人事,她认得这张依旧带着一丝稚气的脸庞,那一桌大腹便便的中年男子中,他是最年轻的,自然被灌得昏天暗地。

男子的眼睛半睁半闭,挣扎着站起来,不料一个踉跄再次跌倒,跌入蓝玉出于同情伸出的双手,一股浓重的酒味掺杂着淡淡的啫喱水味道扑入蓝玉的鼻腔。“我没事，谢谢，蓝，蓝玉。”男子的样子尽管狼狈，依旧看清楚了她胸口的名牌，“这名字真好听。”嘴角带着真诚的笑容。

从见第一面起，蓝玉对他的印象就不差，以至于后来叶军提出的约会请求，她也没有推诿，甚至有些欣然，换上体面的衣服迎接他的殷勤。年轻的她，独在异乡，迫切需要找一个依靠，叶军，殷实的家庭，体面的工作，能够获得他的爱慕简直是出乎意料的惊喜。不得不承认，得到叶军，是年轻蓝玉的私心，无关爱情。或许，对叶军来说，蓝玉的美貌与他的审美观配合得天衣无缝，尽管出身卑微，却美丽又知性，恬静中带着几分凄美与真诚。他喜欢她，在年轻而理想化的头脑里，视她为梦中情人，再也看不见其他女孩子。

背景悬殊的爱情，家人应该是最大的阻碍，叶军的母亲强烈反对两人的结合，和许多传统长辈一样，“门当户对”的观念深深扎根于她的脑海，当无法从儿子的另一半的家庭里获取任何利益的时候，她顺理成章地用“你们的婚姻注定不幸福”做堂皇的借口来反对。更重要的是，她同样看不起蓝玉的母亲，多次阻拦的结果换来的却是蓝玉怀孕的消息，她无奈妥协，却无法改变自己对蓝玉的偏见。仓促的婚礼过后，蓝玉正式嫁入叶家，开始漫长的主妇生活。蓝玉深吸一口气，漫无目的的脚步在红绿灯口停下来，想到和叶军第一次发生性关系，她竟浑身发起抖来，一股强烈的力量从体内迸发而出，冲击五脏六腑，甚至心脏。她觉得恶心，昔日的噩梦重回心头，恐惧占据整个大脑，由此带动身体产生熟悉而剧烈的反应。她想逃，一如 12 年前那场灾难，黑色的身影从后而至，熟悉的压迫与恐惧促使蓝玉迈开脚步向前逃跑。

"蓝玉!"

她分明感觉身后有人在追赶自己,恐惧爬满心头,不由迈开步子飞快奔跑,挺着大肚子艰难穿梭在车水马龙之间。

"蓝玉!"身后的声音依旧在急切地呼唤,那个人还紧紧追在身后,可是蓝玉已经跑不动了,疯狂跳动的心脏仿佛堵在了嗓子眼,阻碍她的呼吸。渐渐地,呼吸变得越来越困难,她感觉眼前的天空在一点一点缩小。

不行了,这就是我的命吗?蓝玉腿一软,跌倒在结实的水泥路面上,眼前一片发黑。

黑色人影终究接近了她,她凭借尚存的知觉感觉到一双手用力抓住自己的肩膀。

"救我……"这是她昏迷前说的最后一句话。

在一片风雨声中醒来,豆大的雨点砸在身上竟一点都感觉不到疼痛,风声灌耳,掺杂着男人粗重的喘气声,蓝玉极力挣扎,却被一双大手用力按进泥土里,她张开嘴巴,却叫不出声音,恐惧已然吞没了所有声音,唯独强大到极致的风声和男人的喘息声……

"不要,不要!救命!"蓝玉在心里呐喊,猛地睁开眼睛,回到现实世界,熟悉的天花板和温暖的摆设,以及一双与梦境截然不同的温暖的双手,轻轻扶住她颤抖的肩膀。

"你做噩梦了。"刘枫辰的声音确确实实在耳边响起。

"原来只是一个梦。"蓝玉松了一口气,但依旧心有余悸地抓住刘枫辰的手,"刚刚有人在追我。"

"那个人就是我。"刘枫辰露出抱歉的笑容,"你一出来我就跟着你了，看见你丢掉手中的饭盒，露出像个疯子一样喜怒无常的表情，我预感一定有事情发生。果然，你突然停在马路中间，浑身发抖，我一心急就追了上来，然后——”她摊了摊手：“对不起，让你受惊了。”

“不，与你无关，这是一只埋伏在我体内多年的野兽。”蓝玉眼帘低垂，“最近，越来越频繁地光顾我的脑海，还有，我刚刚看见自己的丈夫正和另一个女人亲热。”

“这……”刘枫辰愣了愣，一时间不知说什么好。

“不用安慰，我不需要。”蓝玉的表情很坚定，“在我身上，发生了太多故事，我很想跟你说。”

“嗯，我听着。”刘枫辰反握住她的手，“我一直听着。”

男　孩

校园的银杏树落叶了，金黄色的叶片铺陈在高低不平的泥地上，恰似天使的金色馈赠，为苍凉的世界平添了万分姿色。蓝玉坐在空荡荡的教室里，双手托着下巴，看着窗外安静的落叶，思绪不期然间飘向未知的远方。

母亲生她的时候羊水破了导致难产，所以这样的女孩注定缺乏安全感，渴望在某个寒冷的时刻被一双足够温暖的手牵起，抑或永远待着熟悉的人身边，被温暖与祥和包围，这些是蓝玉心底里最柔软的地方。

在银杏落叶的浪漫季节，蓝玉渴望遇见一个知音，风起叶落，惊鸿一瞥，却挚爱万年。

西边的操场上，一个瘦长的身影映入蓝玉的眼帘，她看见那个人企图爬上在孩子眼中依旧高得吓人的单杠，双手吃力地撑起瘦长的身体，用力几次，最终无果，沮丧地挠挠后脑勺。看到那副略显笨拙的模样，她笑了。

她关注这个男孩很久了，下课的走廊上、体育课的操场上、放学必经的路口，他总是一个人，眉头轻轻皱起，似乎在思考一些同龄人无法企及的问题，偶尔也会露出肆意的笑容，和男孩子们奔跑在草地上。

“砰——”，教室门被几双手用力推开，撞到墙上时发出“吱妞”的呻吟声，一群孩子从教室门口蜂拥而入，刚刚上完体育课的他们大汗淋漓，脸颊通红，看样子玩得足够尽兴。

蓝玉急忙收起短暂的笑容，低下头，避免与他们视线相撞，导致无谓的讥笑。

结果，本不想发生的一切，还是发生了。

“蓝玉，听说你来月经了！”一个皮肤黝黑的男孩抢先说道，脸上露出骄傲的表情。他叫沈杰，是班里最吵的男孩子，长得贼头贼脑，从来没有认真上过课，整天吵吵闹闹，最喜欢欺负蓝玉。他爸爸是恒安镇的大老板，他仗着家里有钱有势处处欺负弱者，甚至在班里的男孩子中间订立了规定：谁都不许对蓝玉好。久而久之，在男孩们中间，似乎有一条不成文的规定，谁欺负蓝玉次数最多，谁就是最厉害的人。

“你妈妈传染给你的吧！”沈杰大声说，脸上露出不怀好意的笑容，小小年纪的他，已经懂得大部分成人世界的东西，这是耳濡目染的缘故。紧接着，人群中爆发出一阵哄笑，男孩们笑得大声，女孩们则低头掩嘴笑，像躲瘟疫一般迅速经过她的座位。

蓝玉将头埋得更低，企图用沉默将他们习以为常的讥笑一笔带过。她不是没有反抗过，某一个下雪天，她亲自将一个拳头般大的雪球扔进一个刚刚嘲笑过她的男孩耳朵里，男孩捂住耳朵应声倒地的同时，她的悲剧命运却没有如想象中那样减轻，所有的嘲讽抹上一层厌恶和恐惧，变本加厉地压在她身上。

蓝玉不够漂亮吗？正相反，她足够漂亮，像她母亲一般，白皙的皮肤，乌黑的长发及纤细的身材，得天独厚的外貌条件依然无法拯救为人诟病的家庭背景：父亲赌博、嫖娼，母亲行为不检点……诸多传言像恶魔一般萦绕在她的家庭上空。父亲独自离家的时候，她的记忆力尚未健全，甚至不记得他的模样，诸多关于父亲的记忆全凭对周围人的描述的捕风捉影。

“不记得最好，你可以没有爸爸，但不能没有妈妈，不要离开我。”母亲说这句话的时候轻轻将她搂在怀里，淡淡的清香渗透进她幼小的心灵和记忆里。她明白母亲的温柔和无奈，命运的捉弄令她苦不堪言，所以她在南门街头摆摊时会对老板的骚扰委曲求全。她需要生存，优质的外貌除了多余的是非，并不能给她带来更多的优势；所以她也会在众人面前表现得无话不谈，甚至卑躬屈膝，为了生存，她需要世俗的肯定眼光。

即便这样，蓝玉依旧喜爱这样的母亲，因为身处另一个世界的她是如此动人。思考时安静如一朵静美的莲花，仿佛整个世界的光都聚集在这张白皙的脸庞上；她喜欢在深夜看书，慵懒地斜靠在破旧的床头，手捧一本泛黄的契诃夫短篇小说，嘴角露出淡淡的笑容，逃离世俗的控制，重回青春浪漫的想象；她更喜欢在昏黄的灯光下舞蹈，不加任何修饰的朴素舞姿映在雪白的墙壁上，美得令蓝玉窒息。她是一个浪漫和富有想象力的女人，内心偷偷藏着一个纯真的女孩，即使受过再多折磨，也未曾将这个女孩从她的心底残忍剥离。

或许是基因的强大影响，蓝玉受到不公正的讥笑过后，并未对黑色的现实失去信心，譬如这一次，耳边是同学的嘲讽，思绪却依旧萦绕在刚刚看到的男孩身上。她渴望走近这个身影，渴望与他成为朋友，更渴望拥有如他一般的勇气和自由。

上课铃声响起，班主任的腋下夹着厚厚一叠试卷，略显严肃的眼神飞快地扫了一眼全班，然后定格在蓝玉身上，长长叹了一口气，说：“蓝玉，我本来不想当着全班的面说你的，但这已经是你这学期第三次数学不及格了，你说说你这样子怎么念下去？”她是一个和蔼且认真的老师，男孩欺负蓝玉时，她如果在场，一定会帮助她,但是,在学习上,她对蓝玉十分不满意。

全班四十几双眼睛盯着蓝玉,用视线炙烤她近乎不存在的尊严,她低下头,脸红到脖子根。说实话,她的确不是一个擅长读书的孩子,学习成绩永远在最后几位,这次数学考试,班里只有她和沈杰两个人不及格。

好不容易挨到下课时间,蓝玉站起身来,准备去走廊上透透气,不料被沈杰堵在了教室门口:“喂,还记得上次我跟你说过的吧,这次考试不及格,你就去爬窗!”他狡猾地笑着。

“对,去爬窗!”教室里传来其他男孩大声附和的声音,脚步声渐渐包围了她。

蓝玉一步一步往后退,孤立无援地站在人群中间,被沈杰他们逼到教室角落,最后被他一把扯住手腕,往教学楼后面走去。

学校在郊区,教学楼后面是一片茂密的竹林,平日里阴森可怕,很少有人光顾,此时此刻,却成为蓝玉“受刑”的目的地。

蓝玉低下头,面对灾难,幼小的她只学会了沉默。她根本不敢反抗,众人推搡着她朝后面那栋楼走去,她感觉自己像电影里的黑奴,被一群表情统一而恶劣的白人簇拥着逼向死亡的地狱,路过的孩子纷纷停下脚步,脸上带着新奇的表情,不知所以然地加入队伍,跟随所谓的“胜利者”朝目的地走去,队伍如蚁群般逐渐壮大。

“快点,蓝玉!”沈杰以领导者的姿态命令她。

“快点! 快点!”其余孩子附和道,蓝玉终于明白舞台上看似夸张的歌剧其实是多么贴近现实生活,她不安地朝窗台拖动细碎的脚步。

反抗,她在心里默默演习了上万遍:愤然转身,朝沈杰的身体猛踢一脚，大声告诉所有人自己不是好欺负的！只是这一切终究存在于幻想中，沈杰爸爸是南门地摊街老板，反抗他等同于让母亲失掉生存的机会，她知道母亲有多么爱这份工作，终日埋首制作发自内心喜爱的首饰中，渴望从手工创意中获得心灵上片刻的宁静。这一切，小小的蓝玉都知道。

有人用力推了蓝玉一把，她一个踉跄往前，更靠近窗台。别无选择，她咬了咬牙，抬起一只脚，准备向上爬。有那么一瞬间，她为自己的牺牲感动，紧接而来的是深深的绝望，而后……庆幸的是，已经没有而后了，因为空气中突然产生一股力量将她拉回结实的地面，不知哪里来的一只手，此时正紧紧抓着她的手腕。

"跟我走!"一个低沉的声音回响在依旧茫然的耳边，还未来得及看清楚这只手的主人的模样，蓝玉已经被拉着跑出人群，擦过两个人的肩膀，看到他们脸上诧异的表情。

风在耳边咆哮，带着天堂般的温暖，仿佛奔跑在阳光下，一切的温暖来源于这只勇敢的手。她努力看清楚"勇士"的背影，竟出奇熟悉，仿佛多次出现在自己的视野中，抑或在梦中。他是谁？她很清楚这个问题的答案，却依旧满心期待。

两个人跑到操场最角落才停下，气喘吁吁的蓝玉感到双脚微微颤抖，视线内的世界因为心脏剧烈跳动变得模糊不清，即便这样，她依旧努力看清楚了眼前这位"恩人"的模样：是他！这个时常出现在自己视野的男孩：一头清爽而倔强的短发，搭配英俊的五官，略显稚气的嘴角挂着毫不畏惧的傲气，清澈的大眼睛里充溢着警觉和机智，冷漠的表情里看不见一丝胆怯。他松开手，转身望了望，确认没有人追上来，眉头紧皱。

"谢，谢谢你。"蓝玉捂着胸口，心脏的跳动令她有些许窒息。

男孩转过身看了她一眼，凛冽的眼神里涌上一股温情："凭什么你考试不及格就要爬窗?”

蓝玉低头不语,脸颊微微发烫,关于她的故事,学校里可是人尽皆知,他不会不知道。她的心情很快从感激和喜悦恢复平日的忧伤与胆怯。男孩往前走一步,微微俯下身打量她的表情,企图听到她亲口说出的答案,但随即被一阵仓促的脚步声打断,他瞳仁里的好奇与温情迅速消失,取而代之的是先前的机警与冷漠。

“喂,苏又夏,你们!”一个胖胖的男孩急匆匆跑上前,手心握着一个冰冻果冻,正冒着冰冷的凉气。

原来他叫苏又夏!蓝玉抬起头,看见他转过脸面对胖男孩,棱角分明的侧脸显得有些严肃。

胖男孩警惕地望着蓝玉,眼神里没有苏又夏特有的陌生,他对蓝玉的存在一定不陌生。

苏又夏看了一眼蓝玉,随即转身抢过胖男孩手中的果冻,塞到她手上:“这个给你,以后再有谁欺负你,你就来找我,我叫苏又夏,303 班。”

果冻冰冷的水滴渗入蓝玉的手心,她感觉脚边有惊喜和温暖的空气在旋转,双脚腾空而起,竟有一种不切实际的温暖,直到再次触碰到苏又夏坚定的眼神时,她才露出感激的浅笑:“谢谢你,苏又夏。”

冷漠又迅速从这双眼睛中褪去,取而代之的是暖洋洋的笑意,苏又夏挠了挠后脑勺的头发,不好意思地笑着:“他叫陈天启,301 班。”胖胖的男孩听到自己的名字时浑身一激灵,站直了身体,脸涨得跟果冻一样通红。蓝玉忍不住笑出了声音,午后的阳光第一次那么耀眼与明媚。

苏又夏第一次来教室找蓝玉时,班里所有人不约而同抬起头，望着他在教室门口夸张地挥手："蓝玉，出来玩！"

蓝玉站起身，抑制不住内心的欢喜，嘴角露出浅浅的微笑。经过沈杰的座位时，他故意伸出脚绊了她一下，还没等她反应过来，苏又夏朝沈杰大喝一声："沈杰！你胆子大！有种朝我来！"沈杰一听，完全丧失了反抗的能力，瞪了他一眼，重新坐回座位。

蓝玉小心翼翼地离开众人的视线，站在苏又夏身边，仿佛站在温暖的阳光下，从他周身散发出来的温暖足以包围瘦弱的她，令她感到无比安全与快乐。

命　运

蓝玉得知自己有先天性心脏病是在四年级校运会时，母亲对她参加田径项目的意愿表示强烈反对："你绝对不能参加任何剧烈运动！"

"为什么？"蓝玉反问道，自从有了一起玩耍的小伙伴后，她变得开朗，过去的阴霾逐渐消散，同时也拥有越来越多同龄孩子应有的好奇与渴望。

"你和一般孩子不一样，剧烈运动会给你带来危险。"母亲柔声说道，岁月已逐渐在她美丽的鬓角刻上雪白的痕迹，经年累月的劳累与睡眠缺乏已将她折磨得疲倦不堪，"听妈妈的话。"

蓝玉不满地撇了撇嘴，年幼的她尚不知道这句忠告的严重和诚恳，脑海深处对母亲固执的偏见加深了叛逆，她毅然报名参加 200 米跑步比赛，为的就是博得体育健将苏又夏的赞赏。

"蓝玉，确定可以吗？"比赛开始前苏又夏和陈天启同时关切地问她。

"嗯，可以。"蓝玉表面坚定地回答，内心却有些颤抖，面对未知的尝试，谁都有胆怯的一面。

比赛的枪声响起，蓝玉跟随其他孩子迈开起跑的脚步，微凉的秋风在耳边肆意咆哮，周围是稚嫩喧闹的加油助威声。她知道，除了苏又夏和陈天启，这个学校里没有人会站在自己这一边，也正因为这两个伙伴，她才能出现在秋日的运动场上，为荣耀拼搏，虽然结果不会很理想。

随着脚步的加快，她感觉心脏即将蹦出脆弱的胸腔，呼吸变得越来越困难，除了沉重的呼吸声，耳边已然听不见任何声音。紧接而来的是脚步越来越踉跄，浑身颤抖，真想一头倒在跑道上大口大口呼吸新鲜空气。

"蓝玉，还有100米，加油！"苏又夏的声音从人群中传来，他不知何时跟随她一路小跑。同伴的鼓励已然给了她不能倒下的理由，她咬紧牙关继续坚持，任凭耳边的风肆意穿透耳膜，与脆弱的心脏一起折磨不堪一击的自己。生平第一次，她想为自己奋斗，也正是这第一次，她付出了巨大代价。到达终点的一瞬间，眼前一片黑暗，她重重跌倒在地，几乎失去了呼吸。

她仿佛跌入了另一个空间，寂静、黑暗，氧气渐渐脱离她的嘴唇，逐渐丢失的重力慢慢抢夺自己的意识。快不行了，她心想。然而，一阵急切的呼喊声从很远很远的地方传来，嗓音嘶哑，但是异常熟悉，她与苏又夏，仿佛隔着一整条银河。她醒了，仅存的意识告诉自己不能离开苏又夏，她与他的故事，才刚刚开始，怎么可以就此结束？

不知过了多久，蓝玉在一片平静的海洋中睁开眼睛，第一眼看见的是满脸泪痕的母亲。母亲紧紧握着她的双手，口中焦急地呼唤着她的名字。蓝玉醒来的一刻，母亲几乎从椅子上蹦了起来："蓝玉！"这一声惊喜的呼唤，令懂事的蓝玉充分意识到自己做了一件愚蠢透顶的事情。

"阿姨，对不起，我们没能照顾好蓝玉。"苏又夏低下头轻声道歉，像个做错了事情的孩子。他的额头和鼻尖都渗着汗珠，衣襟湿了一大片，蓝玉猜是他背着昏迷的自己跑到医院的。

“不，没有……”母亲挺直了身体，擦了擦眼角的泪水，露出勉强的笑容来回应满脸愧疚的苏又夏。

“妈妈，我是不是生病了？”尽管意识还未完全恢复，敏感的蓝玉还是立马察觉到气氛的异常。

“你不知道自己有心脏病吗？还参加这么剧烈的运动！”陈天启抢先开口，语气里充满了抱怨和愤怒。或许是后悔，或许是不想帮助蓝玉母亲继续用善意的谎言掩盖难以磨灭的事实，他选择第一个说出真相。

空气陷入了尴尬的沉默，蓝玉张了张嘴，但喉咙像被什么堵上了一样异常干涩，这个本该由母亲亲自说出口的秘密被一个相识不久的男孩轻易道破，令她在震惊中多了一份羞愧和耻辱。

“天启，我们走吧。”苏又夏抿了抿干涩的嘴唇，意识到应该将时间留给母女俩。他拉着陈天启的胳膊走出病房，临走前留恋地望了一眼脸色苍白的蓝玉，脸上写满了担心。

略显凌乱的医院病房终于只剩蓝玉和母亲，安静的空气令蓝玉平静下来，深吸一口气，用手捂住刚刚差点停止的心脏，转过脸，望向窗外的黄昏天空。落日余晖从天边扩散开来，涂抹成渐变的橙色。她不想说话，不想面对母亲的脸，幼小的心灵里，即使对先天性心脏病的了解极其浅薄，也明白这疾病让自己与别人不同。她无法尽情、畅怀地跑与跳，无法让激动的心情左右心脏。

“小玉。”这是有记忆以来母亲第一次呼唤她的小名。

蓝玉将视线移回母亲忧郁的脸庞，强忍着笑容：“妈妈，我没事，真的。”可是，她的心已经落泪了。

母亲伸出手，轻轻覆在她的手背上，柔声说道：“刚怀上你的时候，恰是我人生最艰难的时刻，你的亲生爸爸欠了一屁股赌债，跑了。我是在省城的一家小医院生下你的，你出生前一天，我还在餐馆端盘子，直到晕倒过去，一位好心的同事才将我送进医院。你好像不准备出来，一直待在我的肚子里，痛了整整一天一夜后，你终于还是来到了这个世界。我抱着你，已经拥有了全世界，先前所有的辛苦都烟消云散。为了迎接你的到来，我已经存了一笔小小的钱，希望能给你快乐的童年。但是，医生说你有心脏病，恰恰遗传了你的父亲。我仿佛坠入一片黑暗地狱，只有抱着你痛哭，为什么我的孩子注定要有残缺？在抱怨了命运的不公后，我还是决定将你抚养长大。”妈妈握紧蓝玉的手，语重心长地说：“我也想过放弃，但是有了你以后，这两个字再也没有在我的脑海中出现过，尽管生活依然艰苦，人心依然险恶，我依然孤身一人在感情中深受重创，但是我有你。”

妈妈的眼里含满泪水，这是蓝玉第一次听见她说这么多心里话，昔日对她的抱怨和误解顿时化作暖暖的眼泪，顺着脸颊安静滑落。她抱怨过她，抱怨过这个家，也抱怨过这个不公平的世界，却忽视了自己才是她的唯一。蓝玉伸手抹了抹眼角的泪水。

出院后，蓝玉休息了一个礼拜，无所事事的一个礼拜，她将大把大把的时间用来在一条名叫苕溪河的河边闲逛，这是镇上唯一一条河，四季奔流不息的河水象征着小镇旺盛的生命力，如同母亲河般灌溉一整个小镇人民的生命。蓝玉喜欢坐在河边的石子滩上，托着腮凝望着吐着白色泡沫的河水，用并不成熟的思维思考着过去乃至将来的人生。原来全能的上帝未能眷顾她的人生，从一而终的疾病完全剥夺了她正常生活的权利，何日死亡？蓝玉想到这个词时浑身一阵颤抖，她见过死亡，曾经亲眼看见生命垂危的外公闭上眼睛停止呼吸的瞬间，水银柱降落至最底端，白色病房内一片悲怆的哭声。原来死亡并不像电影描述的一样:平静的海面深处传来一阵凄凉而至深的钢琴和小提琴乐声,弥漫在阴影笼罩的天空,聚集成一朵奇特的云朵,包围一整个逝去的灵魂,进入天空边境一个名叫“天堂”的地方。现实,就是会残忍到连死亡都惨不忍睹。

“蓝玉!”背后传来苏又夏的声音,打断了她忧伤的沉思。

“啪——啪——啪——”,苏又夏的白色球鞋踩在河滩上的石子时发出好听的声音。他在她身边坐下,视线停留在她刚刚看过的白色浪花,嘴角带着自信的浅笑,棱角分明的侧脸散发着同龄孩子没有的成熟与高傲。

“如果是我,我不会害怕。”苏又夏的声音坚定又自信。

不会害怕的理由是什么? 蓝玉在心中问出这个问题。

“走,带你去一个地方!”苏又夏起身,拉起她的手,离开河滩,穿过田间小道,走过一条人烟稀少的黄泥道路,来到一座破旧的木屋前。这座木屋孤独地站立在水平铺陈的田野中间,身后倚靠着一片规模微小的树林,空气中弥漫着清新的木屑味道。

“这里是?”蓝玉好奇地问。

“我爷爷以前的工作室。”苏又夏露出骄傲的笑容,“他是一个陶艺家。”

“陶艺家?”蓝玉重复这三个字,心底溢满了敬佩之情,在她眼里,所有称得上“家”的人都是伟人。

“走,进去看看!”苏又夏打开沉重的木头门,厚重的泥土味扑面而来,构筑成蓝玉对陶艺最初的气味记忆。屋内陈设简单,长木桌、大木架及各种泥塑,组成了完整的艺术天地。

“爷爷去世以后,这里是唯一一处不被爸爸和伯伯们争夺的地方,所以我整理了一下。”苏又夏走到一件未完成的泥塑面前,弯下腰,像对待初生的婴儿般小心翼翼地抚摸还未干透的泥塑边缘,“爸妈吵架的时候,我会住到外婆家,但好像还摆脱不掉烦心事,我就总来这里,只要一接触这些等待被创造的泥塑,心情就很平静很充实。”

蓝玉安静地倾听,已然将眼前这幅画面深深刻在脑海里。这是第一次走进一个人的内心世界,叩开雷同的世俗的心灵大门,展现在自己面前的竟是这样一幅宁静且震撼心灵的画面:一个倔强又好看的孩子,用细长的手指摆弄看似丑陋的褐色泥巴,展开丰富的想象翅膀,化丑陋为具有实感又抽象的美丽。原来想象竟有如此大的魔力,原来热爱竟有如此大的力量。

“蓝玉,不要难过。”苏又夏直起身,一本正经地说,“谁都有烦恼的心事,如果无法摆脱顽固的疾病,就试着去忘记它。”

“谢谢。”蓝玉点点头,甚至感动得热泪盈眶,她知道自己无法像苏又夏那么豁达、明朗,尾随而至的疾病,本会为黑暗的人生雪上加霜。但如果无法忘记,至少也可以不常被记起,这是眼前的苏又夏让她明白的道理。

苏又夏笑了,不好意思地挠了挠后脑勺的头发,继续说:“以后经常来这里吧,不知道为什么,我每次来,仿佛都能忘记所有烦心事。”

这是表明朋友身份的意思吗?蓝玉激动地想,目前看来,已没有比成为苏又夏的朋友这件事更能令她开心的了。他们有相似的家庭背景,又有互补的性格和共同的话题,更重要的是,苏又夏身上有一种独特的气质始终吸引着她,宛若清晨空气里一抹天竺葵香,独特又自然,温暖中带着一种别样的亲切。

从此以后,孤独的蓝玉终于有一个可以依靠的朋友,并且喜爱暗地里偷偷观察这个独特的朋友。一如第一次无意间看到苏又夏在单杠上玩耍的身影一样,她总能在这样的观察中找到甜蜜的乐趣，苏又夏任何一个小动作，摇头、打哈欠、微笑，甚至是耸一耸肩膀，都会拨动蓝玉脆弱的心弦。她享受这样的关注，并将其归结为脱离一切物质与欲望的情感，使枯燥无味的生活多了一点色彩的滋润。

然而，有一个人，蓝玉却始终无法忽视。陈天启，这个始终跟在苏又夏身后的男孩，沉默寡言的样子竟令她心存余悸，仿佛所有的黑暗与罪恶都被他深深埋藏在心底。生性敏感的她不喜欢这样的男孩，当然更不明白阳光开朗的苏又夏为什么会和他成为朋友。

四年级，一个阳光明媚的周日上午，蓝玉走出家门，准备去找苏又夏。今天是她的生日，想到即将而来的会面，心情自然愉悦万分，连脚步也变得异常轻盈。

"蓝玉。"一个熟悉的声音出现在家门口，竟是陈天启，身边还站着沈杰，虽然蓝玉和沈杰已经不在一个班级，但是他的样子依旧深深刻在她的心里，成为一片抹不去的阴影。

"啊？"蓝玉吃了一惊，自从和苏又夏一起玩后，她还未与陈天启单独相处过，更何况，还有沈杰，她感觉自己的嘴唇在颤抖。

"喏，这个给你。"沈杰摊开手，三个红彤彤的果冻出现在她面前，"我知道你喜欢吃这个。陈天启的爸爸是学校的领导，想吃多少就吃多少！"沈杰露出一贯痞痞的笑容，抢先说话，并用手搭住天启的肩膀。

蓝玉不说话，也没有接过诱人的果冻，母亲的教育是，从来不要拿最轻易就能拿到的东西。

"蓝玉。"与陈天启的尴尬不同，沈杰丝毫不在意任何人的感受，说话的语气中带着几分居高临下，"你不要跟苏又夏玩了，他是个坏人，学校里没人敢接近他。"

或许连陈天启都没预料到沈杰会说出这番话，他与蓝玉一同惊讶地扬起了眉毛，不约而同望向这位从开始就不友好的同学。

“我有说错吗？我爸是他爸爸的老板，对他的事情了如指掌。他爸爸是个赌鬼，还在外面偷女人，半夜里都能听到他家里父母打架的声音，大家都很反感这家人。这不，现在他爸妈正在法院闹离婚呐。”沈杰理直气壮，“从很久以前就开始闹了，现在正在法庭上呢，说不定两人又开始打起来了。”

“什么？”蓝玉胸口一紧，这么重要的事情，他为什么没有说？他现在在哪里？一定很伤心吧，必须去见他。

“所以啊，我说，蓝玉——”

“闭嘴！”蓝玉张了张嘴，想反驳的话头却被陈天启抢过去，他的表情第一次变得坚毅，圆润的脸庞因为愤怒而有了棱角，“沈杰，苏又夏是我的朋友，我不准你随意说他的坏话。”

这下轮到沈杰和蓝玉一同扬起惊讶的眉毛，不过各自的情绪迥然不同。蓝玉看到沈杰的表情一瞬间变得很难看，但随即被一如既往的痞笑取代：“怎样？上梁不正下梁歪，他爸爸不是个好东西，苏又夏跟他爸爸一样坏——”

“住口！”陈天启大喝一声，打断沈杰的话头，或许是受到蓝玉惊喜的眼神的鼓舞，向来沉默的天启突然变得勇敢起来，继续说：“你不是苏又夏的朋友，你不了解他，凭什么指点他的家庭！”从沈杰尴尬而愤怒的表情可以看出天启这一次是破天荒地的勇敢，仅这一次，让蓝玉的内心涌上了一股温暖。

忽然一只手拉住她的手臂，她在天启的力道下，原地转了个身，背对狡黠的沈杰。

“我们走。”天启的侧脸写满了正义和坚强，两个人逐渐走远。

“天启。”两人走到转角处，蓝玉回过头瞥了一眼不远处站在原地又气又恼的沈杰，嘴角露出一丝笑容，松开天启的手，轻声叫出他的名字，“我们去找苏又夏吧。”

“好。”天启面无表情地回答，好像还没从刚刚的“英勇”模式中恢复过来。

“谢谢你。”蓝玉继续说，陈天启昔日懦弱、胆怯的形象已在她心中彻底被颠覆。

他用力摇摇头，脸涨得通红。

两人走到镇上的法院门口，苏又夏恰好从大门走出。蓝玉无法从苏又夏那一瞬间的身影中体会到往日的倔强与自信，取而代之的是孤独与无助，尽管这般细小的情绪总是被他埋藏得很深。

“苏又夏！”蓝玉大叫着他的名字，并深深迷恋这样的呼喊，朝前奔跑。

“蓝玉，慢点！”身后的陈天启急忙喊道，他在为她的身体担忧。

这一瞬间，蓝玉被幸福又无助的光芒环绕，一面是破碎而无奈的生活现实，一面却是幻想中的完美友情。现在，她不惧怕这样的失去，内心某一方面的缺失，若是能在另一方面得到补足，天性乐观的她并不觉得有什么不妥。相反地，必须感谢这样的补足，感谢遇见苏又夏后发生的一切。

“苏又夏，我们一起去玩吧！”多希望他能抛开一切黑色阴霾，蓝玉衷心地期盼道，并将这份期盼通过眼神传递给身边的陈天启。

“对啊，我们一起！”天启似乎懂得她的心意，第一次露出阳光而真诚的笑容。

苏又夏咧开嘴，迷蒙的双眼仿佛被一阵清风吹开遮挡的雾霾，轻轻擦拭眼角不经意的泪花，用力点了点头，率先跑出压抑的法院大门："我们去苕溪河！"

"好！"两人异口同声地回应，跟上他的脚步，朝前奔跑。

蓝玉抬起头，阳光散发出从未有过的温暖和明亮，希望从脚下升腾而起，发出令人愉悦的光芒，照亮心底每一个角落。

害　怕

多年来,蓝玉唯一坚持的事情就是每天早晨在苏又夏家门口等他一起上学。苏又夏搬过好几次家,等待的地点常常是隔几个月从城南换到城西,几个月后又从城西换到城北,最近一次是在镇上文化宫附近的一座破旧公寓里。这座外表看似鬼屋的公寓,蓝玉只去过一次:黑漆漆的空旷的楼道,台阶又高又陡;走廊两边堆满了杂物和垃圾,空气里飘散着一股腐朽的味道,无论夏季还是冬季,总有各式各样的苍蝇与虫懒洋洋地“徜徉”在坑洼的地面;昏暗的走廊两边是两排紧闭的大门,时不时有一个陌生的身影从里面走出来,眼神里透着慵懒与淡漠。住在这里的人都很贫穷,为生活所迫,不得已向低廉的房租与破旧的住所低头。苏又夏和他母亲住在这里的其中的一间,蓝玉从没有进去过,倔强的苏又夏总是阻拦她想进去的欲望:“地方太小了,你不要进去。”眼神里闪过淡淡的忧伤。

时间飞逝,17 岁的蓝玉已经出落得亭亭玉立,披肩长发、纤细身材及清秀的五官,美中不足的是皮肤略黑,但这丝毫不影响她成为学校里最受关注的女生,尽管她极力表现得非常低调。

与此同时,苏又夏也在长大,昔日清秀的外貌渐渐变得阳刚,17 岁的身体变得愈发瘦长,坚硬的短发乌黑发亮,两道浓眉衬托着一双大而清澈的眼睛,薄薄的嘴唇时常露出浅浅的笑容,牵动起足以拨动蓝玉心弦的嘴角弧度。苏又夏拥有日趋完整而复杂的性格，理智和倔强中带着感性和细腻，冷漠的外表下是一颗火热的心脏，凡是有幸走进他的心灵大门的人，必定被这完整的性格深深吸引，蓝玉当然不会例外。所以，她婉拒所有爱慕者的追求并不是没有原因，身边的苏又夏的确比同龄人更具吸引力。

“蓝玉！”苏又夏三步并作两步跑至蓝玉身边，在他脸上丝毫看不出父母离异对他的影响，“等很久了吧，我们去买早饭。”

蓝玉露出欣慰的笑容，并发自内心感激苏又夏的存在，令她得以忘却身边所有烦恼，并且感受到深深的踏实与安全。

两个年轻人一边谈论着即将到来的暑假一边朝学校走去，长长的石板弄堂，夏日的空气溢满湿润的温情，肩膀摩擦过的短暂触感，已然令蓝玉心感愉悦。至今回忆起来，似乎还能闻到昔日夹道的沁入心脾的花香。

“苏又夏，蓝玉。”陈天启的声音从不远处早餐店门口传来，调皮的时光在这个腼腆而复杂的男孩身上开了一个小小的玩笑，原本横向发展的身材陡然间扭转了生长角度，变得匀称起来，圆圆的脸庞也终于有了些棱角，将依旧没怎么变化的五官衬托得稍有男人味。此时，他站在店门口，嘴里吸着她和苏又夏从不曾奢望的玉米汁，习惯性扶了扶鼻梁上的眼镜：“几点了？这么慢！”

“难不成您是刚从学校读完一本书出来喝早餐的？”苏又夏开玩笑，他喜欢说他是“喝”早餐。陈天启是学校的尖子生，考试分数门门都在蓝玉难以企及的位置，只是这样的代价是鲜少的话语和不寻常的沉默。关于学习，蓝玉从没过多奢求，甚至不知道自己能否念完高中。

三人并肩走向学校，苏又夏在中间，蓝玉和陈天启各自走在两边，三人的友谊，时常会产生微妙的不平衡，苏又夏通常起着调节的作用。但是不管怎么努力，三人之间的不平衡始终存在，焦点就在于生性多愁善感的蓝玉。在她的心里，苏又夏是最可信任的伙伴，甚至超越友谊，她喜欢与他分享秘密，喜欢聆听关于他的一切。而陈天启，在蓝玉心里，与他联结的是黑色的现实世界，无数人的嘲笑、贬低仿佛都能透过他不怎么清澈的眼睛直达蓝玉的内心。这或许只是她的错觉，她也屡次觉得愧疚，但是这种感觉却始终存在，根本无法摆脱，并且愈发强烈。

到达学校，蓝玉的心情也逐渐变成灰色，尤其是当三人分开，脚步迈向各自的教室时，熟悉的恐惧感重新回到她的大脑。多年以来，教室已然成为她备受煎熬的源头，多少流言与刺目的眼光从看似纯洁的教室诞生，也让蓝玉肯定，学校是她最讨厌待的地方。

“哟，蓝玉！”刚走进教室，沈杰的声音就从教室后排传来，他的位子在蓝玉的后面，这个同样在长大的男孩与她产生了不可反抗的孽缘，短暂的分班两年后，他又与她坐在同一间教室里学习了。她犹记得分班结果公布那一天，沈杰越过熙攘的人头，朝她大声喊：“蓝玉，我们又在同一个班级了！哈哈！”上天总爱与她开玩笑，明明与苏又夏的关系这么好，这么多年，经历这么多次分班，两人竟然从未有幸被分在一起。

听到这个来自地狱的声音，蓝玉忍不住双腿发软，冷汗直冒。在最不想被人注意的时候，沈杰总是不经意唤起人们对她的注意，这是她最不愿意面对的事实，此时此刻，教室里的同学都抬起头打量她。这么多双眼睛，每一双都带着不同的颜色，有艳羡她的美貌，有畏惧她的复杂家世，更多的则是抱着看热闹的心情，期待看到她与出了名的纨绔子弟沈杰更进一步的发展。这一切，竟是这么熟悉，仿佛又回到小学时期。

然而，无法否认，沈杰的确是一心一意喜欢她的，这么多年来，他的爱慕有他独有的方式：跋扈、霸道，用尽方法讥笑甚至欺负她，以达到被注意到的目的。只是这样的方式肯定是错误的，甚至达到了相反的效果，令蓝玉备受折磨。

“啪——”沈杰用圆珠笔尖用力戳她的背，疼得她倒吸了一口气，转过身去，他一脸坏笑，凌乱的头发布满了头皮屑，她有一种恶心到呕吐的冲动。还有，他不知什么时候开始喷古龙水了，周身弥漫着一股独特的味道，蓝玉并不想将它称之为“香味”。毕竟，在她眼里，沈杰的存在根本就是浪费地球的资源。

“昨天我爸跟你妈又在一起了。”沈杰低声说道，此时班主任正走上讲台，教室里传来“刺啦刺啦”的椅子拖地的声音。蓝玉感觉自己嘴边的空气被瞬间抽离，脚底像踩空一级台阶，纤细的双手微微颤抖起来。关于母亲，她并非不了解，只是从不希望外人过多地评价，更不希望自己所不知道的关于母亲的一切是从他人口中得知，这是一种难以启齿的耻辱，一种被现实打击过的失落与阴霾，她厌恶这样的感觉，厌恶与母亲残忍而现实的距离。

关于性，早熟的蓝玉并非不了解，母亲与历任男朋友的关系都是浅尝辄止，结束于单纯的肉体关系。很多个深夜，蓝玉从睡梦中惊醒，总能听见隔壁房间剧烈的喘息声。她能想象，两具赤裸的胴体在黑夜里纠缠在一起，享受交融带来的快感。她替美丽的母亲感到惋惜，过分的付出换来的感情除了快感别无深意。想到这里，蓝玉的心剧烈地痛起来，固有的疾病仿佛从身体内部一跃而起。此时，班主任的声音在耳边响起：“这次数学考试很简单，但我们班还是有一个人考了 70 分，蓝玉！”

蓝玉浑身一个激灵，从座位上站起，张了张苍白的嘴唇，试图解释考试前患上重感冒的情况，但是看到班主任镜片下那双熟悉的冷漠而嘲讽的眼睛，她无法说出口，面对强大和戏谑的现实，她的选择只有一个：沉默。

“我说过，最后一名要打手心，女同学也不例外。”班主任慢悠悠地说，晃了晃从不离手的教鞭。

教室里“哄”的一声，几乎所有人都将视线定格在她身上，仿佛回到以前被逼迫爬窗户的时候。此情此景，令蓝玉内心充满了熟悉的刺痛和悲凉，别无选择，她迈开艰难的脚步走到讲台前，颤颤巍巍地伸出苍白纤细的左手，闭上眼睛。

“啪！啪！啪！”木质教鞭传递给手心的冰冷和剧痛逼迫她的眼角渗出委屈的眼泪，耳边传来情感各异的唏嘘声，巨大的耻辱感遍布全身，努力克制的代价是心灵的巨大创伤，班主任的训斥声在疼痛笼罩的听觉下显得模模糊糊。

下课铃声终于拯救了她，她仓皇逃回座位，没料到沈杰迅速抽掉了她的凳子，蓝玉一屁股坐空，教室里传来不大不小的哄笑声。

“沈杰，我恨你！”蓝玉在心里咬牙切齿，站起身跑出教室，像个落败的逃兵。

苏又夏，我想见你。她急切地跑到一楼教室，走到楼梯口时看见了苏又夏的身影，此时他的面前正站着学校里的尖子生——柳惠，这个高傲的女孩多次在公开场合表示喜欢苏又夏。此时，她正在跟他说着什么，他棱角分明的侧脸露出讶异和迷惑的神情。

蓝玉悄悄走近，终于听到柳惠的声音：“苏又夏，别跟蓝玉一起玩了，你知道她成绩又差，人品又不好，跟她在一起你的成绩都被带坏了，我很喜欢你的性格，想跟你一起玩。”柳惠语气冰冷，一如传言中的冰雪女王的个性。

或许是受刚刚的情绪的影响，过度的悲观笼罩了蓝玉，眼泪终于止不住从她的脸颊滑落，尤其是看到苏又夏疑惑地抓了抓后脑勺的头发，犹豫了一会儿，她仿佛听见了心碎的声音，不想面对无法预知的答案。是的，她对自己没有信心，不想听到他的答案，她转过身，选择逃离。

接下来的课程蓝玉全部翘掉，坐在苕溪河边上兀自习惯性地发着呆，有那么一瞬间，她觉得自己先前憧憬过的、平淡的幸福相当荒唐。

多少次的梦中，她曾梦见纯洁的友谊与爱情之光沐浴在视线所及之处，家境可以不富裕，但是希望与愉悦充满生命每一个角落，即便有一丝短暂的黑暗，她相信，苏又夏和母亲能够一直陪在她身边。

或许，她不该做这样的梦，越是幸福的梦，越让她的现实显得更不幸。蓝玉重重叹了一口气，无心留恋夏日午后河边绮丽的风景，沿着一条漫无目的的轨迹走向南郊的乡村，闻到熟悉的泥土味，意识到自己走到了苏又夏爷爷的陶艺屋。

回忆再次溢满了蓝玉的大脑，快乐记忆的余温促使她推开木门，整洁的房间映入眼帘，所有的器具被细心擦拭地干干净净。她清楚地看见桌子中央放着一件还未完成的陶艺品：细腻的纹路雕刻出一副熟悉的侧颜，细长的睫毛、披肩的长发，以及微翘的嘴唇，仿佛能够感受到隐藏在瓶身中的眼睛，幽深的哀愁和不失希望的坚持。

“这是我吗？”蓝玉忍不住猜疑，她在这件陶艺品中看到了自己，仿佛同样看到了艺术成型的过程，惊喜于自己与震撼的美丽融合，但随即自我否认，“怎么可能是我？我是如此卑微，平时受尽欺负与嘲笑，怎么有资格这样想?”蓝玉苦笑，长长叹了一口气，眼角溢出一滴苦涩的眼泪。

“蓝玉。”身后响起了熟悉的声音，仿佛置身于梦中，如此不真实。

恍惚中，蓝玉慌忙转过身，还来不及擦拭眼角的泪水。不知什么时候，苏又夏已经站在她的身后，脸上带着小心翼翼的关切的表情，干净的瞳仁里溢满了怜爱。

“你下午一直没去学校，所以我来找你了。”此时此刻，他的声音像炎炎夏日里的一缕清风，吹进她的内心，唤起了她久违的感动与满足，“这件作品还没有做完，本来想你生日的时候送给你的，你——”

一股热血冲上蓝玉的心头，夺眶而出的热泪模糊了她的视线，眼前一片色彩斑斓的迷茫，等到醒悟过来，她发现自己的脸埋在苏又夏的肩膀上。这是？蓝玉难以相信自己超越理智控制的举动。

“蓝，蓝玉?”她能感觉到苏又夏的身体短暂的僵硬，随后便柔软下来，双手环住她的肩膀。

“谢谢。”蓝玉为这样的回应感到欣慰，“谢谢你给我自信，在所有足以击垮我的眼神和嘲笑中，同时，也请你原谅，我的不自信曾经带给我对你的怀疑。”有那么一瞬间，“我喜欢你”这句话几乎到了她的喉咙口，但是天生的怯懦又迫使她将告白吞回肚子里，多年以后，她回想起来，如果当初将这句话亲口说出来，未来的他们是否会截然不同?

“其实我看见你了，可惜你没有听到我给柳惠的回答。”苏又夏将头低下，低到嘴唇即将触碰到她的耳朵，她能感觉到耳边炽热的空气，“不想让你误会，不管怎样，我不会离开你，除了你，我不会和其他女生做朋友。无论其他人怎么看你，都无法毁坏你在我心目中的美好。”

眼泪忍不住夺眶而出，蓝玉紧紧抓住苏又夏的肩膀，贪婪地闻着他身上清新的味道，希望这样的拥抱可以持续到永远。

噩　梦

9 月 7 日,蓝玉的生日。

17 岁,花季的年龄,蓝玉并不期待在这个年纪有多少惊心动魄的爱情,她只求平安、淡然。但是,苏又夏的礼物,是她内心唯一期待的,一句简单的“生日快乐”便已满足。然而,三人脆弱的友谊却在这样的时刻发生了重大且理所当然的变化。

暑假最后一天,天气依旧炎热,蓝玉去书店买书。因为苏又夏,她对陶艺产生了极大的兴趣,迫切需要新鲜知识的头脑促使她的脚步变得轻盈和欢快,直到走过两个路口后才发现有人正偷偷跟踪她,慌忙转过身,一个黑色身影躲回灰色阴影里,转而消失不见。

是谁? 蓝玉警觉地睁大眼睛,不安与恐惧瞬间袭来,不由自主地加快了前进的脚步。她跑进书店的动静有些大,惊动了里面正埋头看书的人,他们抬起头,用讶异的眼神看着这个神色慌张的女孩。

“蓝玉?”陈天启的声音从书架间传来。

看到熟人,蓝玉如释重负地松了口气,侧身躲进书架间,压低声音:“我看到有人跟踪我。”

天启笑了一下,确切地说是嘴角抽动了一下:“是谁这么无聊啊?”

蓝玉摇摇头:“不知道。”

“或许是沈杰那个臭小子,他不是喜欢你很久了吗?”天启说。此时两人并肩走出书店,炎炎夏日炙烤着大地,路边的树荫传来阵阵蝉声,蓝玉宁愿相信这只是沈杰怪异的一厢情愿。

空旷的街道安静得只听见两人略显紧张的脚步声,蓝玉能够感觉到天启此时的紧张。与这个沉默的男孩相识多年,似乎依旧无法读懂这副略显老旧的玻璃镜片下的眼神。

“很久没这样一起走了,好像。”他打破沉默,话中有话。

“嗯。”蓝玉无法否认,她不喜欢和天启走在一起的感觉,压抑而没有期许,更重要的是,少了和苏又夏在一起的欢笑声,当然,还少了那么一点点心动。

“你的生日快到了吧?”天启转换话题,继续问。

“嗯。”蓝玉心里盼望着早点到家,不由自主地加快了脚步。

“这个给你。”他从包里掏出一个蓝色包装的盒子,递给蓝玉。

“哦,谢谢。”蓝玉知道,这是生日礼物,这样的盒子她收到过很多,大多是爱慕她的追求者,这次看来,她宁愿相信这是他传递友谊之情的生日礼物。

“我……”天启犹豫了一下,深呼吸一口,“我喜欢你。”

蓝玉停下脚步,炽热的阳光热烈炙烤她的皮肤,似乎隐约能听见“嗤嗤”的声音。终于还是来了,一切如她敏锐而精准的预感。即便这样,她依旧感觉呼吸困难,一时间不知该如何回答:“哦……谢谢……”她同样支支吾吾起来。她很确定,自己不会轻易被这番拙劣的表白吸引,但是,表白者是陈天启,是她人生中难能可贵的朋友,曾经在自己最无助的时候提供援助之手的朋友,她该如何回答才不至于伤害这份友情?“可是……对不起……"她终究还是没有学会如何婉转地拒绝，应该说，除了这样已别无其他拒绝方式。

阳光仿佛从头顶上消失了，一片过于清凉的阴霾笼罩在蓝玉和陈天启的中间。他皱了皱眉，发出一声冷笑，失望的表情里有一丝早已预料到的情绪："那么，所以你是喜欢苏又夏的？"

蓝玉睁大了眼睛，嘴唇微微颤抖，大脑在短时间内为这个被一句揭穿的事实搅弄得一片空白："不，天启，不是……"

"除了苏又夏，你从不给任何人接近的机会，包括我。"天启的声音开始变得低沉、带有怒气，他打断蓝玉勉强的否认，"别人都说你是怪胎，没错，你的眼里只有苏又夏！"

"怪胎？"这两个字让蓝玉迅速平静下来，露出轻蔑的笑容，愤怒替代了内心的慌张，"那么，你也是这么认为的？"她反问道，觉得失望透顶。

意外得很，天启竟不否认，只是抿了抿嘴，不说话。

"我是否应该对每个像你这么看待我的人友好？对不起，我做不到。"她的语气里透露出少有的坚定，"我也只是一个普通到不能再普通的人，有自己的脾气和看法。这么多年来，把你当朋友的同时，我也看到你在给予友情的同时不停向我暗示外界人事的淡薄和残酷。一看到你的优越和坦然，我就想起自己家庭的不幸，想起沈杰无休止的骚扰，想起无数人正戴着有色眼镜看着我。但是，苏又夏不一样，他理解我的悲伤，至少不会向无知的人透露关于我的一切。"最后一句满是讽刺含义的话表明蓝玉的怒气已经到达顶点，她将礼物重新塞回天启的手里："谢谢你的礼物，我想我不需要！"

她头也不回地离开，脑袋里盛满了对陈天启的愤怒，"从此以后，你我不再是朋友"，这是她在心里暗暗下的决定。这个念头一闪而过后，她竟害怕了，转过街角时，偷偷朝身后瞄了一眼，发现陈天启已经离开，与此同时，忧郁爬满整个心头。

生日当天，也是高二开学一个礼拜以后，秋老虎肆虐整个小镇，空气中布满令人焦躁的灼热气流。蓝玉走进校门的一刹那，周围爆发出一阵哄笑，她惊讶地抬起头，看见沈杰正捧着一束红色玫瑰花向自己走来，随之而来的是熟悉又刺鼻的古龙水味。

“喏，给你，生日礼物。”沈杰满脸自然，仿佛这是易如反掌的事情，更重要的是，他享受被起哄的奇特“荣耀感”。

这一些，恰恰是蓝玉深恶痛绝的，所有的注目，在她看来，全部戴着有色眼镜，全部过滤了所有真诚与感动，当然，除了苏又夏。她深吸一口气，视线离开有些刺眼的红玫瑰，脑海里毅然浮现出沈杰的父亲与自己母亲暧昧的情景，压抑已久的怒火涌上心头，她接过沈杰的花，用力扔到地上，清楚听见花束与水泥地面接触时发出的脆弱的呻吟声，她冷冷地回答：“对不起，不需要。”说完便毅然转身，远离喧嚣声更大的人群。

一整天，蓝玉都在众人诧异的注目下度过，她很清楚上午这一举动的影响，单凭沈杰在学校及镇上的影响，等同于得罪了一批顽固的“嚣张分子”。想到几天前自己曾被人跟踪过，她心里的不安渐渐强烈起来，要是苏又夏在就好了，很想看到他的从容和坦荡，仿佛即使全世界的阻碍在眼前，她也可以露出轻蔑而从容的微笑。

傍晚，天空突然阴霾遍布，闷热过后，一场大雨即将滂沱登场，尽管这样，蓝玉走出校门的时候还是长长舒了一口气，她已经被一整天的思念与不安折磨得够呛。

“蓝玉，”陈天启不知什么时候出现在她身边，手上有一把黑色的大雨伞，“我送你回去吧。”他竭力将表情放到最自然，仿佛两人之间什么事都没发生过。

蓝玉摇摇头，语气冰冷到极点：“我自己可以回去。”她不想跟他有任何瓜葛，无论是友情上还是其他方面，她与他，既无缘，更无分。话一说完，她迈步走出校园。

天色愈加黑暗，豆大的雨点开始密集地砸在蓝玉的身上，她加快脚步走向苏又夏的家。“咚！咚！咚！”她用力敲响苏又夏家紧闭的门，一张漂亮的脸庞出现在门缝中，带着慌张的表情。

“阿姨，我找苏又夏。”蓝玉顾不得此刻的尴尬，她分明看见苏又夏的母亲发丝凌乱，嘴唇因为紧张而微微颤抖，也分明知道现在是什么情况，非常肯定面前这片漆黑的屋子里必定站着一个同样发丝凌乱的男子，这一切，她异常熟悉。

“小夏啊，他刚出去了”阿姨很快恢复镇定，嘴角绽开温暖的笑容，和蓝玉的母亲一样，她同样拥有迷人的面貌和笑容，同样婚姻不幸，也同样将生活的希望寄托于浮于表面的繁杂人际关系。蓝玉与苏又夏的惺惺相惜，有很大一部分源自两位母亲的相似，素不相识的命运却奇迹般相似。

“哦，好的，阿姨，打扰了。”蓝玉一边往门外退一边礼貌告别，等退到苏又夏母亲的视线范围外后，她朝郊区快步走去，她能明白苏又夏的心情：震撼、无助、失望。这是在看到最亲近的母亲与别的男人耳鬓厮磨时的五味杂陈，幼小心灵超过负荷后，唯一的选择只有逃跑，逃离现实对希望打击过后的窒息与绝望。

蓝玉时常想象女人和男人交媾时的场景，女人的面孔不是她的妈妈，男人的面孔也不是妈妈历任男友中的任何一个，女人的呻吟，男人的喘息，以及交媾时不断变换的姿势，始终无法在她的脑海里构成足够有美感的画面。相反地，赤裸的性爱，代表人类最初本能的性爱，俨然已经超越了尚且年幼的她的承受能力。这样的赤裸，却时不时被敏锐的她尽收眼底，尽管她已努力将想象中的两副面孔模糊再模糊。

硕大的雨点无情地袭击蓝玉的全身，乌黑的长发已经透湿，白色球鞋浸满雨水，双脚踩过的水坑溅起四射的水花，脆弱的心脏在剧烈运动的身体里飞速跳动，几近窒息。而这一切，她全然不顾，脑海里盛满苏又夏的身影，她相信，苏又夏比任何时候都需要她，而她，由衷地期望能够被他拥入怀抱，轻拂他的头发，安静聆听他的心跳。

她怀念他的怀抱，他身上干净的香味，质朴的唇角，坚硬的发丝，一切的一切都在她想念的范围内。她决定，一见到孤独无援的苏又夏，她会第一时间抱住他，并且向他告白。

苏又夏，我喜欢你。

想到这里，蓝玉不由加快了脚步，嘴角带着期待的笑容，与此刻焦急的心情水火相容。

最终目的地是南郊乡村那间陶艺屋，然而，她却鬼使神差地在苕溪河边停下脚步，透过细密的雨帘艰难地张望，期望看见心心念念的苏又夏的身影。然而，犹豫的一瞬间，一双湿漉漉的手从她身后袭来，紧紧捂住了她的嘴巴。

“唔……”蓝玉本能地叫出声，却被这双湿漉漉的略显强壮的手紧紧捂住。是谁？苏又夏？这个名字第一个闪过慌乱的脑海，不可能，他不可能这么野蛮，那会是谁？她用力挣扎，企图转过身看清楚“偷袭者”的面容，那双手再次用力，她的身体已然被紧紧抱住，根本无法动弹，脚下一个踉跄，她和“偷袭者”重重摔在泥地里。

被雨水浸润过的泥地又湿又粘，跌下去的瞬间，一半的视线被蒙上湿漉漉的黄泥，换作平常，爱干净的蓝玉一定会慌张地大叫起来，此时此刻，她却顾不得面容的肮脏，用力挣扎，不安与绝望已经占据心脏，因为她知道，来者不善。

“救——”最后那个“命”字还未来得及喊出，她的嘴巴被这双同样沾满泥巴的手重新捂住，苦涩的泥巴和雨水在嘴里混杂，却无法阻挡隐隐传来的古龙水香味，即便在浑厚的雨水中，敏锐的她也能清楚闻到。

沈杰？这两个字义无反顾地挤入蓝玉溢满恐惧的脑袋，是沈杰！他想干什么？报复？荒唐！

蓝玉越挣扎，背后那双手越用力，乃至摩挲到她的臀部，用力拉扯她的裤子。

“不……要！”求饶的声音艰难地穿过袭击者的指缝，很快被瓢泼大雨声吞没，她忽然明白袭击者的企图，巨大的恐惧袭上心头，绝望到快要死了，努力挣扎的后果是在透湿的沙石地里越陷越深，快要没有力气的一瞬间，她感觉裤子被扯到裤脚，发出响亮的“刺啦”声。

不要……

蓝玉哭了，绝望的眼泪顺着脸庞滑下，与泥水混杂在一起流进嘴巴，舌尖被迫接受苦涩的疼痛。

“我不想我的人生就此完结，求你了，放过我……”她想努力从袭击者的指缝里发出声音，嘴巴却依旧被紧紧捂住，呼吸变得越来越困难。

她能听见袭击者的喘息声，沉重的气息中能够听见细微的低吟声。“求你了，放过我。”蓝玉张开嘴，六个绝望的字眼被狂风暴雨吞噬得干干净净，随即她感觉臀部被个硬物强行闯入。

一阵异样的刺痛袭遍全身，蓝玉忍不住叫出了声音，嘴边流下了口水，精疲力竭的双手企图伸向后背，随即被那双大手紧紧按住，手的主人发出低沉的呼吸声，奋力扭动的身体迫使硬物在蓝玉体内不断深入。

“轰隆隆——轰隆隆——”一阵惊雷响彻天边，数不清的闪电仿佛企图撕裂深灰色的天幕，河水汹涌如海，天与地剧烈碰撞，在蓝玉耳边肆意怒吼，她已然什么都听不见了，恐惧、厌恶、绝望吞噬了所有感观，只能紧紧闭上眼睛哭泣……

不知过了多久，耳边渐渐安静，只剩下“哗哗哗”的雨声，背后的沉重一瞬间消失，只剩下深入骨髓的刺痛，蓝玉睁开眼睛，混沌的脑海只回荡着五个字：我被强奸了。她艰难地挪动身体，赤裸的下体被尖锐的沙石摩擦，却麻木到没有任何知觉，整个人仿佛坠入了深不见底的黑洞，绝望到窒息。

“蓝玉！蓝玉！”一个熟悉的声音由远及近，微弱地在耳畔响起，仿佛来自另一个世界。

是苏又夏！蓝玉濒临干涸的眼睛终于忍不住掉下眼泪，发出嘤嘤的哭泣声。

“蓝玉，你——”苏又夏难以相信眼前的景象，是的，他一定没有想到，平日里冰清玉洁、朴素美丽的蓝玉竟会衣衫不整地倒在河滩粗糙的沙石堆里。但这已然成为一个现实：蓝玉被强奸了。

苏又夏抱住蓝玉，她靠在他的胸口，大声哭泣……

得与失

屋子里安静得可怕，只听见蓝玉低低的讲话声音和刘枫辰小心翼翼的呼吸声。讲到自己被强奸的片段，蓝玉强忍着记忆带来的冰冷恐惧，用平静的口吻讲述着。除了苏又夏和自己的母亲，她从未将这段往事告诉过任何一个人，长久以来的伤痕，数百次不经意间的回忆，历久弥新，同样令她战栗与愤恨。

"那么——"刘枫辰面色凝重，手指叠加在一起。

"说实话，我做了一个错误的决定，我决定隐瞒。"蓝玉继续说，嘴唇微微颤抖，仿佛刚刚再次经历了年少时的那场噩梦，"像大部分平凡、柔弱的女孩一样，我选择了逃避，确切地说，苏又夏替我报了警，但是我不想让事情被更多人知道，选择沉默，为了我的未来。"

刘枫辰皱起了眉头，蓝玉知道她要说什么，继续解释说："选择权都在我，是我选择沉默，因为无法想象这件事将会对未来的我有多少伤害。我还有很长的路要走，不想背上曾经被强奸过的名声过下去，沉默的代价就是自身被无止境的痛苦吞没。"蓝玉长舒一口气，试图让自己从痛苦的回忆中挣脱出来，"我患上了抑郁症，几次试图自杀，最后被妈妈劝下来。我不再愿意上学，害怕待在人多的地方，高中就辍学了。不得不说，这件事毁了我的一生。"

“你和苏又夏就此分开了?”刘枫辰问。

蓝玉沉默,失落渐渐爬上她的眉梢:“我不想见任何人,尤其是苏又夏,他是我最不愿意再见到的人,也是我离开恒安镇的一个主要原因。他抱着我的时候,我感觉自己已经不是一个人,而是一只低人一等的动物。”她握了握右手,手心在出汗:“我和他,再也不能像从前一样了。尽管我很想他,尽管,无数次,在梦里,我曾经幻想过和他在一起的日子。”此时此刻,她确定自己哭了,眼泪顺着脸颊不住滑落。“一辈子很短,只够爱一个人,为什么会发生这样的事情?离开家乡后,我跟妈妈去过很多地方,但都待不久,很快,我选择离开妈妈,到省城生活,做最卑微的打工女,最后在这里遇见了叶军,尽管这样,我还是永远都忘不了那天苏又夏脸上的悲伤和愧疚。我相信,他一直悔恨这一切都是因他而起,很长一段时间,当我与抑郁、后悔两个恶魔无力斗争的时候,他同样遭受悔恨的折磨。这场悲剧,已然完全打破了有关我们的一切宁静,除了离开,我别无选择。”

刘枫辰欠身握住她冰凉的手,柔声劝说:“得与失,向来不是我们能够主导的。我见过许多女人,依附在男人的巨大阴影里,被男人强烈的震慑力深深吸引并且憾住。或许她们也有过同样黑色的青春,为了得到与所有人同样平等的未来沉默,是她们大多数的选择。空荡荡的大屋子、繁重琐碎的家务,以及啼哭的孩子是她们的全部生活。对于性,她们有着复杂的感情:恐惧又期待。在男人的主导和侵入下,她们平躺在时间河流上,醉生梦死,被男人背叛和抛弃都将是很多女人无法逃离的命运。无论过去发生什么,这已经成为一段掌握在你手中的回忆,你有权利将它拾起或掩埋。当然,如果我是苏又夏,也会跟他一样坚持将袭击者找出来,这是对自己的一个交代。”

“或许我知道。”蓝玉擦了擦眼泪，肚子开始隐隐作痛，她咬着牙。

“是谁？”刘枫辰抬起眉毛。

“那股香水味是沈杰的，但是我不能确定。”蓝玉摇了摇头，肚子的疼痛感越来越明显，她忍不住皱起了眉头。

“沈杰……”刘枫辰揉了揉浓黑的眉毛，陷入了沉思，屋内重新回到宁静。

“啊！”蓝玉终于忍不住肚子的剧痛，叫出了声音，打破了短暂的宁静，眼前再次一片漆黑，模模糊糊听见刘枫辰慌张的呼唤声，她感觉呼吸越来越困难，最后终于仰面倒下……

仿佛在一个很长很真实的梦境里，不，好像又不是梦，蓝玉发现自己身穿校服，行走在恒安镇古旧的石板弄堂内，周围是熟悉和曾经惧怕的面孔。此时此刻，他们脸上带着和善的笑容，眼神平静得就像看一个普通得不能再普通的熟人，他们朝她友好地微笑，竟令她受宠若惊。

“蓝玉！”苏又夏的声音在身后响起，熟悉又久违的声音，蓝玉忍不住露出会心的笑容。“一起去学校吧。”他也穿着校服，脸上依旧带着稚气未脱的笑容。

蓝玉跟上苏又夏轻快的步伐，脚步却像踏在海绵上似的有气无力，紧接而来的是胸口的疼痛，她渐渐跟不上他的脚步。

“等等我。”蓝玉大叫，却没有声音，她与他之间，仿佛隔着厚厚的玻璃。看着他远去的背影，蓝玉失望地跌坐在地上，直到有一双手从背后朝她伸来时，她才猛然警醒，转身一看，竟是陈天启。他也是年少时的模样，鼻梁上的眼镜因为蓝玉的惊吓而滑落下来，他伸手接住，嘴角却挂着善意的笑容，轻声说：“蓝玉，我很喜欢你。”

蓝玉慌忙从地上站起来，企图从陈天启的手中逃脱，不料沈杰突然出现，挡在面前，步步紧逼："喂，跟我玩玩吧。"他一边说，一边解开皮带。

"咔登"，沈杰的裤子松了，滑落至脚踝，蓝玉往后退，却撞在陈天启的怀里，他像一位共谋者一样将她牢牢抓住，任凭沈杰肆意揉摸。

"不要！"蓝玉用力挣扎、呼救，周围的人熟视无睹，依旧低头走着自己的路。苏又夏早已不知去向，却还能听见他在不远处大声讲话的声音。

让我死了吧。这是蓝玉再次失去意识前一秒的意念，疼痛驾驭了所有思想，取代了所有对生命的留恋和向往。这样的生命，本来就无任何意义，我为什么活着？我又将去哪里？让我继续往黑暗的更深处坠落吧。

母亲的面孔又一次出现，关于她的记忆在脑海里闪现而过，蓝玉突然很想念她，手心的温度、爽朗的笑声，以及认真的眼神。如果能继续生活在一起，如果能给我一次重生的机会，就算不能再遇到苏又夏，但能和妈妈生活在一起，余下的人生也不会再苟延残喘。

可是，我还有机会活下来吗？

又是一阵又一阵剧烈的疼痛，占据了所有的意识，至少证明自己还存活在这个世界上。

翻来覆去的疼痛，仿佛持续了几个世纪。

再次清醒过来，她望见一片白色，紧接着是母亲和刘枫辰焦急的脸庞，她终于确定自己活下来了，嘴角露出一丝笑容。

"终于醒了。"刘枫辰露出宽慰的笑容，母亲则伸手抹了抹眼角的泪花，两个人似乎也经历了一场浩瀚的生死劫，脸上带着疲惫。

蓝玉想起来，头往上抬了抬，但随即感觉到腹部不再有曾经的压力，已然变得空空荡荡，她好不容易舒缓的神经立即紧绷起来，一种不祥的预感占据脑海，用虚弱的嗓音问："怎么了？"

刘枫辰为难地看了一眼泪眼婆娑的母亲，从薄薄的嘴唇吐出一个令她眩晕的事实："孩子没了。"

蓝玉的脑袋"轰"的一声，眼前一片漆黑，多亏了刘枫辰用力扶住她的肩膀，她才不至于昏厥过去。

"小玉，我们不想失去你。"母亲握紧她的手，眼泪不住往下流，"孩子本来就不健康，我们不能为了保全一个不健全的孩子而失去你的生命。"

蓝玉闭上眼睛，尽力平稳自己的呼吸，过了许久，她缓缓开口："那么，他们知道吗？"

话音刚落，病房门被用力推开，叶军和婆婆怒气冲冲地走进来，蓝玉长叹一口气，在失去亲骨肉的巨大绝望后还要面对丈夫这边的责骂与羞辱。

"孩子没了？怎么回事？"叶军皱着眉头问，完全无视虚弱的妻子。

"本来就不健康？心脏病！"婆婆的声音异常尖锐，指着蓝玉责骂亲家，"她有病为什么不告诉我们，现在叶家的孩子没了，你这个做娘的要怎么负责！"

"为什么不告诉我？"叶军终于将注意力转移到蓝玉身上，脸上却是一副鄙夷的表情，"为了这个孩子，我把一切都准备好了，房子、车子、教育基金，我妈还织了一抽屉的毛衣。现在孩子说没就没了，还说什么孩子本来就不健康，我请问你，你拿我们的婚姻当儿戏吗？"

“蓝玉!”婆婆的脸庞因愤怒而扭曲变形,“我本来就不同意你进叶家的门,要不是你怀了叶军的孩子,我根本不会同意你们结婚,现在倒好了,你给我来这一出!你这个狠毒的女——”

“啪!”一声响亮的巴掌声打断了婆婆尖锐、刺耳的嗓音,她的表情由愤怒转为惊恐,捂着被蓝玉母亲突如其来扇了一巴掌的脸颊怒目圆睁。

“蓝玉是我的女儿,是一个和你们一样独立、健全的人,她有权利决定自己的生命!我把女儿交付给你们叶家,不是做奴隶,也不是做生孩子的机器,她是你们叶家的一员,是妻子,是儿媳,是你们的亲人!”妈妈气得嘴唇颤抖,泪水依旧残留在脸颊上,但讲话不失条理,义正词严,“你们从刚进来到现在,有关心过蓝玉吗?她刚刚失去自己的亲骨肉,她的痛苦你们有关心过吗?她是我的女儿,是我的亲骨肉,看到你们如此对待她,我又有什么理由将她继续留在你们叶家!”

叶军的脸因为愤怒变得分外扭曲,他冲上前将他妈护在身后,怒吼道:“像她这样没用的女人,我也早就不想要了!”

蓝玉瞥了一眼满脸伪装正义的叶军,冷冷地说道:“既然这样,我们离婚吧。”

病房里安静下来,大家转过脸来,齐齐看向蓝玉,叶军的表情迅速变成惊讶,他应该没想到眼前这个从来不会向叶家说“不”字的女人会做出这样的决定。

“叶军,对你来说,我已经是如同垃圾一样的存在了。”蓝玉撑起虚弱的身体,缓缓说道,“那么,为了换回垃圾最后一点尊严,我必须先提出离婚。我们两个人的结合,我也要承担一部分责任,我于你,不是爱情,只是为了摆脱贫苦、无着落的生活,这一点,我向你道歉。孩子的死,责任却并不全在我,想想你在办公室的所作所为，我全都看到了。”蓝玉的语气变得异常坚定，“也请你答应我离婚的请求，毕竟，如你所说，在你接下来的人生中，在你们叶家接下来的生活中，我已经没有参与的必要了。”

叶军的表情又转变成了尴尬，这个极好面子的男人，像被戳穿丑事的孩子，脸红到了脖子根，一半因为愤怒，另一半因为羞耻。然而，他绝不会因为自己出轨的事情对蓝玉造成的伤害而感到一丝愧疚。

话刚说完，蓝玉看了一眼一直沉默不语的刘枫辰，仿佛她是自己已经信任多年的伙伴，朝她露出求助的眼神。刘枫辰立即意会到她的意思，嘴角露出一丝会心的笑容，站起身，扶住蓝玉的母亲，礼貌地对叶家母子说道：“请两位回去吧，蓝玉还需要休息，这里由我们来照顾，恕不远送。”

蓝玉重新躺下，沉沉的脑袋倒在枕头上。刚刚经历的灾难，好像迫切地从灌了铅一样的脑袋里离开，她闭上眼睛，再次陷入了长长的睡眠。

重新开始

蓝玉走出法院，刚刚经历的一幕似乎就已经渐渐淡出记忆的边缘，她平静地在离婚协议书上签字，对婚姻破裂的感觉甚至不如腹部时隐时现的疼痛那样清晰，相反地，她感到前所未有的如释重负。

只是，走出大门的瞬间，记忆飘回十几年前，她和陈天启站在大门外等待苏又夏的身影出现。如今，她也站在这里，失去婚姻和孩子，等于失去了先前走过的全部人生，她开始切身体味当年蔓延在周身的孤独和无助。

母亲和刘枫辰的身影出现在她的视野内，两人并肩站在不远处，视线定格在表情由轻松转为茫然的蓝玉身上。

“我自由了。”蓝玉用释怀的笑容来安慰略显担忧的两人，“这样的自由来得太突然，我不知该轻松还是高兴。”

“回家吧。”母亲握住她的手，眼眶微微泛红。

回家。两个字触动了蓝玉的心弦，眼泪终于忍不住流了下来，她轻轻抱住母亲，哽咽地说道：“今生今世，找了一圈，最好的家还是在您身边。”

“过去的一切，我们都要遗忘，我们重新开始。”母亲拍着她的肩膀，用温柔的声音说道。“无论我做过什么，被别人怎样说，一直以来，最理解我的人总是你。从现在开始，我也要理解你，我们——”母亲的声音也哽咽了，“要好好生活。”

蓝玉含着泪花，用力点头，转过脸面对始终保持安静的刘枫辰，她露出感激的笑容：“谢谢你，帮助我走出困难。”

“不，这是你自己的努力，我很高兴。”刘枫辰笑着摇头，“这样的结局，对你来说，才是最好的解脱，还是那句话，很高兴认识你。”

“我们以后会经常见面的，因为，没有比在你这里更能找回最真实自己的地方了，谢谢你。”蓝玉朝她伸出手，“很高兴，遇见你。”

两只手紧紧相握。

很高兴，遇见你，苏又夏。

谢谢你。

再见。

她在心里说。

第三章　陈天启

从 容

陈天启醒来的时候天还没有亮透，暗蓝色的空气涂满视线所及的墙壁，暴露在空气中的皮肤感受到一阵阵寒意，他习惯性地扯了一下滑到腰部的被子，一切都是徒劳，此时的被子正被身边一个人牢牢占据着。他的意识渐渐恢复，侧过身朝那个人看去，是一张清秀但平凡的脸庞：紧凑的五官镶嵌在白皙的圆脸上，额前的碎发稍显凌乱，圆圆的鼻尖隐隐约约沁出汗珠，娇小的嘴巴随着有节奏的呼吸声微微开启。陆欣欣？他诧异地扬了扬眉毛，小心翼翼地抽出被她压在脖子根的手臂，抓了抓凌乱的头发，模糊的视线定格在她裸露的肩膀上，昨天究竟发生了什么事情？他努力搜寻仅存的记忆，终于回想起关于昨晚的零星片段：红酒杯的碰撞、暧昧的烛光及肌肤碰撞时的柔软触感……他与相处 3 年的女友第一次发生了性关系，昔日的“结婚后才同床”的承诺终究敌不过昨日的灯红酒绿。陈天启抿了抿嘴唇，略显干涩的唇角似乎残留着昨晚的激情，他掀开被子准备起床，身后传来陆欣欣慵懒而娇嗔的声音：“起来了？”

“嗯，”天启捡起掉在地上的内裤，匆匆穿上，“还要上班。”他是个典型的银行白领，大学毕业后的第一份工作便是在某国有银行，一工作就是 5 年，现年 29 岁的他已然被机械的银行制度磨炼成了一个内敛、寡言的人。

“早饭呢?”陆欣欣也起身穿衣服,声音有些沙哑,天启知道她依旧有些害羞,极力避免谈及关于昨晚的话题。

“去外面买吧,你呢? 今天休息?”陆欣欣是小学老师,现在正在放暑假。

她点头,起身穿上最后一件衣服,拉开厚重的窗帘,夏日清晨的阳光洒满整间卧室:“啊,天气真好!”她感叹。

“唔……”天启一边笨手笨脚地系着领带,一边眯起眼睛,他不喜欢刺眼的阳光,所以卧室的窗帘常年是紧闭着的。

“瞧你,还是和以前一样,不会打领带。”陆欣欣显然没有意识到他对阳光的不适应,径直走到他面前,干净利落地接过系领带的工程。

天启微微低下头,认真打量起眼前这个在一起3年的女孩,脑海里不经意间开始回放昨晚的一切。她的胴体并不完美,却足够吸引人,因为是第一次,她的技术也不够纯熟,却能配合得恰如其分。3年的时光,将爱情顺势推进另一个境界,或许是该给她一个承诺的时候了。这么想着的时候,情绪所致,他俯下脑袋,亲吻她的嘴唇,感觉到对方有一丝短暂的讶异,随后是安静的配合,一切的一切,遂他的心意。

“晚上等你回来。”出门的时候,陆欣欣说道。

“嗯。”天启穿上亮锃锃的皮鞋,微笑点头。关上门的瞬间,心里忽然闪现一个念头:或许这就是未来和她一起的日子,日复一日,简单地重复着。

踩上摩托车,天启飞驰入川流不息的马路,身着西装的他此时看起来俨然是一个典型的信息化社会“民工”。出生在小康家庭的他,高中毕业以前,娇生惯养,从不知贫穷的滋味,爸爸下海做生意失败后,家境没落,渐渐节衣缩食,好不容易存够了他大学毕业买房的钱。原来贫穷真的可以让人变得卑微，想起小时候与现在的境遇差别，他的嘴角忍不住泛起一丝冷笑，右脚用力踩了一下油门，超过身边一辆银色奥迪。

单位位于市中心偏南的一座茶楼一楼，十字路口，恰好是银行网点的最佳位置，醒目又便捷。天启所在的位置正对着明净的落地窗，忙碌中偶尔抬起头，可以看到十字路口的忙乱与麻木，交通的便捷和生活的缤纷，并不能在人们的脸上增添更多笑容。有时候，他会怀念小时候故乡恒安镇的马路与交通，狭窄的水泥路和石板弄堂构成了小镇的全部道路，自行车是大多数人的代步工具，极少能够看到一辆挂着政府牌照的轿车昂然驰过，扬起的灰尘里溢满了人们无言的埋怨。在那个贫穷依旧大肆逍遥的年代，简单、干净是人们心灵的最佳形容词，单纯满足于纯净的人际关系，嬉笑怒骂于大街小巷，所有的心事向天空敞开。

然而大多数时候，记忆是一件一文不值的伪劣珍宝，而沉湎于记忆又是一种自暴自弃的行为。随着年岁的增长，天启觉得自己就此停下了前进的脚步，任凭回忆蔓延周身，埋藏在心底的眷恋如同雨后春笋般肆无忌惮地生长。这么想着的时候，天启已经迈进整洁的服务大厅，保安陈师傅千篇一律地问候早安，佝偻着背坐在前台后看着晨间早报，年轻时的他，曾经是一名“除暴安良”的干将，只是现在，这一张略显苍老的面孔，已然失去了当年骁勇的风光。原来世间万物终究逃脱不了时光的惩罚，再高傲的人类，终究要向渐渐剥夺生存权利的时光低下倔强的头颅。

“哟，早！”李之鸣拿着抹布从高柜内走出来，坚毅而俊朗的脸庞上挂着淡淡的微笑。他和陈天启是网点内仅有的两个男员工，两人恰是同岁，正因为这样，大家总喜欢拿他们进行比较，比较的内容和结果，天启假装不在乎，潜意识里高傲的自尊容不得半点落后与劣势。但是客观事实依旧存在，李之鸣高大英俊，天启略显矮胖粗糙；李之鸣仔细勤勉，天启事不关己，高高挂起；李之鸣乐观幽默，天启略显悲观……他好像很清楚这些，所以打心眼里不待见面前这个男人。当然，微笑和礼貌是必要的伪装，所以天启笑着回应李之鸣的问候，并礼貌寒暄。

“今天有新员工加入哦！”主任从楼上走下来，永远是一双恨天高的高跟鞋，将大理石瓷砖踩得“砰砰”响。新员工，所谓的新鲜血液，永远需要企业付出巨额的代价，因为培养一批新鲜血液，其中一半都流淌进了其他“身体”。天启不屑地撇了撇嘴角，走进高柜的厕所内，顺手点起一支烟。他没有很大的烟瘾，却习惯每天早上在这间狭小的厕所吐烟圈，3 分钟的静默与享受，仿佛战士出征前肆虐的掠夺与放纵。短暂的 3 分钟，宛如与世隔绝般忘我自在，尘世间的烦恼与忧郁随着缓缓上升扩大的烟圈获得极短的遁形。

“陈天启，出来开晨会了！”一阵响亮的叫声打破了片刻的寂静，大堂经理李雪一如既往地催促道。

他不情愿地掐灭烟头，慵懒地走出厕所，柜内浓浓的食物腐烂味令好不容易平静下来的心绪再次升腾起强烈的厌恶感，他整了整西装领带，若无其事地走出高柜门。此时网点内员工已经分两排站在主任两侧，视线定格在主任身边一个短发女孩身上，天启低着头走到最角落的位置上站定，抬头看了一眼那个短发女孩，嘴边的空气仿佛被过滤了一般清新万分。这是一张异常清秀的脸蛋：鼻梁弯成一道漂亮的弧线，鼻尖微微翘起；大大的眼睛虽然不是双眼皮，但是恰如其分地镶嵌在近乎完美的鼻梁两侧，在又长又翘的睫毛的映衬下，显得清新又动人。这样的美并不惊艳，但是像一罐越放越香醇的酒，细细地、慢慢地品尝，自然能够品尝出令人叹为观止的美丽。这样一个任谁都会多看一眼的清秀女子，他自然不免俗地多看了几眼。女孩抬起头的瞬间，与他的视线相撞，刹那间，仿佛有一双无形的巨手，用力撕开他内心某个角落的保护层，似曾相识的眼神，淡然之中透着一丝空灵与纯真，唤起了尘封已久的心绪和记忆。陈天启抿了抿嘴唇，清风拂面后浑身竟泛起一阵久违的寒意，他禁不住皱了皱眉。

“今天开始，我们这里来了一位新同事，她叫从容。”李雪的声音尖锐而响亮。

“从容？这名字好听。”李之鸣咧开嘴笑了，露出一口洁白的牙齿。从容的反应令人有些意外，她并没有礼节性地报以同样热情的笑容，只是一边嘴角上扬成一个若隐若现的角度，乍一眼看去，这样平静的笑容似乎充满不屑与冷漠。奇怪的是，陈天启对这样的笑容并不陌生，遥远的记忆中似乎留存过与之相似的笑容。

“从今天起，从容就是我们网点的一员，她会先在低柜实习一段时间。”主任说，“希望各位老员工能好好指导她，李之鸣，今天开始她跟着你学。”

李之鸣点点头，天启有些不爽，同样是低柜员工，为什么不安排从容跟着自己学？

晨会之后，紧张忙碌的一天正式开始。银行，或许一直给大众一个华丽的假象；3 尺柜台，给人一种高高在上的假象。不过这是十几年前的事了，现在的银行如雨后春笋般遍地开花，企业却越开越少，逐渐形成僧多粥少的局面，日趋激烈的竞争，导致银行变相转型为服务推销型行业，朝大众卑躬屈膝。天启的骨子里，十分不愿意接受这种变化，从小养尊处优的他总是学不会适当地向客户献殷勤，并且时常抱着"事不关己，高高挂起"的心态。总而言之，他在这个岗位上混得不是很理想，有一种得过且过的心态。

从容坐在天启和李之鸣中间的时候，身上散发出淡淡的柠檬香味，引得他忍不住朝她多看了几眼，她正全神贯注地听着李之鸣的解释，额前散落长长的发丝，精致的侧脸上写满了对新事物的好奇。这样的孩子，尽管冷漠，却是单纯的，他很容易明白这一点，因为记忆深处那个人也是一样。

那个人。没错，她也是这样，身上有一股淡淡的香味，内向不多言，平静的眼神中有一份独特的单纯与固执，至少，在他看来是这样的。

"陈天启，有客户来了!"大堂经理的一句话让他已失焦的思维返回焦灼的现实。这是一个大客户，财大气粗，一如他圆滚滚的肚子，在天启面前坐下来的瞬间，仿佛天地都在震动。

"帮我解付这张本票。"客户随手将一张绿色的本票扔到陈天启面前，上面的金额大得吓人：500 万。这个陈天启或许一辈子都无法靠工作赚到的数字经常出现在他的面前，带着戏谑而嘲弄的笑容。天启机械地笑了笑："王老板，您好！这就帮您办理。"

天启大抵是这样一个人，高不成低不就，打心眼里看不起这些满身铜臭味的有钱人，却一心向往金钱和名誉，希望被人注意，尤其是像从容这样单纯的孩子。所以，这一次他特别来劲，办业务的手脚利索了许多，三五分钟便完成了一张 500 万本票的解付，最后偷偷瞥了一眼身边的从容，她的注意力也被这笔业务吸引了，正专注地盯着天启刚刚操作完的电脑屏幕，脸上带着似懂非懂的表情，天启平静的脸上闪过一丝自豪的笑容。

“哎，小陈，怎么回事，还没到账嘛。”王老板掏出手机，“没收到短信提醒嘛。”语气里略有不满。

“我看看。”大堂经理李雪接过回单，扫了一眼后皱起了眉头，“陈天启，你弄错卡了，录进另一张卡里了。”

“啊？”天启瞬间涨红了脸，紧张的汗珠从圆圆的鼻头渗出，为面前这个客户办了几年的业务，偏偏在这么重要的时刻出了错。

“王老板，没关系，我帮你重新入账。”李之鸣很快安抚客户即将爆发的情绪，笑着接过卡与单据，在电脑上熟练地操作起来。一旁的从容专心致志地看着，一边记笔记一边露出恍然大悟的表情。

天启的心情彻底跌入低谷，男人仅存的自尊心在这一刻被彻底破坏，抹了抹鼻尖的汗珠，对王老板说一句：“不好意思。”除了说这句，还能说什么？

好不容易挨到下班，李之鸣突然提议：“为了欢迎从容，我们晚上去唱歌吧。”或许是被工作压抑了太久，大家一致叫好，当然，除了天启，心如死灰的他只想立刻回家。

“陈天启，去吗？”李之鸣问道，视线一直在众人之间游离的从容终于看向了天启，脸上依旧没有任何表情，不像面对李之鸣一样客气，那双眼睛，似乎能立即洞察他隐藏在深处的心思。

“啊……”天启一瞬间不知所措，只因为从容那双清澈的眼睛，慌乱了他许久未起波澜的心，到底是去还是不去？正在犹豫的时候，手机响起，他掏出手机，是陆欣欣。

“啊，我懂了，要回去陪老婆吧。”还没等他接起电话，李之鸣心领神会，“好吧，不打扰你了。”

天启苦笑，甚至不敢抬头去看从容，只能接起电话，陆欣欣嗲嗲的声音在耳边响起：“今晚来我家吃饭吧。”

“哎呀呀，我们也不打扰你了。”李雪抽身走开，一脸只可意会不可言传的笑容，她一边走一边拉上还站在原地的从容。

天启终于抬头看着从容远去的背影，在心里叹了一口气，侧身走出严密的监控区域，低声回答：“抱歉，今晚加班，要不明天吧。”

“哦，好的。”陆欣欣回答的声音有些许失落，但却从不缺信任，这是她的优点，两个人在一起 3 年，她从未质疑过天启的无数次善意的抑或恶意的谎言，或许这才是两个人维系持久关系的真谛。

他挂掉电话的瞬间，从容的身影恰好从面前闪过，不知在什么时候，她已经换上了一袭白色连衣裙，在白皙的肌肤的映衬下显得分外脱俗亮眼。对于天启，从容似乎显得分外冷漠，连最基本的前后辈的礼节都没有。可是天启依旧在原地愣了 3 秒钟，因为这突如其来的甜美而悸动的芳香，一如漫长黑暗中突如其来的一道光线，刺穿了他麻痹的瞳孔，冲击着他麻木的神经。

“从容，我载你一起过去。”李之鸣隔着柜台厚厚的玻璃朝正准备离开的从容喊道，他的确是心仪她的，这一点任谁都看得出来。

“不用了，我先回趟家拿点东西。”从容报以礼节性的微笑，声音婉转而动听。不知什么原因，天启竟暗自松了口气。

聚会自然不会将“要回家吃饭”的陈天启算进内，他望着李之鸣那辆红色大众塞满了兴致勃勃的同事们从自己面前飞驰而过，扬起厚厚的尘土，带着肆虐而嘲讽的笑容。

大多数人的生命,其实在近 30 岁时就已经停止了,随波逐流、安于现状,在一条平坦的道路上看似前进,实则是在走向安逸的死亡。陈天启觉得自己的生命已然停滞不前。他坐在家附近的公园长椅上,深沉地吐着烟圈。垃圾桶不知被哪个家伙移到了长椅边上,只需一伸手便能够到,看来像他这样看似衣冠楚楚,生活波澜不惊,烦恼却层出不穷的人屡见不鲜。

不远处的夕阳染红天边,一如害羞的少女,躲在楼房背后。天启的视线透过嘴中吐出的烟圈,迷蒙如雾,仿佛坠入了忘我境地。他想起《虹》中的一句话:“在这里,薄暮是生命的本质,这为色彩所掩映的黑暗是一切光明与白昼的萌芽。在这里,天正破晓,最后一缕余晖正在西沉。永恒的黑暗中生命的白昼将会花开花落,重复着平静与永恒隽永的沉寂。”劳伦斯的作品,年轻时当作满足欲望的书籍来看,如今回味,却能从这些充满欲望的语句中品味出平静中起变化的美感,一如此时他原本平淡无奇的生命悄悄发生着变化,一种他厌恶、熟悉且向往的变化。体内占有与自责的情绪激烈厮杀,刺激着所有神经,带着一种坐立难安的冲动。

人生就像一座天平,必须维持两端的平衡。天启极度厌恶这种说法,于他看来,这种像李之鸣之流秉持和追求的生活,恰是对自身最大的折磨,一如漂浮在失重的太空,被厚重的航空服束缚,无法直立行走。生命就是一场华丽的邂逅,你永远无法知晓在哪一刻会遇见令自己窒息的人和物,甘愿颠覆曾经拥有的一切物质与精神。

“从容”,这两个字一跳入他的脑海,他浑身像触电一般,“腾”地站起身,脆弱的木质长椅一震,带动旁边的垃圾桶,发出沉闷的声响。他用力摁灭垃圾桶上不知不觉多起来的烟蒂,长长舒了一口气，只为平复胸口难以抑制的渴望与悸动。是时候了，该回家了。他对自己说，背上沉重的公文包，迈着闲散步子走上回家的路。

黄昏的街道依旧喧嚣如白昼，时代的进步已然以牺牲人类的休息时间为代价，迈着急速的步伐前进，扼杀人类的想象与冲动。此时在天启的眼里，所有的人和灯，已然幻化成模糊而斑斓的红绿色，其间的阴影正飞速流动，为他的视线蒙上一层厚厚的灰尘。意识渐渐模糊，唯一清楚的是一种强烈的渴望，渴望有一双手替他抹去这一层灰，让他如同新生的孩童一般重新睁开眼，触碰到一双美得惊心动魄的瞳仁。他知道，这不可能。

然而，世事的变化总无法用任何意识掌控。一抹刺眼的明亮，仿佛来自遥远的云端，穿破所有阴影，刺穿他的意识，浑浊的黑色中混入一种亮红，占据了他所有视线与意识——这一抹亮红正是站在不远处的从容。

他停下慵懒的脚步，嘴巴因惊讶而微微开启，潜意识里依旧无法相信10米开外正注视着商店落地窗的身影正是从容这个事实。从容似乎也注意到了他的视线，转过脸来回望他，平静的神情里同样闪过一丝诧异，但迅速回归往日的冷漠与沉静。

“呀，你好。”天启原本空荡荡的胸口被一股难以置信的喜悦与意外充斥得密不透风，甚至觉得连呼吸都有些困难，他一步一步走近她。

“您好。”回答的声音有些怯懦。

“这么早结束了，聚会呢？”他感觉步行了十万八千里才走到她面前，呼吸声有些粗重。

“没，有些事先出来了。”她的回答并不躲闪，宁静的神情中渗透着刚出校门的青涩与倔强。谁都知道，所谓的同事聚会，大多都会坠入互相灌酒至醉的可怕局面。

天启注意到她一直注视的东西,往前走一步,凑近看到干净的落地窗内孤零零地挂着一幅画,是萨尔瓦多·达利的《记忆的永恒》。一幅略显粗糙的复制画,却能引起这个年轻女孩的注意,说明从容绝对不是一个如陆欣欣一般想法简单的女孩。

"很值得回味的画。"他说。

"在记忆面前,时间显得如此疲软无力。"从容轻声说,清澈的声音中有一种超越年龄的成熟与感性。

"时间,不过是一种物质工具,警醒人们向前看,人类的精神,不会轻易被物质打败。"天启有感而发,对于这幅画,他所带的感情与十几岁时初次看到时一样,感触很深,尤其是在深陷回忆的泥潭无法自拔时,他常常回想起这幅疲软中透着积极的画,庆幸自己不是孤独一人。

一句由心而出的话,就像一块不大不小的石子,跌入从容漂亮瞳仁里平静的湖面,泛起难得一见的涟漪,即便转瞬即逝,已然足以让天启喜悦至极。她平淡地笑笑,没有说一句话,如一朵安静盛开的莲花,出淤泥而不染。

"饭吃了吗?"话刚一出口,天启已经后悔,她刚刚从聚会回来,怎么可能没吃过饭。

从容依旧保持足够平静的笑容,转身告别,修长的身影在夕阳的街道和拥挤的人群中显得格外耀眼。天启产生了一种可怕的感觉,他很有可能已经爱上了这个女孩,在这个并不合时宜的时候。

日子依旧平淡无奇,谁都无法知晓陈天启内心的变化,他开始很爱上班,早上早早醒来的第一个念头便是:今天能够见到从容。他开始喜欢偷偷注意从容的一举一动、一颦一笑，一如当年第一次暗恋那个女孩的时候一样，悄悄将有关于她的一切深深刻进自己的脑海，变成一本厚厚的日记本，每天翻阅回味，嘴角边的笑容日益深刻。

从容并不是一个特别聪明的女孩，说过的事情要反复提上好几遍才能记得，而且记性并不十分出色，甚至连年长6岁的陈天启都比不上。即便这样，她没有失去学习的信心，天启时常看见她利用空闲时间学习业务操作知识。这样的笨拙与好学，天启感到特别熟悉和亲切，封存的记忆被从容的手用力撕开，压抑已久的苦涩思念喷涌而出，一时间迷蒙了他的视线，电脑屏幕上的字变得越来越模糊，直到李雪尖锐的声音在耳边响起："陈天启！"

他被她的大惊小怪吓了一跳，差点从椅子上跌下来，大厅里的人也被惹得纷纷朝他投去好奇的目光，即便这样，天启分明感觉到了右侧从容的视线，他涨红了脸，一个近30岁的大男人，居然当众涨红了脸。

"喂喂，陈天启，你没事吧，脸这么红！"李雪一副多管闲事的嘴脸，这是他最厌恶她的地方。

天启皱了皱眉，强压心中的怒火和羞愧，冷漠面对李雪持续的调侃，直到快要忍不住发脾气时，陆欣欣的来电让他迅速冷静下来。

"亲爱的，晚上穿整齐点，去我家吃饭。"

像一块焦灼通红的炭被浇了一盆冰凉的水，他的脸凝固成了难看的绿色，幸亏有黑框眼镜遮住大部分脸，才避免这样的难堪被同事们发现。

婚姻已经不可避免地闯进他的人生，在遇见从容以前，天启懒得去思量爱情的意义，对父母和命运的安排逆来顺受，和陆欣欣结婚、生子，在银行工作至退休，然后平静地迎接死亡。但是，从容的出现，已然打破了既定的生命规律，情感里泛起的波澜完全阻碍了他对既定命运的接纳。

下班以后，天启去陆欣欣家吃饭，饭桌上摆着异常丰盛的菜肴，她的父母像迎接某个重要人物的到来似的穿上平日不常穿的衣服，脸上的笑容令他有些许陌生和畏惧，天启敏感的内心已经敲响了警钟：一定是商量婚事。

果不其然，饭桌上的气氛异常隆重，他面前的饭碗内没有停止出现各色菜肴，他像一个贵宾一样接受未来岳父岳母一股脑儿的馈赠，心境却坠入惶恐不安的深渊。

“天启。”陆欣欣轻轻叫唤，他猛地抬起头，这声音，此时听来，像是处决犯人的命令，心脏一阵剧烈颤抖。

“天启。”紧接着是伯父的声音，他佯装热情地答应着，多年的银行工作经验，让他早已练就一番皮笑肉不笑的本事。

“现在是将欣欣托付给你的时候了吗？”伯父终于开口了，他是一个退休教师，长年的教书生涯令他变得分外爱说教，讲话也文绉绉的。

没想到伯父给出的是一个问号，将承诺的包袱重重砸向他的脑袋，天启顿了一会儿，1 秒钟的犹豫，脑海里闪过多种念头，最清晰的竟然是从容的脸，这张不合时宜的面孔多多少少改变了他脸上伪装的表情，幸好及时意识到，迅速转换成害羞的表情，挠了挠后脑勺，低下头。

“爸，你知道他很害羞的。”陆欣欣替他说话，“我们在一起 3 年了，说这种话腻歪不！”在陆欣欣眼里，感情的稳固性与时间成正比，在一起越久的情侣，背叛的可能性越接近于零。

即便是一刹那的表情，终究逃不过伯父的眼睛，他对天启的表现不够满意，张了张嘴似乎还想再说什么，身边的伯母使了个眼色，示意他停止这个话题。陆欣欣的母亲，有一双异常敏锐的眼睛，她对他的不满并不是一日而成，若不是因为女儿特别喜欢天启，她会断然阻挠两人的恋爱，现在，为了尊重女儿，她始终笑脸相迎。

难挨的晚餐终于结束，天启一如既往地提出帮忙洗碗，两位老人家一如既往地坚持让他去沙发坐，千篇一律的戏码不厌其烦地上演，他和两位老人家的脸上多了一丝无奈和腻味，唯有陆欣欣，单纯的笑容，无限满足于对未来生活的憧憬。

“天启，什么时候去看家具？”吃完饭，陆欣欣挽着他的手臂，沿河边散步。

“早着呢，房子还没结顶。”天启的回答有些心不在焉。

他好像已经完全记不起与陆欣欣第一次见面的情景了，好像是一场相亲，双方父亲都在，两位同是教师的长辈相谈甚欢，反而，他与她讲的话并不多。见面后，也是陆欣欣主动联系他，慢慢地，天启对她细心的付出默然接受，自然而然发展成恋人关系。

“爸妈希望我们明年结婚。”陆欣欣单纯地说，“年纪也到了，不然生孩子晚了。”

“嗯。”天启平静地应和着，这样的爱情，已经提前进入了婚姻的状态。

“我想要个女孩。”她开始陷入了无限憧憬。

“嗯。”天启忽然有一种想要逃离的冲动。

十字路口，两人的脚步停下，即将分别，陆欣欣依依不舍地告别，天启强装笑容，亲了她的嘴唇一下，转身背对着她，思绪已跌入无限惆怅。

婚姻，究其本质，是爱情的终结。一段爱情关系发展的终点，必须以一张契约、一场婚礼，以及一枚戒指作为约束，宣示一方对另一方的永久占有权。在他眼里，婚姻并不是他心底渴望的归宿，一如自己的父亲婚后依旧有和女同事暧昧的习惯一样，他的灵魂不习惯受到婚姻的约束，爱情萌芽时的悸动和愉悦是毕生难忘的美丽幻觉。

从容。他再次想起这个名字，这一刻，自己习惯居无定所的心停留在她的身上，仿佛印证了一句话：情爱的触觉在初次已经定格，定格在那张冷漠却不失礼貌的秀气脸庞。

天启走过昏暗的转角，确定陆欣欣已经看不见自己的背影以后，停下脚步，从口袋里掏出一根烟，背靠墙壁，忧愁地吐起烟圈。

从容第一天正式上柜，天启鼓起勇气发了一条短信："今天第一天上柜，加油。"寥寥数语，耗费了他大部分脑细胞。放下手机后，他长长舒了口气，忐忑的心脏剧烈跳动，设想过多种结局，心里的期待却屡增未减。过了许久，仿佛一千个世纪般漫长，躺在书桌上的手机终于震动起来，他从床上一跃而起，手却不合时宜地一滑，手机掉落在地上，清脆的声音打破长久的寂静，他捡起碎成两半的手机，手略微颤抖，呼吸声沉重地跟随着闪动的屏幕，"从容"二字如同一道刺眼的光线，射穿他全部的防御。

"谢谢。"这是她的回复，简单如其人，仿佛能够想象她看到这条短信时的表情，单薄的嘴角上扬出一个足够戏谑的角度，纯净的眼神溢出一丝不屑，修长的手指飞快按出谢谢两个字的拼音，最后一个发送键，像对待千万个前赴后继的追求者一般平静和淡然。

天启叹了一口气，重重跌回床上，双手叠加在脑袋后，呼吸声渐渐平静，闭上眼睛，专属于从容的芳香萦绕脑间，醉生梦死。

此时此刻，他只想记住她。

代　替

8 月,一个清晨。陈天启从一场噩梦中惊醒。

确切地说,叫醒他的是一阵剧烈的窒息感,梦中仿佛被一双手掐住喉咙,喉管的空气被阻塞了前进的道路,黑暗与绝望爬上苍白的大脑。他想叫,张开嘴巴,却无法发出任何声音,也想弄清楚这双过于纤细的手的主人,却始终只望见一片漆黑的阴影。意识开始模糊之际,一阵刺耳的来自现实的铃声划破一切死寂与绝望,他猛地睁开眼睛,倒吸一口凉气,几秒之后,呼吸终于开始顺畅,难挨的燥热却紧随而来,汗水湿透脸颊,伸出手抹了一把脸,翻身寻找手机,“从容”两个字清晰地跃入眼帘。

昨晚发的短信,直至凌晨才回,这样一个奇特而难以捉摸的女孩。

“单位的烧烤聚会,你去吗?”

“不去。”

一贯的惜字如金,即便这是与他第 22 次短信交流,宛如一场蹩脚的乒乓球对抗,天启过去一个球,她轻轻打回,没有任何技术含量,却令他不能拒绝。

“那么一起去凤凰公园散步,好吗?”天启一按“发送”键,立马后悔了,匆忙按“取消”,为时已晚,短信已经发送成功。他懊恼地拍了一下床,在黑暗中直起身,噩梦尚未完全从脑海中消退，潜意识中，依旧感觉有一双手朝他伸来，恐惧感迅速代替满心的懊悔，他重新倒回床上，用被单盖住脑袋。

凌晨的阴影未完全从脑海中消退，以至于天启在工作中有些马虎，屡次被下来视察的主任指出低级的错误。

"陈天启，干我们这行的，即便是这样的差错，也很有可能丢掉饭碗！"主任严厉的声音再次响起，这是第几次批评了？他记不清了，与同一起跑线的李之鸣相比，他所获得责备远多于鼓励。

"哦，知道了。"他微微皱了皱眉，骨子里的不卑不亢显得那么刺眼。主任撇了撇嘴，不再说什么，踩着固定节奏的高跟鞋离开。他轻蔑地哼了一声，伸出手够桌沿边的红色印台，却听见"啪"的一声，印台极不配合地掉在了地上。

"啧！"他弯下腰准备去拾，隔壁却伸出一双手，抢先捡起了印台。

这双手，竟异常的熟悉！像是凌晨梦中那双苍白的手，一股熟悉而莫名的窒息感朝天启袭来，有那么1秒钟，他失去了正常呼吸的功能，急忙直起预备弯下的腰。

"谢谢。"为了掩饰一瞬间的慌张，他勉强挤出笑容。

从容飞快看了他一眼，转身继续忙碌，冷静的侧脸似乎藏着不可告人的秘密。

依旧心有余悸，不经意间闪现的梦境似乎在向心思缜密的天启预示着什么，只是他不愿意去想，记忆深处那片荒芜的土壤内部，有一股莫名的力量试图冲破阻碍，在苍白的阳光下伸展黑色的魔爪。

"陈天启！"

这一声叫唤，几乎让他再一次从椅子上弹起来。

"你在干吗呢?"李之鸣的身影逐渐清晰,现世的嘈杂声重新回响在耳边,"我刚刚跟你说的听到了吗?"

"哦,没事。"天启佯装平静,手却微微颤抖,"你说什么了?"

"晚上的聚会,去么?"李之鸣递过一张请柬,上面写着某某行长女儿16岁的生日晚宴。

"不去。"他几乎没有做任何思考,直接回绝,刻意讨好领导,并不在他的能力范围内。

李之鸣扬了扬眉毛,没有多说什么,或许在所有同事眼里,天启的与世隔绝已然是一种性格上的惯性。久而久之,从不解到习惯,然而,坐在一边的从容,身子略微动了动,他不敢多说什么,生怕同样的梦境再次袭来。

下班时间到,天启查完最后一笔账,关上电脑,伸了伸懒腰,起身离开。其他人都提前下班赶赴领导女儿的生日晚宴,空空荡荡的网点,竟挤压得他透不过气来,也许今天是太累了,也许,是因为久久挥散不去的梦境。

掏出手机,从容依旧没有回短信,幸好没回,他感到失落的同时也松了一口气,内心的罪恶感一点点消失。

既然这样,我就一个人逛逛凤凰公园吧。

伦敦,一直是陈天启向往之地。这座略带灰色阴霾却不失成熟稳重的城市,恰好符合他略显沉重的性格,在时常如约而至的臆想和梦里,伦敦的空气和景色经常光顾他的脑海,仿佛置身其中,又任由自己的想象操纵,将这座城市描绘成心中的天堂。凤凰公园之于陈天启一如海德公园之于伦敦。这座位于市中心的大型公园,竟有着难以置信的宁静与悠远,湖与树,鸟与天空,依稀投入神秘的寂静中,幻化成梦境中的曲线和光束,装饰他脑海中的天马行空。

他经常光顾这座公园，周末的时候，带上面包和水，能够在长椅上独坐一整天。看茂密森林遗漏的天空一角，看平静湖面的暗藏汹涌，看飞鸟掠过树枝的刹那惊魂，也看心内显露无遗的黑色与红色。

然而，此时此刻，他却在这座公园里遇见了从容。

是她，是从容。

她就站在宁静的湖边，夏日的蝉鸣声是唯一的背景乐，修长的背影置身在横向铺展的水彩画中，一如一座城市的喧嚣与寂静，包容整个复杂的情绪与生命。

或许听到了他略显胆怯的脚步声，她回过头，额前的发丝垂落，打破脸庞上平静的湖面，嘴角隐约上扬，这是专属于她的对别人的问候。

“呀，真巧。”即便是再令人心动的偶遇，都逃不开落入俗套的寒暄，他若无其事地走近，嘴却因为惊讶微微张开，“你不是去参加生日晚宴了吗？”

“嗯。”她点点头，换了一个站立的姿势，表情恢复到刚才的沉静，“提前出来了。”又是一个提前出来了，这个刚踏入社会的女孩，在最应该积极社交的年纪果断放弃了巴结上级的机会，一如几年前同样血气方刚的陈天启。

他本该决定不再走近，本该像躲避凌晨的梦魇一般逃得远远的，将有关从容的一切埋在记忆深处，连同十几年前那段回忆，他本该……所有的理智已然在偶遇的一刻被悸动打败，脚步不听使唤，被她由内而外的魔力吸引。

“经常来这里？”他试图接近她的沉静，以至于声音比往日深沉许多。

“不，最近才刚来。”她回答，“这里，好像有什么。”

天启思索了片刻，用一句足够深沉的话回应她深藏不露的话语："是接近我们心灵的东西。"他一直相信一句话：爱情从来都是相遇而成。他与从容的相遇，尽管短暂，却记忆深刻，这一点，从她回望他的眼神中可以看出，诧异而有共鸣。他感到自豪，却深深地后怕，仿佛这里的一切，与记忆深处那片难堪的沼泽一模一样。

"一起吃饭吗？"尽管这样，理智并未战胜此时的天启，他指了指自己的肚子，"有点饿了。"

从容犹豫了片刻，张了张嘴，似乎想说什么。

"哦，她去她爸妈家吃。"天启很快明白她的意思，苦笑道。对所有遇见之人来说，他不再是独立的个体，陆欣欣已然与他捆绑在一起。"我们还没有结婚。"多么笨拙的解释。

两人并肩走出公园，走进附近一家家常饭店，面对面坐下，短暂的沉默后，天启示意她点菜："点自己爱吃的吧。"或许是出于拘谨，从容低头点了几道价格适中的蔬菜后便将菜单推至他眼前。

天启随意点了几个荤菜，接过菜单的服务员露出奇怪的神色。天启觉得这张面孔有些熟悉，歪着头想了会儿却什么也想不起来。

"陈师傅，要水吗？"从容的声音打破了天启短暂的思考，她正举着桌边的水壶。

"哦，谢谢。"他递过杯子，笑着说，"叫我天启好了。"

在等菜的过程中，从容第一次主动问问题："你是这里人吗？"

天启点点头，诚实地回答："对这里熟悉得一塌糊涂。"记忆飘回了20年前的孩提时代，奔跑的足迹遍布小镇每一寸土地，嬉闹的汗水稀释在单纯的空气中，他像一名忠实的守护者一般跟随着小镇的步伐，不紧不慢地成长。“除去在省城念高中、上大学这段时间，我没有离开过恒安镇，是不是很没有出息?”天启笑着反问。他有一点没有说，专制的父亲自始至终把控着他人生的方向盘，依靠敏锐的洞察力将他牢牢掌握在手中，他很想留在省城工作，但终究拗不过父亲的执念，回到了存有灰色记忆的故乡，干起了自己并不热爱的银行工作。

从容笑了，嘴角挂起淡淡的彩虹：“有时候过程不见得有多重要，至少我也回到了原点。”

这时候，菜陆陆续续上齐了。从容专注地望着一盘盘菜摆放到桌上的过程，模样可爱至极，天启忍不住多看了几眼，心脏堵在了嗓子口。

“我出生在这里，却没有过完童年。”服务员转身离开后，从容一边拿起筷子一边说，“爸妈离婚，我被带到省城的学校，原本以为可以回来，谁知惯性变成一种可怕的惰性，直到找到工作。”她的语气很随意，仿佛在说别人的事情。

“所以说过程可以将所有决定变得很有意义。”天启说，“相比结果，我更喜欢过程。”这时候，他又注意到不远处那个服务员，服务员一直朝这个方向张望，眼神里带着八卦的光芒，脸庞异常熟悉，却躲在他的记忆的死角。

晚饭的气氛并不沉闷，在天启看来，从容算是向他敞开了心扉，哪怕只开了一道足够他窥见的细缝，对他来说也是一件可以高兴上好几天的事情。所以在回去的路上，年近三十的他，第一次像回到了男孩时代，穿着皮鞋的步伐轻盈欢快，在坚硬的水泥路上叩响轻快愉悦的节奏。

爱情啊，为何你来得如此之晚？在我最孤独的岁月，你躲到了哪里？

他想起过去苦苦追求却不得的爱情，不由自主用力踢了一脚路边的可乐罐，听见弄堂口清晰回荡着刺耳的"咣当当"的声音，心满意足地笑了。

然而，事情的发展从来不会顺应天启完美的预期，尽管心智足够成熟、敏锐的他有所预感，但是当听到父亲看似漫不经心地问出"昨天傍晚跟你一起吃饭的女孩子是谁"这个问题时，他还是暗自吃了一惊，浑身的记忆细胞在紧张的精神状态下瞬间被激活，终于明白过来昨天看见的那个服务生是父亲以前的学生。

"一个同事。"天启用同样轻描淡写的语气回答，"正好碰到，一起吃了个便饭。"

父亲正坐在沙发上，一壶茶，一张报纸，外加一张千年不变的严肃脸庞，他点点头，沉默了一会儿，用低沉的声音说："你们该结婚了。"与其说是提议，不如说是命令。

他已然习惯父亲命令般的语气，对于自己未来的规划，父亲从来都是用命令取代建议。

"嗯。"他也已然习惯用这个字来回应父亲的命令，内心深处，涌起久违的厌恶与叛逆，深埋在深处的倔强的种子渐渐发芽。"我喜欢从容，我要得到她。"这是他潜意识里的声音。

值得庆幸的是，父亲是极看重面子的人，凡是被他第一时间知道的关于天启的坏事，基本上等同于烂在他心中，幸而陆欣欣和她的家人根本不知道这件事。相反地，自从提过结婚以后，她像所有拥有普通梦想的女孩一样，开始无限憧憬起婚姻生活，在这个单纯、简单的女孩心中，拥有一个支撑起未来的靠山，一个完美的后代，已经是人生最大的满足。

"天启，周末去看看装修。"陆欣欣习惯性地靠在他的肩膀上，两人正窝坐在天启租的公寓里。说是公寓，其实与一般的市井房无差异，装修简陋，光线灰暗，这么说起来，他似乎不喜欢光线太明亮的地方，即便是白天，他也喜欢拉着窗帘。黑暗，似乎能比光亮带给他更多的安全感。他的新房位于离镇中心稍远的一片新建小区里，两室一厅，典型的三口之家面积，在房价肆意上涨的今天，拥有一套房就等于拥有人生大部分资本，尽管需要成为一个"房奴"。

天启听到这句话的时候正在低头看报纸，一边漫不经心地点头答应一边被报上一条新闻标题深深吸引：《陶艺家苏又夏独行撒哈拉》。

"苏又夏"，这三个字如同一滴深黑色的墨水，滴入惨白的记忆流水，在他的脑海里翻滚起飓风一般的漩涡，促使他闭上眼睛，任凭脑海里的幻象穿梭不止。

"天启，怎么了？"陆欣欣的声音隐约从耳边传来。

"没。"他感觉自己的声音有些颤抖，黑色记忆肆虐脑海，已经被从容撕裂开来的记忆再次被扯开一道巨大的口子。

"哦，这个人，我在电视上看过。"陆欣欣指了指"苏又夏"的名字，"长得真好看，经历也很奇特，听说他是咱们这儿的人，你认识他吗——"

"欣欣，"天启的声音恢复了正常，回归到专属于自己的冷漠与平静，"周末要加班，装修下次一起去好吗？"

天启试图阻止内心涌上的那股似曾相识的嫉妒与不满，陈天启，你已经决心抛弃过去了，不要再重蹈覆辙，陈天启……

但是，苏又夏，为什么你总能得到你想要的一切？包括我最想得到的蓝玉。

他还是失败了，记忆的口子一旦撕开，黑色便翻涌而出，吞没他仅存的理智。这时候，他突然下定决心，抛开束缚一切的羁绊，一步一步走近从容，尽管他很确信，从容不过是他从未接近过的蓝玉的代替者。

魔　鬼

周六清晨，炎热的太阳还未来得及笼罩整个大地，空气中透着些许微凉，郊区的大山中，薄暮笼罩着巍峨的山峰。陈天启站在山脚下的集合地点，不安地眺望绵延不绝的山路，他即将参加的是一个登山者的聚会，当然，从容也是其中的一员。他从李之鸣与从容的闲聊中了解到她有登山这一项爱好，不怎么运动的他自然无法体会到登山的乐趣，只是这一次，他执拗地报名参加了，恰似向过去输掉的自己宣战。

一条看似没有尽头的路，消失在晨雾弥漫的地平线，空气随之宁静到令人窒息。然而，从容的身影出现在地平线上，仿佛踩着云朵从天而至，一身简单休闲的运动服，修长的双腿迈着优雅的步伐，划破静止的空气，柔顺的发丝随风飞扬成优美自然的弧度，耳朵里塞着一对纯白色耳机，表情超脱，直到看清楚站在汇合地的天启以后，白皙的皮肤终于泛起微微的褶皱，露出些许诧异的表情："你怎么在这里？"

"我也报名了。"他挠了挠后脑勺，极力掩饰内心因从容的到来带来的强烈波澜，"也要经常运动运动啊。"

"哦。"从容的表情一如既往地很快恢复平静，与周围熟识的登山者们打完招呼后，和天启并肩站在路边这棵暂时被视为集合点的大树下，空气再次陷入奇异而时常纷至沓来的沉默。

或许这是天启永远不会忘记的清晨。站在一条笔直的小道上，平坦的路面没有一辆车经过，夏日的蝉鸣划破寂静的晨雾，空气随着太阳的爬升渐渐升温，如同两人之间暧昧而沉默的氛围，聆听彼此的呼吸，胜过千言万语。

登山者陆续而至，空气被节奏不同的脚步声与招呼声搅乱，面对这些陌生的面孔，天启产生了些许厌烦和后悔的情绪。他不是一个容易接近人群的人，从小到大的集体活动，向来是被迫参加。他厌恶嘈杂的人群，唯独喜爱黑暗和宁静。但是，身边从容的表情里没有丝毫胆怯，如同她的名字般从容地与每一个会合的人打招呼，嘴角带着难得的微笑。天启的视线定格在从容线条紧致的身体上，即便被宽松运动服包裹，姣好的身材依旧若隐若现，他再一次心动了，想走上前拉住她，独享她的笑容，但脚步却一动也不动。

最后一个到达的是个光头青年，身形结实魁梧，肩上是专业的登山包，鼻梁上架着一副帅气的墨镜，他朝每个人笑了笑，露出与肤色形成鲜明对比的洁白牙齿，自我介绍道："我叫张勇，网名虎虎生威，谢谢大家能够准时参加我们登山爱好者的聚会，今天我们的目标就是身后这座若叶山。"张勇朝身后指了指，若叶山借着极佳的地理优势，傲然耸立在公路的尽头，晨雾已逐渐稀薄，露出郁郁葱葱的山顶。天启对这座山并不陌生，好奇心旺盛的童年时期，他曾经闯入这座大山深处，探寻人们口中住在墓穴中的亡灵，当然，是和苏又夏、蓝玉一起。

哼，苏又夏，蓝玉。想到这里，他的嘴角露出一丝苦笑，内心五味杂陈，愁云覆盖眉眼。

"时间不早了，我们走吧。"张勇的声音打断了天启的回忆，一行人迈开兴致勃勃的步伐朝山中走去，迅速上升的气温促使汗腺分泌汗水，他清楚看到从容鼻尖上渗出细细的汗珠，摸了摸口袋，幸好有一张昨日陆欣欣留下的纸巾，便掏出递给从容。

“哦，谢谢。”从容扬了扬眉毛，礼貌地接过，嘴角向上弯起一个不太明显的弧度。

一个问题本已经滑出天启口中，不料被脚下一块石头绊了一下，整个人朝从容那个方向倾斜过去，幸好他及时站稳，不至于跌得更惨，手臂却不可避免地触碰到了从容的皮肤，光滑细腻，竟有些不可思议的冰凉，令他的心脏加速跳动。

“对不起。”天启不好意思地道歉，许久未锻炼的他此时已开始气喘吁吁。“我很久没锻炼了。”他如实相告。

“没事。”从容的笑容略微明显几分。

天启觉得，从容就像一杯水，由内而外的透明纯洁，甚至学不会敷衍的尊重，而是紧紧跟随内心的感觉。这样的孩子，远比她的名字更深刻，从容又倔强，像极了他所认识的苏又夏和蓝玉。毫无疑问，从容的出现，恰好最接近他内心的隐秘。

“啧！”他皱起了眉头，用力摇摇头，试图将这两个近来时常光顾的名字从脑海中驱逐出去，不料脚下再次不听话地滑了一下，腾空的双手慌忙抓住唯一能够够到的“救命稻草”，谁想到，恰恰是从容的手。

“不好意思。”尽管贪恋她手心的温度，天启还是理智地松开了手。

从容回过头，露出淡淡的笑容。

好不容易到达山顶，天启累得一屁股坐在滚烫的石头上，像只哈巴狗一样吐着舌头喘气，眼神却依旧不离从容的倩影。他看见她被一群登山客包围着，并且发现，不仅仅只有他一个，大多数接近过从容的人都会被她的美丽迷住，就像现在，无论男女，都乐意与这个女孩亲近，笑着面对她脸上淡淡的专属于她的笑容，柔声细语，空气中溢满了美好。一如川端康成所说："美是邂逅所得。"他甚至产生了感恩的心境，感谢在即将而立之时遇见这样一个透明的女孩，感谢世间美丽坠落自己身边，尽管遥不可及，尽管那么接近可怕的过去，可是从容是无辜的，不是么？她只是一个独立存在的女孩，美丽却无害。

接近中午，天气开始炎热起来，大家进山谷活动，在溪水边席地而坐，聊天抑或戏水，为即将结束的登山活动画下一个略显疯狂的句号。然而，此时此刻，从容却消失在明暗相间的树荫中。天启的目光从未离开过这个身影，循着她的足迹走进清凉的树荫，看见她站在阳光投射的树影间，如同孩子般望着手掌心跳舞的阳光，嘴角上扬成一道俏丽的彩虹，或许是意料到天启的走近，看见他后竟一点也不惊讶，反而率先打破沉默："疏影横斜水清浅，我喜欢这样的意境。"

"就像你，我也喜欢。"这一句完全不考虑后果的话，天启几乎是脱口而出，情之所至，理智似乎完全失去了抵抗能力。

空气凝固了 3 秒钟，从容抬起头，阳光的碎片在她的脸庞轻快起舞，清澈的眼神里终于荡漾起了异样的情愫。

"还记得第一次见面一起看的那幅画吗？达利的《记忆的永恒》。"话已经说出口，没有挽回的余地，天启鼓起勇气，继续说，"你给我的感觉，如同那幅画一样，时间在你面前显得苍白无力，冷静、超脱却依旧吸引人。"即便是赞扬之语，他说出后心情还是惴惴不安，似乎能够预料到从容定是波澜不惊的反应，对于这样一朵"不可亵玩"的莲花，一定有数不尽的爱慕者，也一定听过各种各样暧昧的表白，如同一个经历过多数风雨和起伏的长者，耳边的风言风语终究无法掀起内心的波浪。

空气再次沉默了3秒钟，林间的蝉声在空荡荡的山谷回响，不远处的嬉闹声被沉寂吞没，从容的鞋子摩擦树叶的“沙沙”声终究打破了沉默，她仰起脸庞，额前的发丝垂直散落，周身散发出一股令人窒息的美。

“或许，我没有你想象的那么完美。”她没有正面回应天启的告白。

“不，于我来说，你是令我心动的女孩。”天启越来越勇敢，内心深处似乎有一个声音，来自过去的自己，不停对自己说：“不要再像以前一样窝囊。”他走进树荫间的阳光里，清晰感觉到夏日艳阳洒在周身的炎热，此时此刻，酷暑不能打败他的悸动。“从第一次见到你时，我就感受到你的与众不同，就算不曾了解你，但是时间还长，我会慢慢走近你。”

从容转过脸，平静的眼神里没有一丝波澜，但这份平静的眼神却如利剑一般直刺天启的心脏，看穿他冲动的心事。

“我——”

从容刚说出第一个字便被一个响亮的男声打断：“我们准备出发了！”

再也没有比此时张勇的声音更令天启感到恼火的了，他听见纷乱的脚步声打破这宁静的时刻，难得宁静的心情也随之被破坏，从容迈开脚步走向人群，纤细的背影冷静得看不出一丝一毫情感。

他叹了一口气，口袋里的手机铃声雪上加霜，陆欣欣的微信：“亲爱的，什么时候回来？”他皱了皱眉，恼火地合上手机，用力踩了一脚，跟随人流离开若叶山。

回去的路上，天启没有机会再与从容说话，她被一群人包围着，他只能默默注视她，而从容似乎也在躲避他的视线。天启似乎看到了此次告白的答案，在心里轻轻叹了一口气。

日子继续平静如水，上班、下班、吃饭、约会，唯一变化的是天启的心境，他的视线仿佛粘在了从容身上，对待陆欣欣的态度则越来越敷衍。

“喂！你最近怎么了？总是心不在焉的。”再单纯的人也能察觉到他的变化，陆欣欣当然不会这么笨，她面带愠怒的神色。

“啊，没。”天启从手机屏幕上抬起头，慌忙解释，“一个朋友的微信。”每天和从容发微信，已然成为他的必修课，曾经想过无数种追她的方式，最终还是觉得定时发微信是最好的，因为习惯是一种极其可怕的力量，日常的联系，一旦成为一种定时的依赖，一定难以抛弃。

“你总是这样，一副漫不经心的态度，对待工作，对待我，永远都不能长进。”陆欣欣似乎真的生气了，眉毛在眉心打了一个深深的结。

天启意识到不对，内心涌上对她的愧疚感，同时，为了避免她生疑，从沙发上起身，抱住陆欣欣的腰，在她耳边轻声说：“对不起。”

陆欣欣极力挣扎，但终究敌不过天启的力气，僵硬的身子瘫软下来，顺从地接受他轻柔的爱抚，肌肤上的细胞紧随他的亲吻而动。

天启熟练地褪去陆欣欣的衣物，将一具完整的胴体拥入怀中，然后推倒在床上，肆意地放纵满腔的热情，耳边是她轻微的呻吟声，后脑勺的头发被她抓得生疼，根据他的经验，这是她最高昂的时期，在这个时候进入是最好不过的了。天启解开牛仔裤拉链，进入的瞬间，陆欣欣的呻吟声更加销魂，他的大脑再一次脱离意识的控制，半闭上眼，享受由性交带来的短暂而刺激的享受。

眼前的人像在变化，分明是在变化，天启清楚地看见，被自己压在身下的人好像不是陆欣欣，是从容！一股莫名而至的兴奋融入此刻的快感之流，加速了天启的动作，脑海里溢满了从容的倩影：纤细的身材，白皙的肌肤，以及小巧的鼻梁……然而，人像瞬间发生了剧烈的变化，扭曲成另一张脸孔，年轻而稚嫩，表情却僵硬而痛苦，嘴巴张大，想要叫唤却始终无法出声。

天启记得这张脸，鲜明地存活在记忆深处，被厚厚的尘土掩埋，此时不小心回窜到记忆的顶端，令他的愉悦和快感戛然而止，取而代之的是一阵冷汗和惊吓。他停下了动作，仰起身子，迅速抽离眼前这具胴体。

“怎么了？”陆欣欣紧随起身，一脸意犹未尽的样子。

天启摇头，微微喘着气，胸腔因为吸入一股凉气而略微痉挛，他抹了抹脸颊边的汗水，努力驱赶这张脸带给自己的恐惧和阴影，心里疑惑：为什么蓝玉会出现在幻觉里？

天启点燃一根烟，大口大口吐着烟圈，试图驱赶埋藏在体内的不安。身旁传来轻微的鼾声，陆欣欣已经睡着了，安详的睡脸带着简单的满足，她未曾了解过天启的过去，无条件相信他的为人，她的梦想是他，而他——想到这里，天启叹了一口气，郁闷的烟圈越来越大。

从容的适应性很强，工作愈加得心应手，但是职业本身的风险性终究无法避免致命性的差错。误收伪造承兑汇票，一个涉及数百万金额的差错，终于还是从差错不断的网点日常生活中脱颖而出。

陈天启依稀记得从容听闻事件发生时的表情，脸色一瞬间惨白，薄薄的嘴唇开始颤抖，手指不安地纠缠在一起。有那么一瞬间，他很后悔自己当初为什么没有接过那张票据多看一眼，只是后悔终究无法拯救此刻的错误。

"从容，别急，我们想办法。"李之鸣首先冷静下来，开始拨打电话试图追回那张票据。

天启很清楚，从容是个自尊心极强的女孩，面对数十双眼睛的质问，她本该悔恨地大哭起来，是高傲的自尊心让她维持表面的平和。

整个网点陷入一片漫无尽头的混乱，相关者忙得焦头烂额，不相关者则一副事不关己的样子，或许只有在这种时候才能清晰地感觉到人心的真意。天启皱起眉头，努力思索票据的转让方向。工作以来第一次，他不想输给任何地方都比自己优秀几倍的李之鸣，一如当年曾努力学习和运动，试图吸引蓝玉的注意力一般，他不想一切的努力成为徒劳。

天色渐渐灰暗，电话声与交谈声没有丝毫停止的意愿，天启从包中掏出一块饼干递给从容，手指触碰到她的手背，颤抖而冰冷，抬头看见她的脸色，一股令人窒息的苍白和忧愁。

"没事儿，放心。"他小声安慰道，"先吃点东西。"

从容的表情从持续的惊恐陷入一片茫然，她点点头，伸出颤抖的手接过饼干的瞬间，李之鸣发出一声惊喜的欢呼声："找到了！"

"啪——"，紧随而来的是饼干掉落在结实的大理石地面的声音。从容的注意力完全转移到了李之鸣身上。

"从容，我找到了！"李之鸣的表情像个解开数学难题的孩子，洁白的牙齿搭配灿烂的笑容，令他的脑海回忆起当初的苏又夏，他也有同样高人一等的笑容。酸涩、疼痛，难以形容。

他的心，好似一颗攥紧了的拳头，指甲陷进肉中，一种令人窒息的疼痛。他从座位上走开，一如当初的逃避，不愿看到从容欣喜至极的模样，躲进厕所点燃安逸而忧愁的烟。

记忆翻涌，重新回到小时候的心境，蓝玉深情而专注地望着苏又夏，即便是三人时光，她对苏又夏的专注总是激起天启强烈的嫉妒，他清楚这种嫉妒对自己产生的影响，像一双利爪在心脏最敏感的部分划下一道道伤痕，他已然不是一个完整的人，妒火化成深深的仇恨……

终于熬到了下班时刻，天启无精打采地收拾东西走入喧闹的人群中，皮包里的手机在响，不用想，一定是陆欣欣。他从未像此时这样对一段关系从厌倦升华到厌恶，脑海里浮现的陆欣欣的胴体，竟让他有一种恶心的感觉。他明白，与陆欣欣的婚姻，是沿着正轨前进的生活的象征，生儿育女、工作养老，最后急匆匆地奔向死亡。生活本该如此，遵循自然法则，平静地闭上眼睛。然而，有谁敢触碰自己内心狂妄而自私的火焰？烈焰灼烧着他体内最敏感的神经，直至其僵硬而脆弱，一碰便发出清脆的“咔嚓”声。

“陈天启。”身后传来一个声音。

“咔嚓”，他仿佛听到了自己体内的响声，他停下脚步，转过身的时候听到耳边的风声，像呼啸而过的跑车。

从容的身影从漫无边际的黑暗中出现在路灯下，纤细的身影周围仿佛染上了一层橙色的光晕，仿佛从一幅金色的油画中缓缓走出，清秀的脸庞上带着略微茫然而感激的表情，轻声说：“谢谢你的帮助。”

天启张了张嘴，嘴边的空气仿佛被抽离干净，过了许久才发出干涩的声音:“呀,我没做什么,是李之鸣——”说到这里,喉咙似乎又被堵住了,胸口翻滚着的醋意有增无减,与生俱来的嫉妒心不停怂恿着他的脚步,往前一步、两步……直至走到从容面前,他停下脚步,干涩的喉咙发出低沉的声音:“从容,我想我快疯了。”

从容没有后退,微微仰起头望着面前这个即将失去理智的男人。此刻她究竟在想什么?天启无法从这张平静的脸庞中看出,只能看到她的瞳仁中有自己的影子,幻化成一副魔鬼面孔,张牙舞爪。对,我是魔鬼。他露出一丝浅笑,从很早以前就是了,再做一次又何妨?

这样一个邪恶的念头闪过,却没有被任何正义的念头取而代之,天启的黑色欲望完全控制了身体,迫使他俯下身用力吻住从容的嘴唇。

嘴唇的湿润和柔软,令天启瞬间回到了初次恋爱的时候,悸动、紧张而又霸道。被紧拥在怀的从容试图挣扎,倔强的嘴唇紧抿,漂亮的眉毛在眉心打起一个结实的结,但终究敌不过天启的力气,反抗的意愿稍稍减弱。

过了几秒钟,天启松开从容,四目相对,气氛陷入了短暂的沉默,凉风渐渐吹散暧昧而迷蒙的空气。他打破沉默,语气坚定:“不管怎样,我要和你在一起。”

叛　逃

现实的车轮从容不迫地向前,卷起厚厚的尘土,暂时迷茫了生活的视线,天启还未来得及享受与从容接吻后的愉悦,就从父亲口中听到一个消息:“我和你妈妈跟陆欣欣家里把你们的婚事定下来了。”

他一直在逃避的事情,终究势不可挡地到来。从小到大,父亲仿佛能够猜到他的任何心思,像一个诡异的幕后控制者,总在适当的时机跳到台前,肆意操纵他的决定。转学、择友、工作,甚至是他的爱情。

“爸,这是我自己的事情!”他有些着急,虽近而立之年,他并不想投入死板的家庭生活,尚且陆欣欣现在已无法成为他的唯一。

父亲一如既往地怒目圆睁,摆出盛气凌人的姿态,用威胁的口吻说道:“你是我的儿子,你做的事情我一清二楚,不要丢陈家的面子,安安分分过好日子!”

天启的心“咯噔”一下,意识到自己和从容的事情很有可能已经被人脉广泛的父亲知晓了。若是以前,他会畏缩不前,一如当年听信父亲关于蓝玉和苏又夏的传言与他们断绝往来一样。只是这一次,他不想相似的悲剧再次发生,内心的火焰燃烧正旺。

“我想过自己的生活。”天启声音坚定，心里一个声音在响：如果得不到从容的身体，我会后悔一辈子！

从容的身体？他愣住了，坚定的眼神有一瞬间变得空洞而迟疑，我要得到的仅仅是从容的身体吗？不会，情爱也是爱的一部分，我爱上的是从容，他极力否认。

“啪——”，爸爸用力拍了拍桌子，当年意气风发的男子显然失去了往日的力量，拍过桌子的手在微微颤抖。

奇怪，他不觉得心疼，在他心里，父亲的苍老远远不止理所当然，岁月理应对他的摧残更残酷。

“除了陆欣欣，我不会答应你跟任何一个女人结婚。”父亲的声音有些颤抖，“陆家是我们的至交，门当户对，女儿又乖巧懂事，是你结婚的最好对象。”

天启不耐烦地嘟哝了一句：“那是你们觉得的吧。”

“啪——”，话音刚落，父亲的巴掌响亮地落在他的左脸颊上，一阵火辣辣的疼痛，耳朵出现短暂的耳鸣。

父亲的声音提高了几个分贝：“只要我还活着，就不允许你这个不孝子在外面乱来！”

父子俩的战火由这句话点燃，时隔20年的又一次激烈争吵，天启清楚地认识到自己内心深处对父亲的恐惧，无数次的退让导致他对权威本能性地退让，他不愿面对这份恐惧，站起身冲出家门，将身后的门重重一摔，父亲的声音埋葬在厚实的铁门后面。他长长吐了一口气，一个大胆的想法跳进脑海。

“我要带从容离开这里。”天启的内心异常坚定，迈开脚步走下楼梯，无数盘旋的阶梯仿佛通向另一个世界。

他来到租车的地方，租了一辆银色的雪佛兰，付钱的时候，店员问：“先生，要去哪里？”

他犹豫了一会儿，几乎没出过远门，闭塞的脑海里唯一能想到的只有一个地方："省城。"

"好。"店员将钥匙递给他的同时，递给他一张卡片，"上面有省城附近所有的加油站，希望能帮到您。"

天启握着钥匙和卡片，竟有一种热泪盈眶的冲动，有生以来第一次逃跑，竟然会有人用笑脸和礼貌相送。他露出感激的笑容，打开车门，坚定地踩一脚油门，性能良好的汽车奔上狭窄的马路，响亮的油门声划破宁静的空气。

他将车停在从容家楼下，拨通熟悉的手机号码，慵懒的声音从话筒里传来："喂？"

"下来吧，我在你楼下。"天启平静地说，仿佛只是邀请从容来一次短暂的兜风。

对方沉默了片刻，然后挂掉电话，天启知道这是安静的默许，不用多久，从容一定会踩着有节奏的步伐走下楼梯。

等待，仿佛一个世纪般漫长，焦灼开始爬上他的心头，如果从容没有出现，他该如何结束这一切荒诞？垂头丧气地回家，抑或找个闭塞的角落躲起来？

"蹬蹬蹬"，黑暗的楼梯口终于传来熟悉的脚步声，从容的身影缓缓而至，天启露出了欣喜和宽慰的笑容，踮着脚尖朝她挥手。

"你，这是？"从容第一次看见他开车，微微扬了扬眉毛。

"走吧。"他打开副驾驶座门，决心不告诉她这一突如其来的逃跑计划。

从容犹豫了几秒钟，弯下腰坐上车，天启将门小心翼翼关上，生怕她的白色裙摆被车门硬生生夹住，他的细心，几乎无人能敌。

“我们去哪里?”汽车被小心翼翼发动后,从容打破沉默。

一个中途受邀上车的人必定会问的问题,几乎难倒了天启,他紧张地舔了舔嘴唇,不知如何回答,说实话,他根本没有想到要去哪里,汽车开始漫无目的地驶上通往郊区的马路。

“你……”从容似乎感觉到了天启的无助,“是不是和家里吵架了?”

一语中的,天启自嘲地笑笑,无奈地点点头:“家里逼我跟陆欣欣结婚,我逃出来了。”

空气陷入熟悉得不能再熟悉的沉默,天启非常好奇从容的反应,想转过脸做一次迅速而细致的观察,不料她用极其冰冷的两个字打破沉默:“停车。”

莫名其妙,他的内心涌上一阵欣喜,没错,这分明是他迫切想要的反应,从容在吃醋,这个冷静且从不轻易显露情绪的她分明在吃醋。此时从容已经将手放在门把手这边,随时准备开门。天启伸出一只手,抓住从容想要开门的手,细腻的触感瞬间点燃他体内汹涌的欲望,极力平静,匆忙解释:“我逃出来是因为想和你在一起。”

可是从容的执拗似乎不满足于这样的解释,纤细的手腕好像有使不完的力气,继续挣脱天启的手心。

“喂!”天启终于开始着急了,方向盘忽左忽右,汽车左右打转,他干脆一个急刹车,将车停在马路边。“我说过,我只想和你在一起。”他再次强调,“我不会和陆欣欣结婚。”

“啪——”,从容挣脱开他的手,打开车门,长长的裙摆随着身体的动作离开车厢,如同它的主人一样固执。

“啧!”短暂的欣喜已然被焦急和欲望代替,天启急忙跟着下车,从后面拉住从容。“喂,听我说啊!”抬头瞥见不远处的一家店招牌:停车住宿。郊区经常有的私人旅馆。

欲望终于不可遏制地迸发出来,天启拽紧从容的手迈进旅馆门,紊乱的脚步声惊醒了正在打瞌睡的老板娘。

“两位?”皮肤松弛的老板娘开门见山,语气见怪不怪,这样的男女,她已经观察透彻并且厌倦,强烈的肉欲已然构成了身体的全部。而她,则在满足男女需要的同时谋取一定的利益。

“唔……”天启犹豫了1秒钟,心里的畏惧感还未来得及升腾,从容已经开始挣脱往外走。他没有时间多想,一边将她拉回一边大声说:“两位,一个房间!”

天启连拖带拽,好不容易将从容拉进房间,从容已经反抗得有些气喘吁吁,泛红的脸颊边垂落几根发丝,样子尤其可人。欲望终于在体内肆无忌惮地爬行,驱使他整个身体的放肆,他用力吻住从容的嘴唇,用舌尖撬开略显干涩的嘴唇,双手抱住她的腰,娴熟地褪去她身上的衣物。

从容皱起眉头,用手抵住天启的肩膀,极力反抗,但终究无法逃脱欲望的魔爪,渐渐放松挣扎,顺从地接受他的爱抚。

空气由暧昧升温到热情,寂静中只能听见两人沉重的喘息声。天启再一次肆意放纵体内无止境的欲望,作为一个男人,他没有理由不喜欢这样的时刻,内心的野兽吞噬了所有理智,幻化成无数个湿润的吻与肆意的爱抚。

从容的胴体,散发着浓浓的体香,他很清楚,这样凹凸有致、细腻光滑甚至无人触碰过的女子胴体是他至深的渴望,一如傲踞一方的君王一般,牢牢占据这片专属于自己的领地,享受无止境的愉悦和快感。此刻的天启,顺利进入从容的身体后,清楚地看见她的眉头紧皱,嘴巴微张,发出短暂的呻吟声,随着天启的动作,她的呻吟开始绵长而充满诱惑力,天启渐渐接近高潮,熟悉而短暂的快感，总是稍纵即逝，他竭尽一切力量摒弃内心杂念，却在即将到达的瞬间，眼前出现了幻象，从容的脸庞逐渐扭曲，变成一张时常在他的梦魇徘徊的脸孔：不施粉黛的五官带着些许稚气，表情是痛苦和挣扎，仿佛在向远方求助。蓝玉！天启的确窒息了，大脑陷入短暂的空白，不得不停下动作，任由习惯性的恐惧在体内肆意蔓延。

“唔……”从容明显感到不舒服，推开天启，用被子蒙住头，似乎感到害羞。

天启还没有从惊恐中缓过神，大口大口喘着粗气，胸口像堵进了一团结结实实的棉花。他很清楚，似乎没有比此刻更清楚，从容不可避免地成了蓝玉的代替品，成为自己内心深处强烈的占有欲的牺牲者。多少年来，他一直介怀着过去那一段黑暗时光，悔恨、痛楚抑或深刻的怀念，成为暗夜里无数个突如其来的梦魇，甚至影响到正常的生活。

空气凝固了片刻，天启的喘气声渐渐平稳，为了表示歉意，他从后面轻轻抱住从容。抱住这个可爱却无辜的女孩的同时，已然产生一种坦白和赎罪的冲动，他想告诉她，向她倾诉有关过去的一切。

“我的过去，曾经有这么一段经历，”天启缓缓开口，声音略显干涩，“关于我、蓝玉，还有苏又夏……”

初　恋

“陈天启!”

父亲严厉的声音打断了天启的沉思,前几秒钟,他正坐在饭桌前听父亲专制式“演讲”,话题似乎转到了一个叫蓝玉的女孩身上。

蓝玉,多么好听的名字！自见她第一眼起,幼小的天启第一次萌生了恋爱的念头,他喜欢这样子的女孩:长发及肩、身形纤细、笑容文静、性格温和……诸多的美好加深了他对这个女孩的正面印象。于是,在清晨时分出现的梦里,在如约而至的臆想和放空里,蓝玉的身影总会悄然而至,勾勒出他心目中最完美的爱情线条。

“蓝玉的妈妈我认识,一个骚味十足的狐狸精。”父亲粗硬的声音打断天启短暂的冥想,嘴角边时不时有细细的饭粒喷出来,这是天启最厌恶的一个画面,“离了两次婚,跟多少男人有不正当的关系,看看,现在还在南门口摆摊卖内衣内裤。”在父亲的眼里,南门口那座热闹的小型集市是所有读不出书来的笨蛋的最终归宿。

这是父亲试图向母亲灌输的思想:不要和蓝玉的妈妈交往。同天启一样,他的母亲同样被父亲专制的思想和行为操控,饭桌上沉闷的空气里只能听见父亲浑浊的嗓音。他不喜欢这样的父亲,却始终生活在他的阴影里,优柔寡断的性格仿佛深入骨髓,容不得他张嘴说一句反抗的话。

"陈天启!"粗哑的声音再次惊起他一身鸡皮疙瘩,父亲将注意力转向这个略显矮胖的男孩,"记住,不要和蓝玉这个小孩来往,我们是正经人家!"

天启飞快点了点比以往更加沉重的脑袋,低下头用力扒饭,他只希望这该死的全家晚餐能够快点结束,好逃回自己的房间。

安静的夜晚降临,天启坐在古旧的书桌前发呆,安静的臆想,这是他最完整的自由。伴随着橘色灯光,思绪飞扬至银白色的"牛奶路",幻象彼得·潘的出现,带自己腾空而起,飞入一个永不长大的梦境。

"只要想着快乐的事情,你就可以飞起来啦!"年幼的他对这句话记忆犹新,也深刻理解为什么地球人不会飞的原因。原来他们都不快乐,表面带着灿烂的笑容,内心已然泪流成河,成人世界的虚伪俨然影响到身边的孩子,如同一双永远牵引着提线木偶的巨手,肆无忌惮地操控着年幼的未来。

随着自由的思绪,天启情不自禁吹起了口哨,橘色灯光随之跳起欢乐的华尔兹。在思考后面旋律的间隙,窗外传来了应合的口哨声。天启直起身,试图从窗台口张望隔壁吹口哨的人,结果只看见倒映在对面墙壁上的影子,瘦削的身形,短发,以及清脆连贯的口哨声,构成了他对隔壁那个人的全部印象。他歪着头想了想,继续吹了下去。对方停顿了片刻,随即不甘示弱似的继续吹响,声音比刚才更加悦耳。天启笑了,比起面对面交流,他更喜欢这样的有声交流,仿佛能够听懂对方传达的友善与竞争。

第二天,天启起床准备上学,在家门口愣神的时候隔壁家的孩子刚好从家里出来。昨日记忆里熟悉的身形，具象化成面前这个同龄孩子：一头倔强而凌乱的短发，瘦削的肩膀上背着深蓝色的双肩包，细细观察这张脸庞，五官精致到无法挑剔。

“你——”天启张了张嘴，最后一个“好”字还未出口，父亲严厉的声音从身后传来：“快点走了，不要迟到！”他条件反射般地迈开慌张的步子走出院子门。

但是，他终究停下了脚步，一本正经地问道：“昨天是你在吹口哨吧？”

“嗯。”男孩点头，嘴角隐约向上扬起一个微小的弧度。

“我叫陈天启，红旗小学 301 班，你呢？”他为自己的勇气感到骄傲，脚下不自觉快了起来。

“苏又夏，红旗小学 303 班。”男孩回答，他又瘦又高，干净的面容却不带任何一丝营养不良的痕迹。

有那么一瞬间，天启为自己的勇气感到自豪，潜藏在内心的自尊心逼迫自己炫耀起来：“以后一起去学校吧，我爸是六年级的数学老师。”没错，父亲是他炫耀的资本。

苏又夏点了点头，露出稍显不屑的表情，但还是跟着天启的步子向学校走去。经过南门小商品市场，熙攘的人群中，天启一眼就看到了蓝玉的母亲，不用怀疑，那个坐在凌乱的地摊前露出与众不同的笑容的漂亮女人一定就是她。天启打心眼里厌恶这样的笑容，谄媚至极，幸好这个女人的女儿一点也不像她，想到蓝玉，他的脸微微涨红。

“我们换条路走吧。”天启建议。

“为什么？”苏又夏问。

“喏，那个阿姨，我爸让我不要接近，她有艾滋病，一接近就要死的。”天启回答，他尽可能往夸张的地方说，关于艾滋病，他也只是道听途说,并没有确实根据。

苏又夏吃惊地扬起了浓黑的眉毛:“我觉得她很好啊,上次还帮过我。”

“你不信算了。”天启转身走向另一条路。

学校,向来不是适合天启待的地方,只是他不得不待,并且要足够优秀,原因只有一个,父亲是本校的老师,堪称最严厉的数学老师,教学经验丰富,所带班级在奥数比赛中屡次获奖,刚执教一年便荣升毕业尖子班班主任,在学校的地位牢不可破,无人可撼。或许每个人都一样,总有称霸生活某一角落的欲望,或大或小,终归可以成为向后代炫耀和专制的资本。然而,这样的资本,终究成为禁锢天启的枷锁,所以他极不喜欢这所学校,面对同龄人的眼光,生性敏感的他总能读到一种避而远之的态度,这是任何一个教师子女都会得到的“礼遇”,更何况他是本校最厉害的老师的儿子陈天启。所以,天启的朋友很少,少到几乎没有,课间操场,嬉笑的孩子群中,他形单影只的背影显得异常灰暗,自己渴望真挚的友情吗?他似乎无法知晓,也不愿正视这个问题。

下课后,天启走进学校里唯一一家杂货店,掏出身上唯一充盈的零用钱,买了六个冰冻水果果冻。他并不喜爱这种零食的味道,只是想让周围零用钱紧缺的孩子羡慕自己的富裕,只有这一刻,他能从周围敬而远之的眼神中读出崇拜和羡慕。

突然间,他看见人群中的苏又夏,一头倔强的短发尤其引人注目。他站在冰柜前,低着头,眼睛直勾勾看着冰柜里的粉色果冻,眼神里透露着渴望。

“苏又夏!”天启走近,脸微微涨红。

苏又夏转过脸,看见他手心里的冰果冻,好不容易恢复平静的眼神再次泛起一丝淡淡的馋意。

“给。”天启毫不犹豫地将一半果冻递给他，第一次分享，尽管这对他来说不足挂齿，“我有很多。”

苏又夏犹豫了几秒钟，天启甚至能清楚看到他咽了咽口水，但他最后还是摇了摇头，笑着拒绝了。

突然，门外一阵喧闹声打断了两人简单的对话。

“快去后面，好像有大事发生了！”一个高年级女生跑进来说，紧接着，一群人涌向教学楼，苏又夏皱起眉头，转身离开，似乎走向人群，又似乎走离人群。

天启跟着人群，走向教学楼，后面拥满了孩子，大声叫嚷着，似乎在观察一件新奇的东西。他若无其事地经过，本来就不想凑这个热闹，但在听到有人叫“蓝玉”的名字后停下脚步，慌忙挤进人群，发现所谓“新奇的东西”竟是朝思暮想的蓝玉。

“蓝玉，快点爬啊！”身边一个皮肤黝黑的孩子王大声叫嚷着，脸上带着兴奋的表情。

“快点爬！快点爬！”人群开始起哄。

天启捏紧了拳头，产生一股迈步上前的冲动，随即被众人的哄闹声压制在内心深处，脑海自动预告做出这种行为后的后果，一定会产生更深的隔阂，他在心里说，捏紧的拳头渐渐放松，着急地跺着脚，望着蓝玉的背影发愁。

黑暗世界，终究会产生一位勇敢的骑士，即便这个人不是陈天启。很快，一个瘦长的背影冲到人群中间，用力将即将向高高的窗台抬腿的蓝玉拉下来，转过身的瞬间，天启认出这张熟悉而印象深刻的脸庞：苏又夏。

“我们走！”声音一出，天启感觉自己都在颤抖，苏又夏浓浓的眉宇间透着无与伦比的英气与仗义，他又羡慕又嫉妒又后悔，如果早点迈出这一步，现在站在蓝玉身边拉着她的手的一定是自己！

起哄的人群随着两个孩子渐行渐远的奔跑身影而散去，一直幸灾乐祸的孩子王懊恼地朝地上吐了一口口水，瞥了一眼还呆呆地愣在原地的天启，拍拍他的肩膀问："喂，优等生，刚刚那个人是谁？"

他胆怯地摇摇头："我不知道，你是谁？"

"我叫沈杰。"孩子王皱着眉头回答，"问到那个人的名字了告诉我，知道吗？"语气中带着命令和威胁。

天启很想逃，但是不答应是绝对无法从这个"魔王"的手爪中解脱，于是，他迅速点了点头，转身跑开。

他追上苏又夏和蓝玉，跑到他们面前，一时间不知道该说什么，只能问："苏又夏，她是谁？"他怎么会不知道她是谁，日日夜夜出现在自己脑海里的身影就是她。

苏又夏松开紧紧抓住蓝玉的手，看了一眼天启手中的冰果冻，不由分说地夺过他手中的果冻塞进蓝玉的手中："给你吃！"

蓝玉起先是低着头，额前的刘海遮住了脸上的表情，当手心接触到冰冷的果冻时，她抬起头，看着苏又夏的脸庞，无助和慌张的眼神里透着感激，眼角泛起一丝隐约的泪花。随后，她看了一眼天启，非常迅速，几乎是顺带给予他的在意和恩惠一般，她重新将视线定格在苏又夏的脸上。

"以后有谁欺负你，就找我，我叫苏又夏，303班。"苏又夏指了指天启，"他叫陈天启，是我的朋友，以后也会帮助你。"

"喂！苏又夏——"天启没料到他会这样被介绍到蓝玉面前，不由大吃一惊，完全没有做好心理准备。

蓝玉笑了，尽管眼角还带着泪花，尽管眼神里还残留着刚刚的心有余悸，她的确露出了笑容，是天启从未看见过的。他由衷感到欣慰和愉悦,她的笑容,让他第一次产生心动,仿佛能涤荡一切污秽和阴霾。

三人的友谊渐渐有了轮廓,尽管不太明显,但天启至少在蓝玉的心里留下了位置,尽管微不足道,他在感到满足的同时又觉得不甘心。内心的贪念,令他想更亲近蓝玉,但是蓝玉与苏又夏关系更亲近。关于蓝玉的流言越来越多:母亲得了艾滋病,亲生父亲不知踪影,家里曾有多个男人驻足……母亲混乱的男女关系最终为蓝玉贴上了“不可靠近的女生”的标签,尽管拥有出众的外表和身材,却如同瘟疫一般令人难以靠近。

与此同时,苏又夏在学校的地位和名声开始摇摇欲坠,孩子们渐渐不与他来往。说实话,尚且年幼的孩子怎么会知道这种俗气的事情。但是,有些世俗习惯的确根深蒂固,一代流传一代,并且从年幼的孩子身上渐渐体现出来,这就是可怕的传承。

天启犹豫了,他可以鼓足勇气走近苏又夏,却无法再走近蓝玉,致命的性格缺陷与矛盾心理促使他在这段三人友谊中既无法全身而退又无法贸然前进,只能呆呆地站在原地,等待救援。

四年级下半学期,期中考临近,午后的课间,天启站在走廊偏僻的角落里看书,生僻的英语单词让他苦不堪言,脑海里回响着父亲的命令:“晚上我抽查单词,如果背不出来,明天不要吃饭了。”他咬了咬牙,抛开杂念,继续埋头苦背。

“优等生,你这么早就开始学英语了?”耳边的声音越来越近,天启从另一个世界惊醒,抬起头望见苏又夏和蓝玉的身影,诧异又惊喜,一瞬间忘记摆正脸上的表情。

两个人笑了,苏又夏往前走一步,弯下腰抢过他手中的书本,念叨了几个他还没有背到的单词,漂亮的嘴角扬起一丝淡然的微笑,将书塞回他手里:“优等生,以后不要躲在这里看书了,和我们一起玩吧。”

满心的不可思议促使天启挺直腰板，难以想象此时站在铺成满地的阳光里的两个身影竟是蓝玉和苏又夏。蓝玉，真的是你吗？他将视线移到一直微笑沉默的蓝玉身上，纤细的身影被镀上了一层极不真实的金色，虚幻得如同一剪飘零的梅花。

“喂！陈天启！走了！”苏又夏用力拍了拍他的肩膀，率先冲进喧闹的阳光里，蓝玉紧随其后。这是天启第一次从同龄孩子口中听到自己的名字，显得正式而亲切，他露出欣慰的笑容，站起身，迈开久违而坚实的脚步……

陈天启感到自己被激励了，他一千遍一万遍告诉自己：你终于有足够正当的理由走进蓝玉的生活了。从未有过的希望和愉悦充盈全身，即便是面对枯燥无聊的英语课本，他也能欣喜地笑出声。三人约定，每日午餐时间在教学楼顶集合，享受短暂而珍贵的相聚时光。天启总是带足够分量的饭和菜，尤其是蓝玉喜欢吃的番茄和鸡蛋，希冀她会因为自己的细心而感动。

“谢谢，不用了。”这是蓝玉第一百次婉拒天启友好的馈赠，低头继续吃饭盒里一成不变的菜。

“喂，这个也不吃吗？”苏又夏指了指他自己饭盒里的茄子，“你的菜太少了，这样子会营养不良。”

蓝玉露出矜持的笑容，点点头，伸手从他的饭盒里夹出几根茄子：“谢谢。”同样的客气和礼貌，却让心思细腻的天启感受到不同的态度。他与蓝玉之间，如果没有苏又夏，距离远之又远，他在心里叹了一口气，似乎明白过来，自己终究无法取代苏又夏在蓝玉心中的地位，从眼神中便可看出，苏又夏之于她，是比朋友更重要的存在。

酸涩，第一次蔓延在天启的内心，他握紧小小的拳头，决意拉近自己与蓝玉的距离。于是，蓝玉生日那天，他早早守候在她每日放学必经的小路口，焦急地等待如约而至的倩影。

第一抹夕阳染红傍晚的天空，蓝玉的身影出现在天启的视野范围内，长发随风起舞，滑过精致的脸庞，宛如画中走出的仙女，令他陶醉。

“蓝玉！”他按捺不住内心的期待，叫出她的名字，与此同时，一只手搭住他的肩膀，沈杰的身影出现在旁边，脸上带着诡计得逞的笑容。

“我就知道跟着你肯定能碰见蓝玉。”沈杰在他耳边轻声说。

不远处的蓝玉抬起头，表情有些茫然，看清楚是天启后，露出淡淡的笑容，有些勉强和惆怅，接着看到沈杰，脸上的笑容顿时烟消云散。

天启很是失望，悄悄将礼物塞回书包，尴尬地朝她笑了笑。

“喏。这个给你。”沈杰伸出手，手心里是三个冰冻果冻。“我知道你喜欢吃这个。”他一边说一边搭住天启的肩膀，“陈天启的爸爸是学校的领导，要买多少就有多少，嘿嘿。”他坏笑。

天启吃惊地看着沈杰的一举一动，虽然借着他的名义，但是似乎明白了此举的含义，沈杰在追求她。

可是，沈杰，你知道吗？果冻是苏又夏喜欢吃的零食，蓝玉对此的喜爱不过是因为她喜欢苏又夏——想到这里，一股浓浓的苦涩涌上天启的心头，他握紧了拳头。

蓝玉的眼神没有一丝波澜，她没有接，只是平静地望着或许对她来说很奢侈的礼物，看着天启，问：“这是干什么？”

“生日礼物。”沈杰完全不在意自己正在被残忍忽视，抢先回答，“今天不是你的生日嘛。”

蓝玉依旧没有看沈杰，兀自盯着天启，摇头：“不用了，谢谢。”她一定很生气，没想到天启跟沈杰是一伙的。

想到蓝玉正在误会自己，天启感觉更生气了，却一句话都说不出来。

“你不要跟苏又夏玩了，他是个坏人，学校里没人敢接近他。”沈杰与生俱来的旁若无人的高傲气质，促使他旁若无人地说出这番话。

天启与蓝玉一同惊讶地扬起了眉毛，不约而同望向这位从一开始就不友好的同学。

“我有说错吗？我爸是他爸爸的老板，对他的事情了如指掌。他爸爸是个赌鬼，还在外面偷女人，半夜里都能听到他家里父母打架的声音，大家都很反感这家人。这不，现在他爸妈正在法院闹离婚呐。”沈杰理直气壮，“从很久以前就开始闹了，现在正在法庭上呢，说不定两人又开始打起来了。”

离婚？天启皱了皱眉，他知道苏又夏的爸妈关系不好，却未曾听说他们即将离婚。

“你说什么？”蓝玉的反应甚是惊讶，神色开始变得慌张。

“所以我说啊，蓝玉——”

“闭嘴！”充溢在天启胸口的怒火终于不可遏制地爆发出来，“沈杰，苏又夏是我的朋友，我不准你随意说他的坏话。”

这下轮到沈杰和蓝玉一同扬起惊讶的眉毛，不过各自的情绪迥然不同。沈杰的表情一瞬间变得很难看，但随即被一如既往的痞笑取代：“怎样？上梁不正下梁歪，他爸爸不是个好东西，苏又夏跟他爸爸一样坏——”

陈天启大喝一声，打断沈杰的话头，或许是受到蓝玉惊喜的眼神的鼓舞，向来沉默的天启突然变得勇敢起来，继续说：“你不是苏又夏的朋友，你不了解他，凭什么指点他的家庭！”话一说完，他感觉自己浑身在不住地颤抖，因为久违的勇气，也因为此时眼神里迸发出的愤怒。

既然已经得罪了，那就来得更彻底些，天启拉起蓝玉的手，离开沈杰虎视眈眈的视野。

她的手很细、很滑，还有些微微冰凉，他第一次牵她的手，心跳加速好几倍。

“我们走吧。”天启感觉喉咙有些干涩。

蓝玉没有拒绝，跟着天启的步伐离开沈杰跋扈的视野，大概走了一分钟，她忽然意识到什么，挣脱开他的手，“天启，”她第一次这么称呼他，“我们去找苏又夏吧。”

就知道，又是他，好不容易激动一次的心再次蒙上一层淡淡的灰色，尚未完全懵懂的爱情初次品尝了失败的苦涩，除了迈开沉重的脚步跟上蓝玉，天启没有任何挽回的力量。

两个人跑到镇上的法院门口，蓝玉焦急地朝里面探望。终于，苏又夏的身影出现在门外，瘦削的身影在恢宏的建筑的映衬下显得异常单薄孤寂。天启看见他倔强的眉宇间流露出的无助与寂寞，第一次，似乎也是唯一一次，他内心的同情与怜悯战胜了嫉妒。

“对我来说，你们都是很重要的朋友。”蓝玉似乎看穿了天启的心思，轻声说，她迈开比任何时候都坚定的脚步走到苏又夏面前，欲张开双手拥抱眼前这个颓废的少年，但矜持最终没有让这个拥抱成为现实。

天启笑了，尽管有些无奈，但是蓝玉的话还是很温暖，令他意识到自己此时此刻的失意与失败。友情与爱情，孰轻孰重？他走到苏又夏面前，接受了苏又夏给予惊喜和笑容，作为至纯的友情。

堕　落

高三，9 月的第一天，天启从突如其来的性冲动中惊醒，有生以来的第一次遗精，出现在满是蓝玉的身影的梦里。他直起身，任由清晨的黑暗包围周身，摸了摸湿透的内裤，喉咙干涩得难以呼吸。他下床喝了一大杯水后终于清醒许多，日益强烈的思念与性冲动，已然阻碍到了自己的睡眠。他走到镜子面前，看见镜中的自己：17 岁的脸庞，乖巧的板寸头，不是特别挺拔的鼻梁上架着一副黑框眼镜，尚且稚嫩的皮肤被稀稀落落的胡子茬冲破，一米七的个头，与稍稍圆润的身材有些不协调。“我已经长大了。”天启这么告诉自己，想谈一场浪漫的恋爱，不止一次地想占有女人的身体。性交的画面再一次刺激他的神经，第一次看到是在沈杰的电脑里，不知从什么时候开始，他跟沈杰走得很近，因为沈杰能带给他的实在太多，危险、禁忌，这些像吗啡一样的物品和影响不停刺激着他的大脑，带给他沉迷其中的幻象。天启震撼于男女之间的性交，由此带来的憧憬一直在内心发芽。梦境里，他无数次将蓝玉的胴体压在身下，享受体液交换带来的无尽快感，直到梦醒，直到发现精液沾满了内裤，才清醒意识到一切只是一个太过美好的梦境，现实是，他已经很久没有和蓝玉讲过话。

“小夏，放学等我一下。”“小夏，感觉不舒服吗？”“小夏……”

在蓝玉的眼里，苏又夏代表整个世界，仿佛他一离开她的视线，世界就此崩塌。天启握紧了嫉妒的拳头，只是晚了一步，蓝玉的心完全被苏又夏这小子占有了。

除此之外，父亲给的压力与日俱增，每一次饭桌上的话题总是考试成绩和复杂的世俗人际，“天启，你绝对不能给我们家丢面子，知道吗？”这一句俨然成了父亲的口头禅，屡次出现，试图篆刻在他的内心，却在这个叛逆的年纪起到了完全相反的作用。

“我不知道。”天启在心里低声反驳。

高中生活越来越单调乏味，与他蠢蠢欲动的内心形成鲜明对比，应试教育摧残着每一个孩子丰富的心灵和想象力。他不再是一个言听计从的乖乖学生，对于老师的管束和强迫，他表面上点头唯唯诺诺，事实上早已置若罔闻，青春期的叛逆，在这个外表略显稚嫩的孩子身上悄悄绽放着。

三人的友谊，永远无法避免同一个问题——不平衡。尽管每一次玩耍苏又夏都会叫上天启，每一次驻足都会回过头来寻找他的身影，但是蓝玉的冷漠最终使他对苏又夏的厌恶远远大于感激与喜欢。

“喂，陈天启，我们来灭一灭苏又夏嚣张的气焰好吗？”沈杰与天启处在同样的被漠视的地位，这也是高傲的沈杰能够包容天启并且愿意跟他走近的原因之一。

“这……”天启犹豫了，他了解沈杰的顽劣，有时候甚至到了残忍的地步，刚进入青春期的他，已经打伤过一个同龄学生，为此留校观察三个月。

“放心，就玩玩。”沈杰露出狡黠的笑容，“刚刚自由，哪有那么快被关进去，哈哈。”沈杰的笑容令天启感到不安，却在潜意识里有一种期待，其实最想看到苏又夏狼狈的样子的人是自己。

一年一度的校运会，秋天里最令人愉快的盛事，暂且挣脱学习的牢笼，享受奔跑的快感与喜悦。只是这一切，天启一次也没享受过，他不适合体育，并且从未在体育上发现一丁点儿天赋，所以每一次的喝彩都与他无缘。

"那个，4×100 米的时候你帮我一下。"沈杰换上崭新的钉鞋，洋洋自得地望着鞋子下锃亮的钉子，"分散苏又夏的注意力。"

"啊……"天启似乎明白沈杰的阴谋。

"怎么?"沈杰扬了扬眉毛，眼神里充满了不屑与威胁，这是他一贯看待天启的眼神。他就是一棵该死的墙头草，这是沈杰的想法。

"哦。"天启点头，转身走进人群，那样普通的背影，仿佛一跌入黑色，就会被无尽的黑暗包围吞没。

4×100 米比赛即将开始，苏又夏身着干净的运动服站在起跑线上，嘴角边带着骄傲自信的笑容。上帝给了他一张无可挑剔的脸蛋，同时给了他一副健康的身体，一切的一切，在天启看来已经完美，更何况此时的蓝玉正用热切的眼神望着他。这样的眼神，完全只容得下苏又夏一个人，仿佛世界的中心聚焦在他身上。这令天启内心的嫉妒迅速升腾为邪恶，驱使他迈开走向魔鬼的步伐。

比赛的哨声响起，运动员们冲出跑道，目标是光荣的终点线。接力棒一个接一个传递，每个人都配合得天衣无缝。天启羡慕这样的青春，却恨自己不能与他们为伍。此时，接力已轮到最后一棒，他看见苏又夏接棒后奋力冲向终点，人群中的呼喊到达顶峰。

天启悄悄挤进人群，在终点线处停下，低头寻找一块足够大的石头。他手心紧握尖锐的石头，紧张的汗珠从额头、鼻尖渗出，呼吸声也因为紧张变得沉重起来。

近了！已经近了！毫无疑问，苏又夏遥遥领先。天启咬了咬牙，朝苏又夏奔跑的方向扔下石头，或许这就是命运，石头不偏不倚地滚向他的脚下。

“砰！”苏又夏跌倒了，没想到声音这么响，天启整个人哆嗦了一下。

人群中一片哗然，苏又夏的队友冲了上来，当然，蓝玉是第一个冲到他身边的。

运动员中有人自愿停下来帮助扶起苏又夏，沈杰则心无旁骛地率先冲向终点，取得第一名。

天启走向苏又夏，佯装担心地扶起他，视线却撞上了蓝玉冰冷的眼神，他一下子就明白这眼神的含义，她一定发现了！

“然后我慢慢转身离去，朝里走到集市的中间。我让两个便士在口袋里跟六便士的硬币撞击着。我听到楼廊一头有个声音在喊要灭灯了。大厅的上层现在全黑了。我抬头凝视着黑暗，发觉自己是受虚荣驱动又受虚荣愚弄的可怜虫；我的双眼中燃烧着痛苦和愤怒。”

天启想起《阿拉比》末尾的一段话，此刻的心境竟与小说中的男孩出奇的相似，悔恨、懊恼，以及深深的害怕，他不敢再看蓝玉了。

沈杰走近，嘴边依旧是狡黠的笑容：“喂，你没事吧！”

蓝玉的嘴角因愤怒而抽动着。天启第一次看见这般怒火中烧的她，昔日安静盛开的水中莲仿佛被一场突如其来的大火吞没，燃烧殆尽，炽热的火焰爆发汹涌不止的能量和愤怒。蓝玉起身的瞬间，天启拉住了她，用胆怯的眼神示意她不要冲动。

“算了，我们走吧。”苏又夏忍着痛站起来，对蓝玉说，“我能先去你家吗？”蓝玉点头，眼神里溢满心疼。天启感觉自己的心被一双无形之手用力撕扯般疼痛。

“哟，干得不错！”人群散去，沈杰走过来拍天启的肩膀，为什么与当年那一幕如此雷同？而他，再次错过了走近蓝玉的机会，他的内心泛起一阵苦涩。可恶，只要有苏又夏在，自己就是真正的可怜鬼，活在他投射下的阴影里，得不到想要的人和事，必须为难以跨出的一步做艰难斗争，全然丧失了前进的勇气。

“我是一个胆小鬼，是吗？不是，曾经的我为了蓝玉也敢于反抗沈杰，我不该这样，可是苏又夏的存在就是与我为敌！”天启露出一丝苦笑，在沈杰依旧窃喜的表情中转身离开。

站在蓝玉家门口，天启又犹豫了。父亲的忠告再次回响在耳边。

“怎么，不愿意去我家？”蓝玉的声音冰冷得可怕，天启一接触到她洞察一切的视线，就心虚得要命，他拼命躲闪，终究无法迈出前进的步伐。转身，离开，他选择了逃避。

天启躲在蓝玉家附近，他想见她，想向她坦白一切，却又不敢面对被她责备和厌恶的后果，迟疑的脚步在前进又后退无数次以后，终于停留在了原地。他颓废地倚着墙蹲下来，双眼失神地望着天空。

秋季的天空，明亮而纯净，微凉的空气携带着熟悉刻骨的桂花香。曾经的美好岁月历历在目，无时无刻不在提醒天启干了一件多么愚蠢的事情。

“啪”，门突然打开了，蓝玉的身影出现在门口，脚步匆匆，似乎出去有事情要办。

“蓝玉。”天启鼓起勇气喊出她的名字，尽管这样，声音依旧颤抖得厉害。他知道，这是初恋的悸动，是无数次暗夜里的思念与恐慌堆积起来的冲动与情感，毫无理智可言，为什么需要理智？笑话！

风停了，因为蓝玉停下了脚步，长发静止在肩头，却随着接下来的转身飘扬划过空气，漂亮的瞳仁里盛满了冷漠。

“蓝玉，我……”原本塞满情话的胸腔仿佛被一双手瞬间掏空，他语塞，脸涨得通红。

“怎么？想向我坦白吗？”蓝玉毫不客气地朝他面前前进一步，空气中的香味被剧烈搅动起来，紊乱了他的思绪。

他低下头，一句话瞬间划过空白的脑海：即便是再高傲英勇的骑士，终究会在一个女人面前低下头颅。女人真可怕。

“陈天启，为什么要这么做？”蓝玉掌握了谈话的主动权，厉声质问他。

沉默，空气再次陷入沉默，一如多年前的空白记忆，镌刻着天启对蓝玉最深的思念与爱慕。

“你说啊！陈天启！为什么？我们三个认识这么多年，小夏一直把你当作最好的朋友，什么事情都想到与你分享，你为什么要做这样的事情？”

“那么你呢？”天启发出一阵绝望的冷笑，反问道，“在我心里最重要的你，把我当作什么了？你的眼里永远只有苏又夏一个人，他是你的世界的中心，其他人的视线都被远远弹开，你和她又算是什么关系？”

蓝玉皱了皱眉，脸微微涨红，一时间不知道说什么。

“哼。”天启猜测到她会有这样的反应，却一点也不期待得到这样的回应，他继续冷笑道，“他能给你的，我也能给你！从小到大，你有正眼瞧过我吗？苏又夏，苏又夏，谁都知道，你的眼里除了苏又夏容不下任何一个人——”

“啪——”，天启感到脸颊一阵纤细的力量带来的冲击，随之而来的是隐约火辣辣的痛，空气彻底凝结到冰点，花香消失殆尽，他难以置信，并且感到深深的耻辱。

“陈天启！”蓝玉微微喘着气，“我和小夏都把你当作朋友，别人怎么说我都不在乎，但是你的话……”她停顿了一下，嘴唇微微颤抖，转过身准备离开。

“蓝玉！”天启慌忙拉住她的手，像垂死的病人拉住最后一课救命稻草，用尽最后一丝廉耻心喊道，“我喜欢你，真的，比谁都喜欢！”

“对不起，我讨厌你。”蓝玉用力甩开他的手，义无反顾地离开。

冬天来了，他知道。

为什么要输

对于孩子来说，孤独是对心灵最大的折磨，而对于处于青春期的男孩来说，被拒绝恰是生命中最黑暗与羞耻的时刻。17 岁的天启恰逢这样的时刻，原本不开朗的他此时只能够用阴郁来形容，终日无精打采，不愿多言，学习成绩直线下滑，似逃避现实般疯狂地玩着游戏机。

一日傍晚，夜幕悄悄降临，黑色涂满天空幕布，教室里空空荡荡，天启躲在游戏的世界，贪恋“胜者为王”的愉悦。

“天启！”教室门口传来一个熟悉的声音，惊得天启猛地抬起头，苏又夏地走近他，“我们一起回家，今天去我家写作业！”语气里带着一半命令。

与此同时，另一个人的声音传进他的耳朵：“兄弟，一起走吧！”沈杰带着一如既往的痞痞的笑容走进教室。

苏又夏和沈杰，仿佛来自两个世界的人，第一次一齐站在天启面前，各自的傲慢与气势摩擦出剧烈的火花。

天启心里很清楚，自己该选择融入哪个世界，哪一个世界里是自己梦寐以求的人和事，只是内心的渴望被一股巨大的屈辱和愤怒阻止，掩盖仅存的理智与是非感。

“天启，快走吧，蓝玉在外面等着呢！”苏又夏皱着眉头催促道。

"哗!"天启的脑袋里似乎有东西坍塌了,是仅存的理智,或许也是最后一丝向苏又夏求救的希望。"蓝玉"这两个字彻底击垮了他,所有自尊心与善良,全部被耻辱和怒火代替,他用力抿了抿嘴,站起身朝沈杰的方向走去:"我们走吧。"声音平静中带着一丝隐约的颤抖。

他没有回头看苏又夏,内心的执念与魔鬼彻底毁坏了这段艰难维持多年的友谊。累了,也倦了,他在心里感叹道,无法得到的蓝玉,何必将其终日放在面前。

"兄弟,带你去个好地方!"沈杰的心情异常好,甚至伸出手搭住天启的肩膀,"最近辛苦你了。"此话别有深意。

两个稚气未脱的男孩往城镇西面最偏僻的方向走去,穿过一条又一条狭窄的弄堂,周围的店铺从熟悉到未知,直到在一家没有名字的店门前面停住。

"这是?"天启打量了一下门内泛着红光的设施,好奇地问。

"进去就知道了。"沈杰笑着拍了拍他的肩膀,领头走进门。

抬脚走入粉红色的光线,一股暖流肆意而入,瞬间侵蚀肉体与精神,清醒的大脑仿佛蒙上了一层厚厚的迷雾,天启眯起了眼睛,试图打量清楚屋内的一切。一个响亮的女声从左边的白色帘子下传来:"哟,小伙子,好久不见!"

"是啊。"沈杰挠了挠后脑勺,脸上泛着红晕,语气里难得透着些许难为情,"最近一直在考试。"

说话者终于显现身影,是一位身材饱满的年轻女子,头发染成了金黄色,随意地扎在脑后,身着碎花连衣裙,修长的细腿肆无忌惮地暴露在空气里。她用力拍了拍沈杰的肩膀,看了一眼天启,露出一丝礼貌而有深意的微笑:"怎么?今天带新朋友过来?"

沈杰将天启推到女子面前，用力抓住他的肩膀，笑着说："他才是今天的主角！"

女子笑了，笑声大而尖锐，露出一排洁白整齐的牙齿，身上的香水味浓得有些刺鼻，天启第一次凑近成熟女子的身体，竟觉得如初生婴儿般泛着淡淡的奶香。奶香与香水味混合在一起，勾勒起他对女子的第一感觉，晕眩而懵懂。

"来！"女子抓住他的手腕，将他带进更深的屋内，红光愈发明亮，朦胧中发现屋内的沙发上坐着两三个年轻女子，其中一个站起身来，没有穿袜子的双腿在红光下显得分外诱人，紧身连衣裙包裹的身体饱满，她朝天启伸出手，露出娴熟魅惑的笑容。

天启知道他将面对的女子是何种人，世俗的诱惑终究足以战胜一切理智，何况是他这个乳臭未干又对异性充满好奇的孩子。被年轻女子拉进屋内的瞬间，他的脑海里闪过蓝玉的身影，闭上眼，任由女子脱去戴着校徽的外套，蓝玉的身影在脑海里肆虐，女子柔软的嘴唇触碰皮肤的瞬间，他像触了电一般浑身战栗。

"第一次？"女子在他耳边轻声问。

天启缩了缩脖子，手覆在女子裸露的肩膀，轻轻点了点头。

女子笑出了声，黑暗的空气瞬间被小声撕裂："我会让你记忆深刻的。"说完，她咬住了他的耳垂，一口柔热的空气喷入他的耳朵，他的内心泛起一股奇特而似曾相识的冲动，是本能般的对异性肉体的渴望，不带任何理性色彩。

天启吻住女子的嘴唇，紧张的呼吸声渐渐将撕开的空气缝合起来，舌尖相抵，轻柔爱抚，褪去衣物，乃至最后勉强进入，他庆幸有这位经验丰富的女子带领，他羞涩而顺利地完成了人生中第一次性体验。

说不出怎样的感觉，仿佛蓝玉一直躲在他的潜意识里，他甚至愿意将身下的女子想象成蓝玉的模样，仿佛只有这样才可以减轻内心愈发深刻而麻木的罪恶感。

走出房门，沈杰已经等在门外，依旧一脸轻松自得的笑容："感觉怎么样？"

面对满屋子比自己年长许多的女子，天启尴尬地笑了笑，只盼赶紧离开。

两个人并肩走在回家的路上，沈杰特意选了一条长长的路，路过镇郊的溪流时，两人在岸边停下脚步。

"你知道它叫什么河吗？"他忽然开口问。

"苕溪河。"天启脱口而出，即便脑海依旧停留在方才的愉悦中。这片溪水，他最熟悉不过，小时候和苏又夏、蓝玉两人经常在此嬉戏玩耍，安然躺在芦苇丛中望着蓝天白云，细数心中单纯的执念。如今，入秋以后的溪水，在略显清冷的夕阳映照下，泛着淡冷的光，茂盛的芦苇地映射着秋日的金色，在风中摇曳起舞。

"你知道吗？这条河，预示着我的改变。"沈杰忽然兴奋起来，他跳下河边的护栏，大步走上沙滩，脚下传来石子与石子互相摩擦的声音，"我在这条河边，第一次成功反击了一个欺负我的大哥哥。"

天启露出浅浅的笑容，原来沈杰也有被欺负的时刻。

"不相信？"沈杰转过脸来，脸上的骄傲与自豪第一次显得如此真实而单纯，"我家虽然有钱有势，但我爸是赌鬼，我妈是个酒女，没有人关心我，我只能靠自己，靠自己的拳头敲开人生。所以我反击，不断成长，用力量证明我的存在，不让人看轻我，还有——"他走到天启面前，神情恢复以往不羁的狡黠，"你喜欢蓝玉吧，很喜欢，对吗?”

天启沉默，相比较以前的羞涩，现今的心情已多了一份愠怒。

“我的生活很简单，证明自己的力量。”沈杰继续说，“苏又夏，我们为什么要输给他？我们都是男人，不，我们的条件比他更优越，他爸爸是个酒鬼，妈妈是个穷光蛋，现在——”沈杰边说边指了指天启的下体，“你已经是一个真正的男人了，得到蓝玉应该是易如反掌的事情，我们不怕苏又夏！”他露出轻蔑的笑容。

天启颤抖了一下，原因很多，第一次听到同为男人的鼓舞，第一次明白自己的优势，又第一次为自己的懦弱感到耻辱。他第一次感觉到自己的无能，连自己一向鄙视的沈杰都令他自愧不如。

“我的过去，第一次向你坦白，意味着我把你当作朋友。”沈杰拍了拍天启的肩膀，“今天你做的一切，也意味着你可以比一般男人更出色。蓝玉，是个漂亮的女孩，我喜欢她，但是你一定比我更喜欢她，所以，我成全你。”

一股滚烫的液体冲进天启干涸的心田，他紧握拳头的手微微颤抖，嘴唇因感动和激动而微微颤抖，一道微弱的光芒昭示着黑暗人生的新方向。希望，第一份希望与激动，竟是面前这个众人口中的坏小子沈杰带来的！

“兄弟，我帮你。”沈杰笑得很单纯。

“谢谢。”天启感觉自己的声音都有些颤抖。

苦恼的根源，在于欲望得不到满足，天启开始清晰意识到一种渴望，本能的渴望：占有蓝玉，不仅仅是身体，还有心灵。自小到大，他没有和苏又夏争过任何东西，为什么要在一个女人身上认输？

天启冷笑着从苏又夏的班级经过，迎面碰到正从教室门口出来的苏又夏。

“天启！”声音依旧是若无其事的热情，在他听来，盛满了蔑视与不屑。

他第一次沉默，视线没有做任何停留，笔直望向前方，仿佛苏又夏是光线里一粒微不足道的尘埃。

擦肩而过，代表着决裂的正式开始，自此以后，他与苏又夏，互不来往。

第二个学期，他从父亲口中得知，期末考结束后，全家即将搬离恒安镇，定居省城。

“是省重点中学，总共就两个名额，我好不容易托关系帮你弄到一个名额。”父亲边说边吐着清高的烟圈，“去那里要好好读书，出人头地。”

他坐在苕溪河边，望着平静的溪水发呆，夏日傍晚，艳阳残留的光芒照亮溪水，波光粼粼，他无法从此刻的宁静中获取任何慰藉。相反地，他的心情愈加焦急和煎熬，不断流逝的时间正在逐渐拉远他与蓝玉的距离，再不做些什么，他将彻底失去蓝玉。

“天启。”身后响起苏又夏的声音，他在他身边坐下，两人好像已经很久没有单独讲过话。

“你怎么在这里？”许久未说话，终究还是以寒暄开场。

天启觉得有些伤感，他从口袋里摸出烟，动作娴熟地点上，企图将满腔愁绪通过烟雾倾泻而出。

“你爸爸从不喝酒抽烟，你跟谁学会的？”苏又夏问。

天启冷笑，掐灭手中的烟，目不转睛地望着波光粼粼的溪水，平静地说：“还记得以前我们在这里玩的情景吗？”

“记得。”苏又夏的嘴角隐约浮现出一丝笑容，尽管短暂，敏锐的天启还是及时捕捉到,他感到无比的嫉妒和愤怒。

“有一次你去找喝醉酒的爸爸。”或许是因为抽过烟,天启的嗓音异常苍凉,短短几天,他仿佛成长了好几岁,“你被他们扔过来的酒瓶砸中脑袋,在医院的时候,我和蓝玉在外面等,那时的她面色苍白,嘴巴紧闭,一句话都不说,我从未见过如此紧张的她,当时就在心里想:如果换作我,她一定不会这么紧张。也就是从那个时候起,我确定了自己对蓝玉的感觉,同时也确定了她对你的感觉。”

“陈天启——”

“不用否认,我比任何人都希望这不是事实。”天启皱起眉头,因为开始心痛,“我明明知道她目光追随的身影只有你,明明知道她的心里只有你,但我还是喜欢她,难受、嫉妒,甚至会恨。”他随后露出自嘲的笑容,转过脸问,“你喜欢她吗?”

空气陷入了宁静,苏又夏竟然沉默了,明亮的眼神里第一次出现了迷茫。

天启再次忍不住冷笑,哼,蓝玉,这就是你喜欢的人,在面对问题时竟然不知如何回答。他强压心中的愤怒,摇了摇头,说道:“算了,你不说我也知道。”

我知道?我究竟知道什么?如果你真的喜欢蓝玉,或许我还能心甘情愿放手,可是,现在的你究竟是怎么回事?一丝专属于黑色的希望重新升腾在天启的心间,但随即被接下来的想法强行压制下去:“我马上要走了,去省城。”他想起爸爸在不久前向他宣布的这个消息,他是如何的震惊,突然要告别生活了17年的土地,他还来不及伤感和整理,更重要的是,他还没有得到蓝玉。

“为什么?”苏又夏惊异,“你从没说起。”

"嗯,临时决定,我爸爸已经联系好了学校,或许……"天启再次看了他一眼,"你比我更适合去那边,听爸爸说,那边还有一个名额,你要去吗?"

如果苏又夏去省城了,蓝玉会不会一起去?他自私地猜想。

苏又夏摇摇头:"不了,我想我更适合在这里,何况,还有蓝玉。"

能够猜得到的回答。

"我真的羡慕你,苏又夏。"天启站起身来,"我只不过是一个对自己老爸言听计从的胆小鬼。"他自嘲,随后拍了拍苏又夏的肩膀,"我要离开的事情暂时不要告诉别人,包括蓝玉,虽然我知道她不会关心我。"

"天启,蓝玉很关心你。"苏又夏试图安慰他,但是徒劳,天启将书包甩在肩上,头也不回地离开。

一个念头在天启的脑海里诞生。

欲望、犯罪

生命的本质在于无止境的欲望,当欲望日益壮大,冲破愈发单薄的理智时,便渐渐衍化成了罪恶的念头。不止一次,在体验本能冲撞带来的愉悦与快感的天启幻想着与蓝玉交合的瞬间,犹如粉色的梦境与幻想,与现实交织成灰色的罪恶阴霾。

“蓝玉,下午放假,去哪里?”暑假期末考前,走廊上,一个清脆的女声传进天启的耳朵,他停下脚步,转过身望向蓝玉的方向。

“不去哪里,在家吧。”蓝玉回答,声音空灵得像个天使,刺激他浑身上下每一个充满欲望的细胞。

“不相信,肯定又和苏又夏在一起。”清脆的女声打破这一空灵,世俗的空气瞬间点燃天启内心的怒火。

蓝玉仿佛感受到了天启的注视,转过脸来迎接他的视线。短暂的四目相对,她的眼神是毫无色彩的冷漠,匆匆瞥过,一如扫过一个陌生人,而后拉起旁边女生的手走回了教室。

世界黑暗得很彻底,犹如此时暴雨欲来的黑暗天空,罪恶的乌云笼罩在天启的心头,是愤怒,是耻辱,还是无止境的渴望?他已无法得知。

放学前,天启趁教室没人,偷偷从沈杰抽屉里拿出他常用的香水喷在衬衣上,待完全覆盖自己身上独有的味道之后悄悄尾随蓝玉走出校门。

心脏一直随着脚步剧烈跳动，热血充溢着他的大脑，不敢有丝毫犹豫，生怕理智不经意间地跳入。只可惜，一路的尾随，他看见蓝玉一直有密友陪伴，直到走进家门，厚实的大门重重关上，仿佛关上了他一切渴求的希望。

乌云密布，雨点坠落的密度由弱到强，天边亮起了闪电，雷声接踵而至，天启躲在附近的楼梯口，焦急地望着紧闭的大门，紧握拳头的手心渗出了汗水。

她一定会去找苏又夏，我敢肯定。天启感到喉咙发紧，可惜身边没有带水，他舔了舔因紧张而过度干涩的嘴唇，内心对蓝玉的身体无比渴望，甚至到了焦灼的地步。

不知过了多久，10分钟？20分钟？一切仿佛如一个世纪般漫长。“啪！”大门忽然开了，打破楼道里的宁静，天启看见蓝玉的身影不顾一切地冲进了雨里，密集的雨帘挡住了他的视线，看不清楚此刻她的表情，由不得他多想，他也跑进了雨里，悄悄而迅速地跟上。

天启能够清楚听见自己的心跳声，急促而兴奋，是一种临近变态的兴奋，失去理智控制。

我快疯了，不，我已经疯了。一个疯狂的声音不停在脑海里回旋。

前方不远处蓝玉的身影匆忙焦急，渐渐从快步走变成小跑，披肩长发渐渐被雨水打湿，满腹的心事完全阻碍了她对尾随在身后的那个男孩的注意。跑到苕溪河的时候，她停下脚步，来不及弯腰喘气，焦急地在河边寻找人影。

机会来了！天启完全无法遏制内心的欲望与兴奋，一个箭步冲上前，从后面抱住蓝玉，一瞬间，他感觉她是多么瘦弱，仿佛一用力就可以捏碎。雨水打湿了两人的衣服，隐约能感觉到她犹豫的瞬间，几秒之后，天启感到怀里一阵挣脱，蓝玉企图转过身来，他意识到不对，再次用力抱住她，蒙住她的双眼和嘴巴。一阵无声地挣扎，暴雨滂沱的世界里仿佛只能听见蓝玉极力挣扎的喘气声。天启的心微微泛疼，但是无路可退，如果一松手，她看见背后的人是自己，将会做何感想？他不敢去想，更不愿意就此放弃。

“砰！”或许因为紧张和害怕，加上大雨淋身，瘦弱的蓝玉终于无法抵抗，倒在沙地里，依旧背对着天启，修长的手指嵌进沙石间，似乎失去了动弹的力气。

世界窒息了，雨声从天启的耳边消失，天地间安静得似乎只有自己的呼吸声。恐惧？没有，奇怪，面对这般犯罪的行为，他竟没有恐惧，原来精神冲破道德桎梏后竟只充盈着一种元素——兴奋。他解开牛仔裤纽扣，用兴奋到颤抖的双手触摸蓝玉的下体，梦寐以求的肌肤，在多少个日夜的梦里曾经出现和期盼过，他笑了，面目狰狞地笑了，罪恶的贪婪和欲望已经完全吞噬了理智，蓝玉越挣扎，他越兴奋，迫不及待地俯下身，扯开蓝玉的裤子，尝试进入她的身体，不知是因为紧张还是经验不足，他几次都失败了。

此时，蓝玉的身体开始微微动弹，因缺氧而短暂丧失的意识渐渐回到身体，开始再次挣扎起来，陷入泥沙的嘴巴竭尽全力喊出微弱的呼救声，他再次用力按住她，惊慌促使他加大了力度。天启成功进入的瞬间，蓝玉发出一阵痛苦的呻吟，手指深深嵌入沙石里，他无法知晓她的心情，但从她反抗的力度来看，她一定清楚意识到自己此时正在遭受怎样的痛苦。

“对不起，蓝玉。”天启一边露出狰狞的笑容，一边心怀愧疚和慌张，但他无法停下此刻的动作。湿漉漉的兴奋让他的大脑进入疯狂境界。接近兴奋点时，他的脑海里划过这句响亮的自白，真实的理智和罪恶感渐渐冲破朦胧的薄雾回到大脑。终于在到达兴奋点时，理智完全回归，兴奋和欲望被强烈的羞愧和罪恶感代替，他慌忙穿好裤子，面对依旧衣衫不整的蓝玉，顿时束手无策起来。他没有想过该如何安排结局，更无法想象蓝玉知道一切肮脏的罪恶主谋正是从小玩到大的朋友的后果。

不能，绝对不能被她发现！

他不敢放开蓝玉，感觉蓝玉的挣扎越来越微弱，他慌了，连呼吸都不敢出声，周围厚厚的雨帘遮挡住一切声音。他来不及想太多，起身飞快跑开，离开这片带着血的河滩。

救　赎

“你，强奸了蓝玉？”从容的问题犀利而刺骨，天启试图用最隐晦的语言描述自己的罪行，但是瞬间被这一句话拆穿。

狭小的房间里陷入难挨的沉默，他不知道该如何回应这个问题。既然选择了坦诚，一切辩解都显得苍白无力。

从容的呼吸声有些沉重，眉头微微皱起，沉默了许久后终于开口：“为什么告诉我这些？”

最显而易见的答案从天启的舌尖被硬生生地吞回，换作张了张嘴的尴尬的沉默。

“因为你像蓝玉。”这是他想给的回答，却不能说出来。多年以后，唯一一次，面对从容，他回想起过往的错误，曾经被欲望和黑暗吞噬过的内心，第一次产生迫切想要倾诉和赎罪的渴望。

“后来呢？你们怎样了？”从容问。

“似乎没有人知道这件事情。”天启回答，“我转学了，爸爸安排我去省城念完高中。”

他没有勇气说出那段时间是如何度过的，每日每夜，他活在罪恶之中，借着身体不舒服和即将转学为由，不去学校，也不去探望和关心蓝玉，害怕见到任何一个人，甚至自己的父母，唯一想做的就是逃跑，逃到一个无人知晓的地方，守着这份罪恶的秘密到死。

“苏又夏呢？”从容继续问，眼神里没有一丝温柔。

“似乎一直认为沈杰是罪魁祸首，因为蓝玉说闻到了沈杰身上的香水味。”天启边说边叹了一口气。

“哼。”从容发出一声冷笑，起身穿衣服，安静的屋内只听见“沙沙沙”的衣服摩挲声。

“你……开始讨厌我了？”天启也起身，小心翼翼地问。

“如果你是因为你把我当作蓝玉的代替品而追求我的话，我会更加厌恶。”从容已经穿上所有衣服，干净的衣着依旧带着些许学生气息，全然看不出她已然从女生变成女人。

“不，没有。”他匆忙拉住她的手，感觉到她在用力挣脱，“我从没把你当作任何一个人的替代品，这只是我的过去。”违心的话任何一个人都逃不过，人生不过是一出可笑的戏码。

“我被人骗过，这也是我的过去。”从容的声音平静得可怕，“从你的眼神中，看不到作为一个男人的自傲与居高临下，或许这是我会亲近你的原因。现在才知道，原来这只是你对过去心怀愧疚的自责的表现，因为你强奸过一个无辜的女孩。”

“强奸”，这个尖锐的词像一颗重磅炸弹，轰进了天启的大脑，一瞬间陷入厚重烟雾笼罩的空白，罪过得无法回应，心脏开始颤抖，仿佛回到了那个傍晚之后的时刻。

他又回想起那段时间，无数个深夜，他无法入睡，躲在黑暗的角落，无助地颤抖，蓝玉的声音一直回响在耳边，哭声、呻吟，以及挣扎，带着雨水的朦胧画面深深刻在他的记忆深处，罪恶过后的恐惧和胆战折磨着年轻的心灵。

“我不是强奸……”天启的嘴唇开始颤抖了，他力不从心地回应道。

“你放心，既然你选择跟我坦白，我不会将这件事情说出去。”从容已经穿好衣服，“你已经伤害了你的朋友，而现在，又再次伤害了我，今天的事情，就当什么也没发生过，作为我保密的条件，我希望你不要说出去。”说完，她拿起包，打开房门。

“啪！”门关上的瞬间，从容的身影消失在这个冰冷的房间，与此同时，天启听到脑袋里掌管着理智的神经的断裂声，“啪——啪——啪——”。

“我不是强奸……”天启喃喃自语，哆嗦着穿上外衣，在房间里焦急地来回踱步，深埋在心底的恐惧再次袭来的后果依旧是手足无措，此刻多么希望有父亲的镇定和冷漠。虽然父亲不曾亲耳听见儿子承认自己对蓝玉的罪过，但敏锐的他一定知晓一切。可悲的是，他的确离不开自己的父亲，离不开专断的控制，所有的彷徨与懦弱需要这样的专制，给混乱而偏离轨道的生活一丝坚定的力量。

“爸爸，哦，不！”天启痛苦地抱住了脑袋，深陷绝望的边缘，猛然间，一道闪电划过空白的脑海，“如果从容将这件事情说出去，我的人生就此结束了！”他站起身，绝望地大喊一声，来不及穿上外套，冲出门，哆嗦的双手打开车门，车子启动的声音令他的心脏猛然一颤，此时此刻，任何平日不太听得见的声音都足以摧毁他心脏外围的提防。

夜幕已降临，回程的高速公路上依旧亮着星星点点的汽车的灯光，飞速经过天启的车时，发出响亮的“嗖嗖”声。归家，抑或游玩，此时的亮光，于这些陌生的车辆来说，是希望，是经过一天的煎熬得以解脱身心的时刻。他可以想象这些归人的心情，一种对生的期待和向往。

此时此刻，我又将去往何处？

天启一味地踩脚下的油门，似乎唯有越来越快的车速才能令他摆脱内心的焦灼和绝望。

泪水模糊了天启的眼眶,绝望遍布的身体渗透进一丝温情和忏悔后竟比刚才更加难受。天启的双手剧烈颤抖,开始握不稳方向盘,抬起手擦干眼泪的瞬间,车身突然不受控制往右侧倾斜,“砰!”天启的耳边传来一阵巨响,紧接着失去了重力,腾空而起,车厢的玻璃碎片刺进他的双眼,一阵剧烈的疼痛过后,黑色笼罩整个世界。

着地。

“轰!”一股炙热最终吞噬了他的身体。

“爸爸,给我点零用钱吧。”

“昨天刚给过,怎么又要了?”

“想买新的铅笔盒。”

“拿去,别问我要了。”

一阵响亮的金属敲击声,一个孩子小心翼翼地捧着三个红色的果冻跑到操场:“蓝玉,苏又夏,给!”

“天启,谢谢!”

“谢谢。”

你们的笑容好美。

尾声

2016年，春雨绵绵的4月，细密的雨丝使恒安镇蒙上一层轻薄的细纱，行走在这样的"细纱"中，皮肤感觉在微凉中带着些刺痒。20年的离别，现代文明犹如一滴滴不断渗透入水中的黑色墨汁，扩散至每一寸曾经荒凉的土地，昔日的苕溪河已然被改造成了一条更加宽阔的河流。细雨掠过脸颊，丝丝的凉意沁入全身，仿佛是故乡对苏又夏独特的欢迎仪式。

他站在河边，双手插在口袋，棱角分明的脸庞多了沉稳和内敛。回忆时隐时现，疼痛，却不再触及内心最后的底线。多年以来，他未曾忘记蓝玉，在故乡，她一直存在着，永恒，且鲜活地活在他的思念里，无数次。他替她勾勒人生的轨迹，只是，他无法参与。

仇恨？不，林然教会了他不在仇恨中堕落下去，他早已忘记仇恨的模样。多年的游历，除了收获大把大把让生命更完整的历练和经验以外，他逐渐在繁华与寂寞交替的光影中学会了宁静和淡泊。

而今，游历的最后一站，是自己的故乡，带着责任，带着心底最温暖的期待。

脚步声由远及近，苏又夏转过身，看见熟悉的身影映入眼帘。熟悉，却又不那么熟悉，的确，他对蓝玉的记忆还停留在十几岁的年纪。

她分明是蓝玉，模样、身材，还是和记忆中一模一样，只是眉眼间多了岁月沉淀的沧桑和韵味。

面对面，两人站了很久，细雨飘落在她的长发上，编织成透明的水网；落在他长长的睫毛上，迷蒙成细细的水珠；飘落在两人之间的土地上，幻化成另一个无法到达这里的灵魂的问候。

“你一点都没变。”苏又夏打破长久的沉默。

“你也是。”蓝玉回答。

“我想，总会遇见你的，只要回到这里。”苏又夏说，“我们都来不及告别。”

“这是开始，不是结束。”蓝玉轻声说，“好像我们又要分开了。”她指了指身边的行李箱，离开前夕，她打最后一次赌，来一次河边，期待与苏又夏的重逢。

苏又夏露出浅浅的笑容，朝前一步，走近蓝玉，鼓起勇气：“我准备向林然求婚。”

“这才像你。”蓝玉露出同样真诚的笑容，“我要去北方定居，无法参加你们的婚礼，但会在远方真诚祝福。”

“谢谢。”苏又夏朝她伸出手。

蓝玉小心翼翼地将手放进他厚实的手掌，感觉到他用力握住自己的手，温暖如初。

“我们要好好活着，为了自己，也为了天启。”她的眼眶有些湿润。

他松开手，用力点了一下头。

两人同时转过身面向河流，聆听潺潺的水声诉说着故乡的柔情。

光恰似水，年华依旧。

告别，是为了延续回忆永恒的华丽。

但愿，一切皆好。